文庫

長編小説

森のなかの海 (上)

宮本 輝

光 文 社

森のなかの海　上

第一章

その朝、いつもなら希美子《きみこ》は、起きていれば必ず三つのうちのひとつのことをしているはずであった。

台所からつづく十畳くらいの広さの居間のソファに腰かけ、窓から六甲《ろっこう》の稜線を見やりながら、いれたばかりの珈琲《コーヒー》を飲む……。

あるいは、洗面所に置いてある洗濯機の前に立ち、汚れ物を入れる籠の中身を洗い槽に入れたり、洗面台の周りの汚れを拭く……。

もしくは、配達された朝刊を取るために門扉のところに行き、ちょうどその時刻にはかったようにジョギングから帰って来るお向かいの江坂さん夫婦と立ち話をする……。

けれども、一昨日からの夫とのいさかいが尾を引いて、希美子は結婚して初めて、しつこく夫にさからいつづけ、寝室から自分の蒲団を運ぶと、もうじき子供たちの部屋になる予定の六畳ほどの洋間に寝たのだが、眠りは浅く、五時半に合わせた目覚まし時計の音を手さぐりで止めたあと、つかのまの深い眠りに落ちていたのだった。

希美子は、遠くから何かが押し寄せてくる音を聞いた。何百頭もの馬が自分に向かって走って来るようでもあったし、地中の洞窟から気味悪い呪文が湧き起こったようでもあった。妙な不安を感じて耳を澄ました瞬間、大音響とともに、希美子は蒲団と一緒に空中に放りあげられた。近くに飛行機が落ちたのか、ダンプカーが家に突っ込んできたのかと思うまもなく、希美子の体は前後左右に大きく揺れた。

何かが体の上に落ちてきて、ガラスの割れる音や材木の折れる音が聞こえたので、希美子は両手で頭をかかえ、体をくの字にして、掛け蒲団のなかに隠れた。

希美子が、これは地震だと気づいたのは、揺れがおさまるほんの二、三秒ほど前であった。掛け蒲団から顔を出し、起きあがろうとして、天井に頭をぶつけた。落ちてきた天井は、置き場所がなくてとりあえずその部屋に収納したままのドレッサーに支えられて、床から約一メートルのところでかろうじてとどまっていた。しかし、いつまでも支えきれるものではないことは、ドレッサーの脚の軋《きし》みでわかった。

夫が希美子を呼びながら、部屋のドアをあけ、希美子の腕と脚をつかんで廊下にひきずり出した。

「スリッパを履けよ。ガラスで足の裏を切るぞ」

「あなた、大丈夫？　どこも怪我はないの？」

「膝が痛いけど、血は出てないよ」

「地震でしょう？　ねェ、これは地震よね？」

そう言いながら、希美子は、とにかく外に出たほうがいいと思い、玄関へと這って進み、手さぐりでスリッパをつかんだが、とっさに、スリッパよりも靴のほうがいいと考えた。

「寝室はどうなったの？」

「割れた窓ガラスが飛び散ってる」

夫は、あかない玄関の戸を体全体で押しながら言った。

こんな格好のままで外に出たら、寒さでどうにもならない。何か着る物が必要だ。ああ、銀行の通帳やキャッシュ・カードはどこに置いたのだろう……。

希美子は、寝室に入った。自分の寝る場所に洋服ダンスが倒れていた。それは、希美子の力では動かなかった。

押し入れの襖《ふすま》はあける必要がなかった。それは上から圧《お》しつけられて、くの字になって、夫の蒲団の上に飛んでいたのである。

希美子は学生時代に買って、いまは外出用には使えない大きなショルダー・バッグをつかみ、セーターを数枚と毛布をかかえて、寝室から出た。

「ちきしょう。びくともしねェや」

夫は、玄関から出るのをあきらめて、希美子に、どこか出口はないかみつけろと言った。

希美子は、洗面所へ行ったが、洗濯機が倒れ、折れた柱が風呂場の壁に突き刺さり、そこから脱出することは難しかった。

靴を履き、希美子と夫は居間へ行った。大型の冷蔵庫は、三メートルほど離れたソファの上にあり、扉がひらいて、中身があちこちに散乱していた。食器棚のなかで無事なものは何ひとつなく、六甲山に面した大窓も割れて、ガラスの大きな破片の幾つかは、ソファに突き刺さっている。

「ベランダから出られるよ」

夫はそう言ってから、呻《うめ》き声をあげた。いつもそこから見える三軒のアパートの屋根が消えてしまっていたのだった。

その古い木造のアパートは、巨大な圧縮機でつぶされたようになり、瓦と壁のあいだから、人間の脚が見え、その近くで犬が吠えていた。

希美子は、夫と一緒にベランダの柵を乗り越え、つぶれたアパートとのあいだの狭い道を抜けて、玄関のほうへ廻った。

玄関の戸があかなかったのは、斜め向かいの神社の石の鳥居が飛んできて、それが門扉と玄関のあいだに倒れているからだった。

希美子は、自分の家の玄関にまで届かなかった鳥居の一部が、ジョギングから帰って来た江坂さんの奥さんの顔をつぶしてしまったことに、すぐには気づかなかった。

「もう、あきまへんわ……」

江坂さんのご主人は、首から上が石の鳥居の下敷きになったまま、動く気配のない妻の手を握って、そう言った。

家から出て来た近辺の人々は、石の鳥居を一度は動かそうと試みるのだが、一様に、顔を見合わせ、そのまま手持ちぶさたな様子で路上に坐り込んだり、ほとんどつぶれかかっている自分の家を茫然《ぼうぜん》と見やったりした。

坂の下あたりで、誰かが誰かを呼ぶ声や、泣き声や悲鳴が聞こえてきた。

希美子は、自分が毛布三枚と、セーターを三枚持っていることに気づき、一枚を江坂さんのご主人の体に巻きつけた。

「うちの女房、死んでますわなァ」

と江坂さんは希美子に訊《き》いた。

「脈がないということは、死んでるっちゅうことですわなァ」

希美子は、どう応じ返していいのかわからず、石の鳥居と、その下にある血溜まりから目をそらしつづけている夫を見つめた。

そのとき、再び地面が烈《はげ》しく揺れた。

ガスの元栓を閉めろ、とか、煙草を吸うな、とかの声が、坂道の下から聞こえた。

「余震があるから、絶対に家に戻っちゃいけないぞ」

夫はそう言って、神社の横にある小さな公園へ走って行った。そこからだと、神戸の港だけでなく、大阪湾も見えるのだった。

夫は、爪先立って、神戸のほうを見つめ、二ヵ所で火の手があがっていると叫んだ。その声で、近所の人たちが、ふいに活気づいた。

携帯ラジオはないのか。電話はつながらないので、どうやって救急車を呼ぼうか。ガスの臭いがする、火の気を点検しろ。怪我人を捜せ。

その幾つかの声で、やっと事態に気づいたかのように、ほとんどがパジャマ姿の人々は機敏に動き始めた。

ヘリコプターが二機、西のほうから飛んで来て、海のあたりで旋回しつづけた。

坂道を駆けのぼってきた高校生が、震源地は淡路島《あわじしま》だと大声で言った。その高校生は、手に携帯ラジオを持っていたが、長く使っていなかったので、電池はほとんど切れかかって、アナウンサーの声は途切れ途切れにしか聞こえなかった。

「しんちゃん、家はどないや？」

江坂さんの声に、高校生は、

「一回目のでは倒れへんかったけど、二回目ので倒れた」

と答え、そこでやっと、鳥居の下敷きになって死んでいるトレーニング・ウエア姿の中年女性に気づいた。

「これ、おばちゃんか？　江坂のおばちゃんか？」

「そうや、わしの嫁はんやがな。そこから鳥居が飛んできたんや。この鳥居、何トンあるんやろ。こんな石の鳥居が五メートルも飛んでくるとはなァ……」

希美子は、江坂さんは気が狂ったのではないかと思い、傍に行って江坂さんの肩をつかんだが、自分こそ、頭がおかしくなったような気がして、えーと、私の夫の名は猛司《たけし》、三十八歳、長男は十歳で幸司《こうじ》、次男は七歳で靖司《せいじ》、私は三十六歳、誕生日は、十月二十二日……と心のなかでつぶやいた。

頭脳は大丈夫みたいだが、心はどうなのであろう。江坂さんの奥さんが、何トンもの石の鳥居に顔をつぶされて、いま私の足元で死んでいるというのに、何の感情も湧いてこないのは、どういうわけであろう。私という人間の回路も、さっきのとんでもない揺れで、どこかが寸断されてしまったのであろうか……。

希美子が、ふいに恐怖を感じて夫を捜そうと公園のほうに歩きだしたとき、坂の下から見知った顔の老人が猫を抱いて、裸足《はだし》で歩いて来た。

「ごっつい地震でしたなァ」

と老人は笑顔で言った。

「お宅はいかがですか？」

と希美子は訊いた。老人は、石の鳥居と江坂さんの奥さんを見て、

「なんとまあ、ぺっちゃんこやがな」

と嬉しそうに言った。

「渡辺さんなんか、蒲団に横になったまま、部屋のなかを一周したそうでっせ」

「ご家族のみなさんは？」

「さあ、もうあきまへんやろ。わしは早うに起きて、駅までスポーツ新聞を買いに行っとりましてな。家の手前で、どっすん、ぐらぐらときた……。目の前で、わしの家がぐしゃっと垂直につぶれよりました」

「奥さんは？　息子さんご夫婦は？」

濃くなってきたガスの臭いから逃げようと、希美子は老人の腕をつかんで、公園のほうへ急いだ。

「あんな家のなかで生きてるはずがおまへんがな。なんぼ呼んでも、返事はおまへん。人間は、あきらめが肝心や」

公園の東隣に住む夫婦が、ブランコに腰をおろし、自分たちの足の裏に刺さったガラスを抜いていた。

希美子は夫を呼んだ。いつのまにか、二十人以上の近所の人たちが公園に集まってきていた。赤ん坊を抱いている人もいれば、息子におんぶされている老母もいた。

夫の猛司は、誰かの携帯電話を借りて話をしていたが、希美子のところに走って来ると、

「行こう」

と言った。

「行くって、どこへ？」

「とにかく、大阪のほうへ大阪のほうへと行くんだよ。ここにいると危ないよ」

希美子は、この老人の様子が尋常ではないのだ、奥さんも息子さん夫婦も、つぶれた家のなかにいるらしいのだと夫に言った。

夫は頷き返したが、希美子の手をつかんで歩きだした。

「金は幾らある？」

「たぶん二万円くらい入っていると思う。キャッシュ・カードも、ここに入ってる」

希美子は肩に掛けたショルダー・バッグを夫の顔の近くに突き出して言った。

「大阪の前田《まえだ》の家は大丈夫らしいよ。家のなかは足の踏み場もないんだけど」

「大阪まで歩くの？　じっとしてたほうが安全なんじゃないの？　もうじき救援の人たちも来るだろうし。こんなときは、学校の校庭とか体育館に避難するようにってことになってるわよ」

「このガスの臭いがわかるか？　いつ火がついても不思議じゃないよ」

夫は、さっき携帯電話で前田と話をして、どうやら前代未聞の大地震らしいという情報を

得たのだと説明した。

「震源地は淡路島の北淡町《ほくだんちょう》。神戸、西宮《にしのみや》は、震度六だってさ。関東大震災よりも大きいかもしれないってさ。武庫川《むこがわ》を越えたら大丈夫だ。俺は裏道を知ってる。宝塚《たからづか》のほうから武庫川を渡るんだ。車だったら三十分だ。歩いたら二時間かな、三時間かな。とにかく、被害の大きい場所から、できるだけ遠ざかるんだ。それが一番いいよ」

「大事なもの、たくさん家に残ってるわ」

「命よりも大切なものなんてないんだ」

「竹下さんの家もぺっちゃんこだったわ。あそこには、小さな子供が三人いるのよ。知らんふりして、私たちだけ逃げちゃうの？」

「あんなふうに壊れちゃった家を、十人や二十人の人間の手でどうしようっていうんだ」

「私たち、あそこに引っ越して、まだ一ヵ月ほどなのに谷岡さんご夫婦はとても親切にしてくれたでしょう？　谷岡さんのおうちは、一階だけがつぶれて、二階はなんともないみたいだった」

「谷岡さんたちは、一階で寝てるんだよ。何度も呼んだけど、まったく返事はないってさ。物音ひとつしないって」

「あなた、呼んでみたの？」

「大声で何度も呼びかけた人がそう言ってたんだ」

その言葉と同時に、希美子は夫に頰を平手で打たれた。

「黙って言うとおりにしろ。口よりも足を動かして、いっときも早く武庫川を越えるんだ。お前、死んでもいいのか」

阪神高速道路は、何百メートルにもわたって横倒しになっているらしい。国道四十三号線や阪神国道の周辺の家々も壊れている。俺たちの住んでいる西宮市T町は、まだましなほうかもしれない。ということは、海側よりも山側のほうが被害は少ないと考えて、山手沿いの道を行く。とにかく避難しようとする人たちの車で幹線道路はにっちもさっちもいかなくなっているだろう。こんなときは、歩くのが最上の方法なのだ。

夫はそう言って、希美子の手からセーターを取り、盛りあがったり陥没したりしているアスファルト道を阪急電車の夙川《しゅくがわ》駅の近くまで歩きつづけた。

夫の言葉どおり、道路は至るところで寸断され、大渋滞をおこしていた。倒れた家が道をふさいでいて、助けを求める人々の姿が見え声も聞こえているのに、救急車はそこに近づけなかった。

それで、仕方なく救急隊員はタンカや酸素吸入機を持って走らなければならなかった。阪急電車のレールに沿って、苦楽園《くらくえん》のほうへ曲がり、歩きやすい道を選びながら仁川《にがわ》へ向かったが、

「阪神競馬場、ぺっちゃんこや」

という誰かの声で、夫は立ち停まった。

「四面楚歌かな」

夫は、阪神競馬場の横から武庫川を渡るつもりらしかった。

希美子は、自分たちが歩いて来た方向を振り返った。それまで二ヵ所からあがっていた煙は数を増し、風は会社が借りてくれた西宮市T町の借家のあるほうへ吹いていることを伝えていた。

烈しく喉が渇いていたが、自動販売機は停電のために役に立たなかった。

どこをどう歩き、いつ、武庫川を渡ったのか、希美子は覚えていない。希美子が覚えているのは、被災した人々の、不思議なほどに静謐《せいひつ》な表情と動作であった。

断水し、誰もが喉の渇きをおぼえているはずなのに、役に立たなくなった清涼飲料水の自動販売機を壊そうとはしない。

怪我をして血まみれの頭にタオルを巻いた老婆が、おそらく家から逃げ出す際、無意識につかんだのであろう蜜柑《みかん》を、近所の子供に与えている。

パンツ一枚の格好で、二十歳前後の青年が、家の下敷きになった友人を励ましつづけている。

死んだ飼犬を膝に載せ、頭を撫でながら、女子高生が、

「こわかったねェ、こわかったねェ」

と話しかけている。

さまざまな光景に心を立ち停まらせつづけたことだけは覚えているのだが、希美子は伊丹《いたみ》空港に辿り着いたとき、何もかもを忘れてしまった。

空港のなかの椅子に腰をおろして、夫が買ってきた缶入りの日本茶を飲み、航空会社のカウンターのところにある時計を見た。午前十一時だった。

そこでひとやすみして、希美子と夫はタクシーで大阪市内へ向かった。阪神高速道路の空港線も不通になっていて、タクシーの運転手は、いま豊中《とよなか》市から新大阪駅へとつながる道が比較的すいているようだと勧め、

「神戸には地震は起こらんちゅうたのは、どこのどいつでっしゃろなァ」

と言った。

通じる電話はないのだろうか。自分たちが無事であることを、夫の実家にしらせなければならない。子供たちはどんなに案じていることか……。

豊中市に入って、列ができている公衆電話が目に入ったので、タクシーに待っていてもらい、希美子はその列に並んだ。

子供たちは、学校に行かず、もう四時間近く、電話のボタンを押しつづけていたらしかった。

姑《しゅうとめ》の政子《まさこ》は、心配のあまり、いったん羽田《はねだ》空港まで向かったのだと言った。

「でも、伊丹行きは満席どころの話じゃないのよ。仕方なく、帰って来たわ」

「何がどうなったのか、なんだか夢を見てるみたいで」

と希美子は言った。

「子供たちをつれて行かさなくてよかったわ。頑固なお嫁さんには困っちゃう」

去年の十二月に、急な転勤が決まったとき、希美子は子供たちが三学期を終えるまで、夫に単身赴任してもらうつもりだった。夫もそのことは了承していたのだが、夫婦が別々に暮らすことはよくないと執拗に主張し、たったの三ヵ月くらい、私が孫をちゃんとあずかる、私と孫たちとは気が合うんだからと言って姑は譲らなかったのだった。

希美子は、自分のうしろにも長い列がつづいていたので、落ち着いたらまたかけますと言った。

電話は姑が先に切った。けれども、ボタンを押しまちがえたのか、切れたはずの電話から、姑の声が聞こえた。

「頑固で能天気《のうてんき》。こんな嫁じゃあ、猛司も外でうっぷんを晴らしたくもなるわよ」

希美子は茫然と電話を切り、ああ、私は今朝の大地震で、耳までおかしくなったのだと思った。姑の政子が、私のことを悪く言うはずなんかないのだから、と。

夫の同僚の前田俊太郎《としたろう》は、豊中市と新大阪駅の中間あたりに建ったばかりの十六階建てマンションに住んでいる。

希美子より三つ歳下の、世話好きで悪意はないが、たたずまいにも言動にもいささか軽薄なところがあるかすみという名の妻と、二人の娘がいる。娘は上が中学二年生で、下が小学校四年生だが、長女はどうやら最近学校に行かなくなったらしいと、希美子は夫から聞いていた。

マンションの十五階にある前田のところに着いたのは十二時前で、猛司と希美子を見るなり、前田かすみは、

「よくここまで歩いて来たわねェ」

と希美子を抱きかかえるようにして居間に導き、割れたガラスがまだ散乱したままの足の踏み場もない板張りの床を指差した。

熱帯魚を飼っていた水槽が落ちて割れ、二十数尾の魚はみんな死んでしまい、とりあえずガラス類の大きな破片を片づけ、倒れた家具を元の場所に戻す作業をしたが、それだけで疲れてしまって、いま一服していたのだと、かすみは早口で言った。

希美子は、前田家の居間のテレビを見つめながら、電話を借りて、去年の暮れから兄のいるミュンヘンに遊びに行っている両親に電話をかけた。いま、ミュンヘンが朝の五時前なのか六時前なのか、とっさにはわからなかった。

五回かけたが、話し中だったので、希美子は、兄夫婦も両親も、すでに日本の阪神地方に

大地震があったことを知り、心配して電話をかけつづけているのに違いないと思った。

「このマンション、てっきりまっぷたつに折れちゃうと思ったわ」

とかすみが言った。夫の猛司は、テレビの前に坐り、

「阪神高速道路が横倒しになってやがる。神戸は全滅じゃねェのかな」

とつぶやいた。

「うちの神戸支店は、阪神電車の三宮《さんのみや》駅の横にあるんだ。戦後すぐに建てたビルだから、たぶんつぶれちゃったんじゃないのかな」

「でも、気持が悪いくらい静かよね。みんな茫然となっちゃって、何をしていいのかわからないんじゃないのかしら。警察も消防署も」

テレビ局のヘリコプターから送られてくる映像は、神戸港のほうから山側へと迂回《うかい》しながら、火の手があがっている長田《ながた》区と灘《なだ》区の様子を伝えた。

希美子は、もう一度、国際電話のボタンを押した。

兄嫁の声が聞こえた。

「もう三十回以上も電話をかけつづけてたのよ。大丈夫だったのね。怪我はないの？」

兄嫁の真紀子《まきこ》は甲高《かんだか》い声で言って、父に代わった。

「お前も猛司さんも無事か？　こっちのニュースで、神戸を中心にして百キロ四方は壊滅状態らしいっていうもんだから、もう覚悟しといたほうがいいかもしれないって、お母さんに

言ったんだ」

「お母さんは？」

と希美子は父に訊いた。

今夜の飛行機で日本に帰ろうということになり、兄と二人でチケットを買いに行ったと父は言った。

「私たち、大丈夫だから、予定どおり、もっとゆっくりしてきたらいいって、お母さんに伝えて。家は壊れて、いまにも倒れそうだけど、私たちの家じゃないし、幸司も靖司も東京にいるんだし」

とりあえず身を寄せた前田家の電話番号を教え、希美子は電話を切った。

夫の猛司が、社の大阪支店に電話をかけているあいだ、希美子は前田家の居間に掃除機をかけた。

「隣の大学生の息子さんの頭にテレビが落ちてきたのよ」

とかすみは、本棚から落ちた本を片づけながら言った。

「大阪でもこれだけ揺れたんだけど、倒れた建物はないみたい。京都の友だちに電話したら、震度は五に近かったらしいけど、倒れた家は、自分のいるところからは一軒も見えないって」

「その大学生、どうだったの？」

「おでこを切って、救急車で運ばれたわ。このマンションで、病院に行くほどの怪我をしたのは、その大学生と、三階にいる奥さんだけみたい。でも、外見はなんでもないようだけど、どの部屋のなかも、うちとおんなじ状態だと思うわ」

猛司は、いまから社へ行くので、ご主人の背広を貸してくれないかと、かすみに言った。猛司と前田俊太郎は、背丈に大差はなかったが、ズボンの胴廻りに十五センチほどの違いがあった。

「うちの人のお腹と腰にはぶあつい霜降り肉がこびりついてるのね」

かすみは笑いながら、猛司のはいたズボンに、自分の夫が五年前に使っていたというベルトを通した。

「大変だよ。竹井社長は、きのう、神戸に泊まったらしいんだ。まったく連絡がとれないんだ」

猛司は、クレジット・カードで、とりあえず、靴とコートを買うと言って出て行った。大阪市内でも車以外の交通機関は動いていなかった。

「地下鉄は動きだしてるわ」

とかすみは言い、

「朝から何も食べてないんじゃないの？」

そう、ふいに思いついたように訊いた。

希美子は無言で頷き返したが、空腹を感じてはいなかった。自分の住まいの周辺のありさまが、にわかになまなましく甦ってきていたのである。

家のなかにも、大切なものをたくさん残してきたが、たしかに夫の言葉どおり、命よりも大切なものはありはしない。洋服も貴金属類も、幾つかの思い出の品々も、あの大地震の渦中にあって怪我もせずに生きていたという事実の前には、どれもただの物にしかすぎない。

けれども、物ではない大切な何かを、自分は、住んでまだ一ヵ月ほどの、会社名義の借家に残してきたのではないだろうかと希美子は思った。

「子供さんを、猛司さんの実家にあずけといてよかったわね」

とかすみは言い、新しく入った情報を伝えるテレビの前に坐って、ペディキュアを塗り始めた。

「きょうのゴルフ、十一時の遅いスタートでよかったわね。もし、いつもみたいに、八時か九時のスタートだったら、うちの亭主は、ひょっとしたら五時四十六分には、あの阪神高速を走ってたかもしれないわ」

そのかすみの言葉に、

「どうして阪神高速道路の神戸線を走るの？　ゴルフ場は三田《さんだ》だから、中国自動車道の吉川《よかわ》インターで降りるんでしょう？」

と希美子は訊いた。

きのうの夜、夫が、この西宮の家からだと、ゴルフ場へ行くためには、中国自動車道の西宮北インターか、それとも宝塚インターへ向かわなければならない。その点、前田はいいよな。新御堂筋《しんみどうすじ》から、そのまま中国豊中インターに入れば吉川インターまで一時間もかからないと言ったのを思い出したのだった。

「取り引き先の社長の愛人を迎えに行かなきゃいけないのよ。このもう少し上あたりに住んでいるのよ」

かすみは、煙だけではなく、勢いを増した炎が拡がり始めた神戸の灘区を映しているヘリコプターからの画像を指して言った。

「前田さんが、その愛人を迎えに行かなきゃいけないの？」

「ゴルフに事寄せて、愛人のところに泊まるんだって。家は京都だから、道が混んで時間に遅れたらいけないからってのが、おうちへの口実。愛人ぐるみで接待して……。サラリーマンは大変よね」

「きのう神戸に泊まった竹井社長って方が、きょうのゴルフのお客さまなの？」

「そういうこと。愛人のところに泊まって、何百年に一度みたいな大地震に遭って、二人でベッドのなかでぺちゃんこになってたら、お笑いよね」

その確率は極めて高いかもしれないと希美子は思った。

自分の住まいの周辺で起こった惨事は想像を絶していて、正確に言葉で再現するのは不可能だと考えたが、希美子は、枕元へと押し寄せてくる地球の唸《うな》り声のあとの、自分というものの自体が炸裂《さくれつ》したような衝撃を、かすみに語って聞かせようとした。しかし、石の鳥居の下敷きになっていた江坂夫人の姿や、倒壊した家々や、そこから突き出ていた何本かの人間の脚は、色彩のない、荒唐無稽な夢のなかの映像と化してしまって、それを語る言葉も気力も失《う》せていた。

西宮市T町の住まいをあとにし、夫に、叱咤《しった》されながら、ひたすら武庫川めざして歩きつづけた道々で目にした惨状についても、いまは語りたくなかった。

希美子の心のなかにあるのは、自分も夫も他所者《よそもの》の顔をして、救いを求めている人々を捨てて逃げたということへの恥ずかしさだった。

たとえ力が及ばなくとも、ひとりでも多くの人々を救うために、懸命に努力をしなければならなかったのに、それを放棄して、自分たちだけ安全なところへと逃げつづけた……。自分も夫も、人間としての誇りを、あの西宮市T町に捨ててきたのだ……。身の置きどころのない恥ずかしさが、ふいに希美子の体のなかを走り抜けた。

希美子は、かすみに、少し横になりたいと言った。わざわざ蒲団を敷いてくれなくてもいい、このソファで横になりたい、と。

かすみは、横になる前に、お風呂に入ったらどうかと勧めてくれた。足も汚れているし、顎や首にも泥のようなものがこびりついている。真冬の早朝から歩きつづけて、体も冷えきっているに違いないと、かすみが言い、浴槽に湯を溜めた。

テレビの画像は、現在判明した死者の名前を映し出し、アナウンサーがそれを読みあげていた。

希美子は、目を凝らしてテロップを見つめた。西宮市の死者のなかに、江坂京子という名前があり、竹下道子という名前もあった。それは竹下家の末娘の名で、六歳だった。他に竹下という名前は出てこなかった。T町の、希美子の近くの竹下家は完全につぶれているはずだったが、末娘ひとりだけが死んだのだろうか。夫婦も、長女も次女も助かったのだろうか……。

希美子は、自分が奇妙な声をあげて、両方のこめかみのあたりに何本かの爪をたてていることに気づかなかった。

「希美子さん、横にならなきゃ。どうしたの？　知ってる人がいたの？」

とかすみが両手で希美子の手首をつかみ、こめかみから離させた。

「ご近所の人よ。まだ六つなの。もうどうにもならないって、あの人が言ったの。竹下さんの家はぺっちゃんこになってるって。でも、一番下の娘さんの名前しか映らないわ。あとの五人は生きてるのよ。家の下敷きになって生きてるのよ」

「死体を取り出せたのが、その六つの女の子だけかもしれないし、テレビ局に入ってくる名簿も、家族揃ってじゃないかもしれないでしょう」

かすみは言って、テレビを消した。

「ねェ。とにかく、お風呂に入って、あったまって」

と促し、これは自分の下着だが、買ってからまだ一度も使っていないと言って、かすみはバスタオルと下着を風呂場の横の籠のなかに置いた。

それまで硬直して動かなかった思考は、湯につかっているうちに明晰になり、電話が切れたと勘違いして姑が誰かに言った言葉が希美子の心のなかを巡り始めた。

――頑固で能天気。こんな嫁じゃあ、猛司も外でうっぷんを晴らしたくもなるわよ。――

外でうっぷんを晴らすとは、どういうことなのだろう。夫はあまり酒が強いほうではないので、酔っぱらって帰宅したことは、結婚してからかぞえるほどしかない。

つき合いで麻雀はするが、自分から誘ってメンバーを揃えるといったことはない。

ゴルフといっても、ほとんどは仕事絡みで、仲のいい友人とだけコースを廻るのは、年に一、二度くらいだ。

外でうっぷんを晴らすとすれば、その他には女性に関することしか、残っていないではないか。

私の夫に、愛人がいるというのかしら。そしてそれをどうして夫の母親が知っているのかしら。

おとといからのいさかいの原因は、夫がゴルフ場の近くのビジネス・ホテルに泊まると言ったからだった。

接待ゴルフのお伴をするのは、大阪支店に転勤になって初めてだし、相手はとりわけ大事な客で、もし自分が時間に遅れたりしたら、大失態だ。自分の車は、まだ東京に置いたままで、関西の地理もよくわからないから。

夫はそう言って、ゴルフの支度をして出て行こうとした。

私は、それに関して何ひとつ咎《とが》めだてたりしなかった。ただ、ビジネス・ホテルに泊まるよりも、いまからタクシー会社に電話をかけて、予約をし、ゴルフ場の住所を告げておけばいいのではないかと自分の意見を言っただけだ。

タクシーの運転手さんは、それが仕事なのだから、指定されたゴルフ場へ最も早く着く道を調べてくれるであろうし、要する時間も考えてそれに充分間に合う時刻に迎えに来てくれるに違いない、と。

すると、夫はいつになく不機嫌になり、俺は自分がやりたくてゴルフに行くわけじゃないんだと、きつい目で言った。

その夫の言い分は的外れだったので、

「どうしたの？　論点がずれてるわ。なんだか怪しいぞ」

と私は冗談を言ってひやかした。

「論点がずれてる？　生意気なことを言うなよ。お前にそんなことを言われるなんて心外だよ。結婚以来、あらゆることで論点がずれつづけているのはお前なんだぞ」

　夫にそう言い返され、私は結婚以来感じつづけてきた自分と夫との微妙な価値観の違いを、夫もまた感じていたのかと思った。

　そこから、どこでどうなって、滅多にないほどの口論へと発展したのかは覚えていない。

　いつのまにか、夫は、私の父の悪口を言い始めた。

「たかが軽い心臓発作で入院しただけなのに、順調にいってる会社の経営権を売り渡してリタイアと決め込んで、外国旅行に出かけちゃって。俺とお前が自分の家を買いたがっているのを知っててしらんぷりだ。お前の親父さんの金をあてになんかしてないけど、少しは助けてやろうって思わないのかな」

「家を買いたくても、関西で買うの？　東京で買うの？　急に転勤が決まって、いつまで関西で生活するのかわからないのに、家を買う足しにしろって、お金を出す時期じゃないから、お父さんはあえて口にださなかったのよ。それに……」

「それに、なんだよ」

「自分の家は、自分で建てるもんだと私は思うし、お父さんも、そういう考え方だと思うの。そりゃあ、私たちが助けを求めたら、助けてくれるだろうけど」

「冷たいんだよ。お前は親父さんに似たんだ。自分が作った会社を他人に売り渡して、リタイアしちゃうんだからな。残された社員はどうなるんだよ。ある日、突然、経営者が替わって、運命が変わってしまう連中もたくさんいるんだぜ。新しい経営者ってのは、前の経営者の息のかかってる社員を切りたがるんだ」

私は、父にリタイアを勧めたのはこの自分だと夫に言った。

「お父さんは、寝る時間もないくらい働いてきたわ。私、子供のときから、そんなお父さんを見てきて、去年、心房細動の発作で入院したとき、自分の楽しみのための人生へと方向転換してもいいんじゃないのって勧めたわ。私、健康な老後っていうのがすごく大切だと思ったから」

私は、父を冷たい人間だと言われたことが悔しくて、さらに口論をつづけ、じゃあ私は別の部屋で寝ると言って、六畳ほどの洋間に蒲団を運んだ。

「ゴルフ場の近くのビジネス・ホテルに行くんでしょう。私はこっちで寝る」

夫は、この部屋は寒いから、もう機嫌を直せ、俺も言い過ぎたよと、迎えに来たが、私は我《が》を張って、蒲団を頭からかぶって返事をしなかった。

なんという不思議なことだろう。きのう、いつもどおり、夫の横で眠っていたら、倒れた洋服ダンスの下敷きになり、おそらく死んでいたはずだ。洋服ダンスには、これ以上入らないほどの衣類が入っていたし、洋服ダンスの上には、段ボール箱にしまったテレビを載せてあった。

子供たちが住むようになったときのためのテレビだったが、けさ、たしかにあのテレビは、いつも私の頭がある場所に落ちていた。

テレビに頭を、重い洋服ダンスに胸から下をつぶされていたに違いない。

いや、それだけではない。夫といさかいをしなければ、私は五時四十六分には、居間でコーヒーを飲んでいたかもしれない。その場所には大型冷蔵庫が飛んできて横倒しになっていたし、ベランダの大窓のガラスが割れて、その大きな破片が突き刺さっていた。

もし居間にいなければ、洗濯機の近くか、門扉のところにいた。

洗面所のありさまを思い浮かべると、いまでも血の気が引いていく。折れた柱は、間違いなく、私の体を貫いていたであろう。

門扉のところにいれば、神社の石の鳥居が私を圧しつぶしていたことになる。

あの時間、いつも私がいるはずの三つの場所。そして、寝坊していたら、そこにいたはずの寝室の、夫の横の蒲団のなか……。

それらは、大地震による致命的な災いが同時に一瞬に生じた点のような場所だった……。

希美子は、あまりの長湯を案じたかすみが風呂場のドアを叩くまで、茫然と、けれども深い思弁をめぐらせながら、うなだれたまま湯につかっていた。

昼間に長く湯につかるという習慣がなかったせいか、心配したかすみに促されて風呂からあがり、ソファに腰をおろしたとたん、希美子は眩暈《めまい》に襲われたが、テレビでニュース・キャスターが、警察庁は四国、中国、近畿から七百数十人の部隊を派遣したが、至るところで道路が寸断されていて難渋していると報じる声で、背筋を伸ばした。

「いまわかってる段階で、死者は二百人を超えたんですって」

かすみは、缶入りの冷たいウーロン茶をグラスに注ぎながら言った。

「二百人？」

希美子は、ふいに怒りを感じて、そう訊き返した。

「二百人なんて、そんな少ないはずないわよ。私の家の近くだけでも、それ以上の人が死んでるわ。家やマンションがつぶれてるのに、静まりかえってるのよ。地震は朝の六時前に起こったのよ。ほとんどの人は、あったかいお蒲団にくるまって眠ってるわ。眠ってるときに、地震が起こって、つぶれた家やマンションのなかに埋まってる……。きっと千人以上の人が死んでるのに決まってるわ。道路が寸断されてて救助が遅れてるなら、ヘリコプターを使えばいいじゃない」

「私に怒っても……」

かすみは、鷹揚《おうよう》に微笑《ほほえ》んで言ったが、ひどく気を悪くしたことは目の動きであらわしていた。

「かすみさんに怒ったんじゃないの。ごめんなさいね。私の言い方がまずくて。私、頭がどうかなっちゃったのね」

「希美子さんの気持はよくわかるわ。私だって腹が立っちゃう。地震が起こって八時間もたつのに、慌てふためいてるだけだもの。なさけない政府……」

避難させてやって、風呂に入れてやったのにという言葉は使わないが、希美子は、かすみの目のなかに、いつまでもこのマンションの部屋を避難場所に使ったりしないでねと語りかけてくるものを感じた。

夫はどうするつもりなのであろう。被災地に住む大阪支店勤務の社員は多いはずだ。会社は、そんな社員のために何等《なんら》かの手を打ってくれるのだろうか……。

「お嬢さんはどうしたの？　大阪は、こんな日でも学校を休ませないの？」

と希美子は訊いた。

「学校から連絡はないけど、休みにきまってるわ。こんな日に授業なんかないでしょう。上の子は、尼崎《あまがさき》の友だちのことを心配して、様子を見に行ったわ。下の子は吹奏楽部なのよ。先輩から電話があって、部室のなかが無茶苦茶になってるって言われて、自分の楽器が無事かどうかをたしかめに行ったの」

かすみは、テレビのチャンネルをせわしなく替えながら言った。

「楽器って、何の？」

「あの子、アルト・サックスを吹いてるの」

アルト・サックスって、どんな楽器だったのだろう……。希美子は、知っているはずの楽器の形を思い出せなかった。

「上のお嬢さん、尼崎までどうやって行ったのかしら。電車は動いてないのに」

「友だちのバイクのうしろに乗せてもらうって言ってたわ」

「自転車もバイクも無理よ。道が盛りあがったり、へこんだりしてて。なまやさしい凸凹じゃないんだもの。私たち、西宮から武庫川のところまで歩いたけどバイクで避難しようとしてた人は、みんなあきらめて、バイクを道に置いて歩いてた……」

「神戸に地震が起こるなんて」

とかすみがテレビの画面に目を向けたまま言った。

「関東大震災よりも大きいらしいわ。関東大震災がどんなだったか、私たちは知らないんだけど……」

そのかすみの言い方には、上の娘に関する話題から離れたがっている気配があったので、希美子は、家を出るとき無我夢中で手にした古いショルダー・バッグの中身をひとつずつ出してみた。

クレジット・カード、キャッシュ・カード、印鑑、二万二千円の現金が入っている財布、家のスペア・キー、ハンカチと爪切り……。

それらは、家から逃げ出す際に入れたものではなく、いつもそこに入っている。簞笥《たんす》の引き出しとか、もっと他人にはわかりにくい場所にしまっておいたほうがいいと思いながらも、希美子は結婚して以来、学生時代に使っていた大きなショルダー・バッグにそれらを入れて、目に見える場所に置くという癖がついてしまっていたのだった。

電話が鳴り、かすみが、

「旦那さんよ」

と受話器を渡してくれた。

「お前、夕方の飛行機で東京へ帰れ。やっと一枚、チケットが取れたんだ」

と猛司は言った。

「そこは、あんまり居心地のいいとこじゃないし、子供たちもお前に逢いたがってるだろうし」

「あなたはどうするの？」

「俺は、当分、会社に泊まり込みだ。大阪の事務所も手がつけられないくらい散らかってるけど、神戸支店は壊滅だ。古い建物だったからな。ひょっとしたら、なかに三人生き埋めになってるかもしれないんだ。去年入社したやつもいる」

「どうしてあんな朝早くに、会社にいたの？」

「入ってくるテレックスを待ってたらしいよ。朝の四時半に自分の車で家を出て行ったって。大阪に住んでる家族からの電話でわかったんだ。あとの二人は警備会社の警備員だ」

同じ部署の社員で、被災地に住む者は八名で、無事が確認されたのはたったひとりだと猛司は言った。

「電話が不通になってるから、安否がわからなくてね。若いのが三人、歩いて神戸へ向かったよ」

会社は、大阪市内のホテルに三十人分の部屋を確保した。おそらく、自分は当分、会社のなかに作った宿泊場所とホテルとを交互に使うことになるだろうと猛司は言い、

「空前絶後だよ」

とふいに大きな声をあげた。

「それ以外の言葉はみつからねェくらいの大地震さ。俺たちが助かったのは、もう奇跡というしかないよ」

猛司は、航空会社の予約番号を希美子に教え、

「お袋には電話しといた。当分、俺の実家にいろよ。夜、電話をするよ」

と言って電話を切った。

希美子の心には、豊中市から電話をかけた際の姑の言葉が居坐りつづけていて、夫の実家に身を寄せることの嫌悪感は強かった。

かすみに事情を話し、とりあえず近くで服と靴を買うことにした。

服選びをする時間はないし、少々サイズが合わなくても我慢するしかない。買った店で服を着て、そのまま空港へ行く。

希美子がそう言って、かすみにあわただしく礼を述べているとき、また電話が鳴った。ミ

ユンヘンの父からだった。

「今夜の便で日本へ帰るよ」

と父は言った。すぐに母の声が聞こえた。

「こっちのテレビは、日本は壊滅したって言うのよ。びっくりしちゃって……」

「日本全体じゃないけど、阪神地方は壊滅みたい。でも、せっかくの旅行なのに……」

希美子は、本当は父と母に帰って来てもらいたかった。どんなに気を悪くされようとも、これからの生活で大きな摩擦が生じようとも、いまは夫の実家で暮らしたくはないと思った。

電話が切れたものと信じて、姑が口にした言葉は本心であるにちがいなかった。

自分が、頑固で能天気と思われているのは、さほど気にならなかったが〈こんな嫁じゃあ、猛司も外でうっぷんを晴らしたくもなるわよ〉と内心では思っている姑が、希美子には裏表だらけの、顔と腹とを巧妙に使い分ける詐欺師のような気がしたのだった。

「イタリー料理を作らせたら、うちのお嫁さんは天下一品ね」

とか、

「のんびりしてて、なんだか日向《ひなた》の綿みたいね。私、そんな希美子さんが大好き」

とかの、決してお世辞とは思えなかった姑の言葉は、すべて虚しいものとなってしまっていたのだった。

「日本で大地震が起こって、とんでもない被害らしいっていうのに、私たち夫婦が、のんびり外国旅行を楽しんでるなんて、そんな心ないことはできないわよ。私たちが旅行を中止して日本に帰ったからって、何がどうなるわけでもないけど、やっぱり、私たちは帰るわ。もう決めちゃって、いま荷造りをしてるの。日本時間で十八日の五時に成田《なりた》に着くわ」

母はそう言って電話を切った。

希美子は、マンションの玄関まで送ってくれたかすみにあらためて礼を言い、品数の多くないブティックで、自分のサイズに合った服と靴を買うと、一時間半かかってタクシーで伊丹空港へ行った。

被災地から、着のみ着のままで逃げて来た人々が航空会社のカウンターに並び、報道関係者たちが入り乱れてインタビューをしていた。

「ぼくらは宝塚から来たんやけど、隣にある会社の女子寮の一階が二階に押しつぶされて、若い女の社員が八人、生き埋めになってますねん。救援隊が必死で助けようとしてはったけど、人手は足らん、機械は役に立たん……。ひどいもんですわ」

「ここまで四時間もかかって歩いて来たんや。自衛隊は何をしてまんねん。社会党は、いまさら自衛隊に頭を下げられへんのやろ。そやから、これだけ救助が後手にまわっとんのやろ。えっ？　そうとちゃうんかいな」

あちこちで、被災地から逃げて来た人々の甲高い声が聞こえた。

希美子は、あの西宮市の家からも、この阪神地方からも、自分はさっさと逃げて行こうとしているのだと思った。

余震が空港ロビーを揺らし、つかのま、人々は語るのをやめてロビーの天井を見あげたり、床にしゃがみ込んだりした。

「ほんまに、この飛行場の滑走路は大丈夫かいな」

希美子の横に立っていた老人が言った。

「関東大震災のとき、私は浅草におりまして、あのときは死ぬかと思いました。まさか、生きてるあいだに二回も大地震に遭うとはねェ」

老人は、自分の腕をつかんで支えてくれている中年の男にそう言った。

「空襲にも遭《お》うたけど、あれは事前に心構えができてるよってに……。そやけど、地震はそういうわけにいかん。地震、雷、火事、親父っちゅう言葉があったことを思い出しましたなァ。親父のげんこつも、いつ飛んでくるかわからんかった。最近は、そういう親父はいてへんそうや」

高齢によるものなのか、それとも、話し方は落ち着いていても、地震から受けた精神的な衝撃が尾を引きつづけているのか、老人の肩は絶え間なく震えていた。

老人は福岡行きの飛行機に乗るらしく、付き添ってくれている男とともに搭乗口へと歩いて行きかけ、ズボンのポケットから、ハンカチでくるんだものを取り出そうとして、それを落とした。

希美子は拾ってあげて、老人に手渡した。ハンカチにくるまれているのは何枚もの古い写真だった。

「写真……」

希美子は、そう口に出して歩を停めた。二人の子供が生まれたときから撮りつづけた写真もフィルムも、西宮の家に置いたままだった。もう二度と撮ることのできない写真……。写真とはそういうものだとわかっていたが、もし西宮の家が焼失したら、二人の子供たちのこれまでの記録は永遠に消えてしまうのだと思った。

火の手は拡がっているらしいが、西宮にまで及ぶのだろうか。その恐れがないのなら、このまま徒歩で家まで引き返したい。

子供たちの写真だけではない。三十歳の誕生日に夫に買ってもらったロレックスの腕時計、結婚式の前日、毛利《もうり》のおばさまが贈ってくれたルビーの指輪……。

いま、すべては思い浮かばないが、私にとってかけがえのないものを、すべてあの家に置いてきた……。

取りに帰りたいと胸のなかで何度もつぶやきながらも、希美子の脚はゲートへと進みつづけた。

夫の実家に着くと、疲労を理由にして、希美子は、二階の子供たちの部屋に閉じ籠り、姑と言葉を交わさないようにした。

「地震が神戸でよかったわ。これが東京だったら大変よ」

希美子を迎え入れるなりそう言った姑の言葉に、

「そんなこと、よくも言えるもんですわね」

と思わず言い返しかけて、出かけた言葉を喉元で抑え、

「私、朝からずっと眩暈がしてて」

と溜息混じりに訴え、そのまま二階へあがったのだった。

夜、遅い晩ご飯を食べると、希美子は、横浜で独り暮らしをしている妹の知沙《ちさ》に電話をかけた。夜の十一時前に帰宅していたことは滅多にないのだが、自分の口から無事を伝えるメッセージを留守番電話に入れておこうと思ったのだった。

知沙も心配して、西宮の家に何度も電話をかけているであろうことはわかっていたが、そういう点に関しては細かすぎるほど気のつく兄嫁が、きっとミュンヘンから連絡を入れてくれたにちがいないと思っていたのだった。

留守番電話にメッセージを吹き込む心づもりで呼び出し音を聴いていたのに、知沙が直接出てきたので、

「私、仙田《せんだ》希美子と申します。夜分、申し訳ありません」

と、かしこまった言葉遣いになってしまった。

「どんなに心配したと思ってんのよォ。なにが仙田希美子と申します、よ。地震で、頭がおかしくなったんじゃない？」

知沙はそう言ってから、くぐもった笑い声をあげた。

「何がおかしいの？」

「頭もおかしくなるわよね。あの地震に巻き込まれて、頭がおかしくならないほうが変よねって思ったの」

知沙は、日本にいる姉の安否を、ミュンヘンの兄嫁からの電話で教えてもらったということ自体がおかしいと言って笑った。

「やっぱり、真紀子さんが電話をかけてくれたのね」

「私のオフィスのほうにかけてくれたの。私も飛行機でそっちへ行くつもりだったのよ。私、五十回くらい電話をかけたわ」

希美子は事情を説明して、いま夫の実家にいるのだと言った。

「いまから来ない？　来るんだったら、マンボに迎えに行かすわ」

と知沙は言った。

「マンボちゃんとは別れたんじゃないの？」

「別れたけど、ときどきセックスはしてるの。私とマンボとは、そっちのほうの相性はいいから」

「好き放題のことしてマンボちゃんを困らせたり怒らせたりしてるのは知沙のほうよ。私は、マンボちゃんの味方だわ」

「ねェ、いまから来る？」

「行けるはずないでしょう。大地震の被災地から命からがら夫の実家に逃げて来たっていうのに」

知沙と逢って、何ひとつ遠慮のない空気のなかで眠りたかったが、希美子は知沙と話をしているうちに烈しい眠気を感じた。

「私、あしたはオフなの。じゃあ、あした来る？　マンボに迎えに行くよう言っとくわ」

「あした、お父さんとお母さんを成田まで迎えに行くつもりなの」

「私もそのつもりで、マンボに送り迎えを頼んどいたの」

「マンボちゃんをお父さんに逢わせるの？」

「いいじゃない。もう別れたんだから」

「婚約して、結納までして別れた男が、空港に迎えに来たりしたら、お父さん、怒っちゃうわよ」

「お父さんとマンボは、友だちみたいなもんなのよ」

それから、知沙は、地震による死者はすでに千人を超えたが、この神戸の大火はいっこうに消える気配はなく、いまも建物の下で多くの人が死につづけているのであろうと言った。

「ねェ、日本て、こんな非常時になんにもできない国だったのね。水が届かなくて、消火活動ができないんだって。私、テレビを観てて、ひとりで泣いちゃった。希美子姉さんが、この近くから逃げ出してきて、いま東京にいるなんて、なんだか嘘みたい。だって、地震が起こったのは、けさなのよ。まだ二十四時間もたってないのよ」

そうなのだ、地震は、けさのことなのだ。けさ、私は死んでいたはずなのだ。希美子はそう思った。

夫も疲労困憊《こんぱい》しているにちがいない。今夜は会社で寝るのだろうか。それとも、会社が予約したホテルに泊まるのだろうか……。

知沙ともっと話をしていたかったが、無事に東京に着いたことを夫にしらせ、ねぎらいの言葉をかけたくて、希美子は電話を切ると、すぐに夫の勤め先に電話をかけた。

若い社員は、

「えっ？　仙田さんの奥さんですか？」

と驚きの声をあげ、

「仙田さんはご無事ですか？」

大声でそう訊いた。

「無事って……。私どものことでしょうか」

「みんな心配してたんですよ。ひょっとしたら、最悪の事態かもしれないって。いま、どこにいらっしゃるんです？　無事なら、家の近くの避難所にいるだろうって、手分けして捜してたんです」

「主人は、そちらにいないんでしょうか……」

「えっ？　何です？　よく聞こえないんですが」

希美子は、自分の声が力弱くて、相手に聞こえなかったことに安堵し、

「主人は無事です。でも、会社に行くことも、連絡することもできなくて」

と言った。

「仙田さんは無事です。これ、奥さんからです」

若い社員が誰かに大声で報告している声を聞きながら、希美子は電話を切った。

電話をかけているときには気づかなかったが、いつのまにか希美子のうしろに二人の息子が立っていた。

わずかな期間ではあっても、別々に暮らしていたせいか、十歳の幸司も七歳の靖司も、久しぶりに母親と逢ったというのに、子供らしくはしゃいでまとわりついてこなかったのだが、母と子だけで他に誰もいない状況になって、どことなく遠慮ぎみに甘えたがっている表情を見せていた。

希美子は、ひざまずいて、最初に幸司を、次に靖司を強く長く抱擁《ほうよう》し、近況を訊いた。

幸司は、地震で家が壊れたのだから、これからは一緒に暮らせるのかと、そればかりにこ

だわり、靖司は、スイミング・スクールよりもサッカー教室に通いたいと訴えた。

　しばらく、二人がまとわりつくままにさせてから、希美子は、今夜、知沙おばちゃまのところに行くから、あした学校に持って行くものをまとめて、外出の用意をするよう言った。

「着替えは、お母さんが鞄に入れるわ。自分の歯ブラシを持ってらっしゃい」

　夫は、会社に出勤していない。会社の人たちは心配して、なんとか安否を確認しようと大騒ぎしているのに、夫は、どうにも連絡のつきようのないのを利用して、どこか私の知らないところにいる。

　何のために、そのようなことをしなければならないのか。のんびり屋の能天気な私でもおよその見当はつく。

　それにしても、こんなことが自分の身に振りかかるなんて。夫には女がいるのだ……。大地震の騒ぎにまぎれて、夫は女のところに行ったのだ。そして、そのことを姑は知っている……。

　子供たちの様子を怪訝《けげん》に感じて、姑の政子は二階から下りて来ると、どこかに出かけるのかと希美子に訊いた。

「知沙に電話をしたら、風邪をひいて、四十度も熱があるらしいんです。ひとりにしとくのは心配なので、私と子供たち、今夜は知沙のところに行きます」

「なにも幸司と靖司をつれて行かなくったって。あしたは学校なのよ」

「私が学校まで送ります」

「子供たちに風邪がうつるじゃないの」

「私の子供なんです。私が行こうとしてるところにつれて行っちゃいけないんですか？」

その希美子の言葉で、政子は気色《けしき》ばみ、

「なんなの、そのケンカ腰の言い方。希美子さん、頭がおかしくなったんじゃないの？」

と行手を阻《はば》むように立ちはだかりながら言った。

希美子は、結婚以来、政子にさからったことは一度もなかった。

自尊心が強すぎるのと、いつも他人を見下したような態度をとるのは嫌いだったが、人間には誰だって欠点はあるのだと思い、姑のいやな部分を自分のなかで増幅させないように努めてきたのだが、希美子は、今夜だけは自分の好きなようにするのだと決めて、

「けさの大地震で脳味噌が揺れすぎて、私、頭がおかしくなったんです」

と言い返した。

「私や猛司さんが生きてたのは奇跡ですのよ。家の前では、知り合いの奥さんが、飛んできた石の鳥居の下敷きになって、頭も顔も胸もぐちゃぐちゃにつぶれて死んでました。近くの家もぺっちゃんこ。きっと、そのなかでは、お年寄りも赤ちゃんも生き埋めになったままなんです。そんな阪神間を命からがら震えながら歩きつづけて、やっと電話をかけられるところに辿り着いたから、私の頭はおかしくなってて、お義母《かあ》さまが喋ってもいないことまで聞

こえたんです。頑固で能天気。こんな嫁じゃあ、猛司も外でうっぷんを晴らしたくなるわよって」

政子の顔に狼狽の歪みが生じた。

「私、そんなこと言ってませんよ」

「ええ、お義母さまが、そんなことを仰言《おっしゃ》るはずがありませんわ。私の頭がおかしくなってるんです。でも、あんな信じられないような大地震に巻き込まれて、頭がおかしくならない人間なんていませんわ。猛司さんも、頭がおかしくなって、会社がどこにあるのかわからなくなったんです。会社に行くって出て行って、いま会社からだって電話があったのに、猛司さんは会社に姿を見せてないんですもの。会社の人たちは、阪神間に住んでる社員の安否の確認に必死になってるっていうのに、自分が無事だってことまでしらせてないんです」

「それじゃあ、猛司はいまどこにいるっていうの？」

「さあ、どこかでうっぷんを晴らしてるんじゃありません？」

希美子は、自分の顔が醜く吊りあがっているように思えて、冷静になろうと深く長い呼吸を繰り返し、子供たちの着替えを鞄に入れるために二階にあがった。

時計を見ると、九時だった。テレビのアナウンサーは、警視庁レスキュー隊と、近畿、中国、四国地方の各府県警の応援部隊八百二十人が西宮署に集結したと伝えたが、画面は神戸で拡大しつつある猛火を映しつづけていた。

希美子は、知沙にもう一度電話をかけ、いまから行くから、自分と子供たちを泊めてほしいと頼んだ。

「どうしたの？　何かあったの？」

と知沙は珍しく小声で心配そうに訊いた。

「私、泣きたいのか、泣きたくないのか、自分でもわからないの。哀しいのに、なんだかぜんぜん哀しくならないの」

その希美子の言葉で、知沙は、とりあえずタクシーで新宿の〈すみ弥《や》〉に行くようにと言った。

「希美ちゃんとおチビさんだけだと心配だわ。マンボちゃんに送ってもらうようにするから、すみ弥に行ってよ」

「マンボちゃん、まだお仕事があるでしょう？」

「きょうは、神戸の大地震の影響で、予約が全部キャンセルになったって言ってたわ」

希美子は、内心のうろたえを隠そうとして、きつい目で睨《にら》みつけているくせに落ち着きなく廊下と玄関を行ったり来たりしている政子に、知沙のマンションの電話番号を教え、幸司と靖司をつれて夫の実家を出た。

新宿駅南口までのタクシーのなかで、幸司も靖司もやっと本来の自分らしさを取り戻し、母親を独占しようとしてケンカを始めた。

「マンボちゃんのお店に行ったら、騒いじゃ駄目よ。あそこは、子供がうるさくしてもいいお店じゃないのよ」

と希美子は子供たちに言った。

「マンボちゃん、茶碗蒸し、作ってくれるかな」

と靖司が言った。

「晩ご飯、食べたんでしょう？　お腹をこわすわよ」

新宿駅南口に近いビルの二階に、関西割烹・すみ弥はある。十人掛けのカウンターと、店の奥に六人ほどが坐れる座敷があり、見習いの板前が三人と仲居が二人いる。

マンボちゃんこと遠野澄雄《とおのすみお》は、大学を中退して京都の老舗《しにせ》の料亭で板前の修業をし、五年前に自分の店を持ったのだった。

色が白くて、体は少し丸味を帯びているが、短く切った髪形の似合う三十三歳の青年で、知沙とは大学生のころからの恋人であった。

店の明かりが消えていたので、希美子はすみ弥の格子戸のところで歩を停めたが、どこかから様子をうかがっていたらしく、ツイードのジャケットに着替えたマンボちゃんが首にマフラーを巻きながら出て来て、

「俺も、希美子さんの家に三十回くらい電話をかけたんだよ」

と言った。

「さっき、ラジオで、西宮に派遣されたレスキュー隊が、倒れた家からみつけた男女八人は全員死んだって言ってたよ。ひょっとしたら、希美子さんの家の近くじゃないかなと思って地図を見たら、近くも近くで、希美子さんのところから五百メートルほど西にある町名だったよ。よく無事だったね。知沙から電話をもらって、俺は、もうこの世のありとあらゆる神さまと仏さまに、ありがとうございましたってお礼を言っちゃったよ」

それにしても、このおそまつな救援活動は、いったい何だろう。こんな焼け石に水のような救援活動しかできない国を先進国と呼べるのだろうか……。

マンボちゃんは、店の近くの駐車場へと歩きながら、そう言った。

「毛利さんから何遍も電話があったよ」

そのマンボちゃんの言葉で、希美子は、どうして毛利のおばさまに無事をしらせる電話をかけようとしなかったのかと自分を恥じた。毛利のおばさまは、奥飛騨《おくひだ》の山荘で、どんなに案じてくれていたことであろう。

希美子は、駐車場の近くの電話ボックスに走り、ことし八十六歳になる毛利カナ江の山荘に電話をかけた。

「最悪の場合も覚悟しなきゃあと思ったわ。ご不幸に遭われた方々には申し訳ないけど、希美子さんたちが無事だったってわかったときは、この誰もいない山荘で、ありがとうございましたって、声に出してお礼を言いましたよ」

毛利カナ江は、よく通る声で言った。

「ことし、雪はいかがですか？　転勤の忙しさにかまけて、ご連絡もしなくて」

「ここでの冬は三十回目なの。もう雪には慣れたし、冬の越し方にも慣れたわ」

いただいたルビーの指輪は、西宮の家に置いたままなのだという希美子の言葉に、

「命ひとつにならなきゃあ、あんなひどい災害から逃げ出せやしませんよ」

と毛利カナ江は言った。

知沙の横浜のマンションに着いても、マンボちゃんは部屋にあがらなかった。

京都で一緒に修業した友人が神戸で父の店を継いだのだが、その友人の店は、いま烈しく燃えつづけている地域にあるので、関西に住む知り合いと連絡を取り、交通機関が復活したら、神戸に行こうということになっている……。

マンボちゃんは、ひょっとしたら、あしたの夕刻、とりあえず大阪まで行くかもしれないと言った。

「成田に迎えに行けるかどうか」

「お友だちのことのほうが大事よ。お父さんとお母さんは、私が迎えに行くから気にしないで。でも、大阪に着いても、神戸までどうやって行くの？　この火、消えるどころか、どんどん拡がってるわよ」

「うん。でも、東京でテレビを観ながらやきもきしてるよりも、俺たちのできることを行動

に移さないとね。そいつ、おととし結婚して、去年の秋に父親になったばっかりなんだ。店も建て替えて、一階と二階を店にして、両親は三階に、自分たち一家は四階に住んでるんだ。建物は新しいから、地震で壊れるってことはなかったかもしれないけど。でも、どんなことが起こったか、想像もつかないからね」

今夜、予約が入っていた常連客のひとりは、妹さんが神戸大学の学生で、被害の大きそうな地域に下宿しているので、いてもたってもいられず、車で阪神地方に向かうつもりだ。あるいは、その人の車に同乗して、自分も行けるところまで行くかもしれないと、マンボちゃんは言った。

「連絡がつかなかったら、神戸のほうへ行ったと思ってくれよ」

マンボちゃんはそう言って帰って行った。

「おチビさんたち、お風呂に入ったの？」

と知沙は訊いた。

「まだよ。二人でお風呂に入りなさい。おばあちゃまの家では、いつもそうしてたんでしょう？」

子供たちが風呂に入っているあいだ、希美子は、テレビの画面を見つめつづけた。

夫は、どこへ行ったのであろう。このような途轍《とてつ》もない大災害の渦中にあっても、逢わずにはいられないほど好きな女性ができていたというのだろうか。

それとも、女性の生死のほどがわからなくて、夫は血まなこになって捜し廻っているというのか……。

知沙になら、何でも包み隠さず喋ることができる。幼いころから、自分と知沙とのあいだに隠し事はなかった……。

「朝、テレビで阪神高速道路が倒れてるのを見たとき、私、叫び声をあげて、このソファから立ちあがっちゃった。大きな神社の本殿がぺっちゃんこになってるのを見たときも、阪急電車の伊丹駅がつぶれてるのを見たときも、自分で気づかないまま悲鳴をあげてたわ」

と知沙は言って、造りの大きい、活力にあふれた顔をしかめた。

「テレビのカメラが入って行けないところの被害のほうが悲惨なのよ。いまも、生きたまま焼け死んでいってるわ。自分の子供が家の下敷きになってて、火はどんどん近づいてて、十人や二十人の救助隊じゃあどうにも手がつけられなくて……。いま、そんな人たちは、この日本て国に復讐を誓ってるわ」

希美子は、言っているうちに涙が滲んできた。何物かに対する悔し涙のような気がして、いっそう悔しさに包まれたのだった。

「テレビを消そうか？」

と知沙が希美子の顔を見つめながら訊いた。

「この国の政治家の無能を、この目に焼きつけておこうと思って、テレビをつけてんだけど、この近くから逃げ出してきたお姉さんには、刺激が強すぎるわね」

知沙はそう言ってテレビを消したが、

「総選挙で大敗した自民党が、おんなじように大敗した社会党と組んで、つまり魂の売り買いをしあって作った政権なんだもの。いざってときに無能なのは当たり前よね」

と言って再びテレビをつけた。

「政治屋って、ここまで誇りを捨てられるんだなァって、茫然としちゃう」

大学を卒業し、経済面を主とする新聞社に勤めたあと、文筆業に転身した知沙は、すでに十二冊の本を出版していた。

二冊目に上梓したある医療問題を検証する本が賞を受け、ノンフィクション部門の若い女性の書き手として注目されたのだった。

「政治屋ってのは、自分たちの権力を守るためなら、もう何でもありなのよ。選挙に通るか通らないか。それ以外のことは頭にないのよ。猿は木から落ちても猿だけど、政治家は選挙に落ちたら、ただの人になるってのは、ほんとに名言よね」

やがて子供たちが風呂からあがってきたので、希美子は髪を乾かしてやったり、パジャマを着せてやったりした。

「ねェ、子供たちをつれて、私の家に泊まりに来たりして、猛司さんのお母さん、機嫌を悪くしないの？」

衣類と書籍を並べてあるだけで、他のためには使っていない和室に、子供たちのための蒲団を敷きながら、ふいに黙りこくってしまった希美子を気づかうかのように知沙は訊いた。

「怒ってるでしょうね」

と希美子は応じ返し、しばらく大地震という現実から目をそらそうと、テレビを消した。そして、夫の、納得のいかない奇妙な行動を小声で話して聞かせた。

「大事な取り引き相手を心配して、そっちへ行ったってわけはないわよね。それだったら、会社にそのことを連絡するはずよ。電話の通じる大阪にいるんだから。私、こんなこと言うの気がひけるけど、お姉さんの想像は、まず百パーセント外れてないと思うわ。だって、他にどんなことが考えられる？　自分の奥さんも、会社も騙して、このどさくさに行かなきゃあいけないとこって、どんなところが考えられる？　それに、そのお姑さんの言葉……。猛司さん、女がいるのよ。それも阪神地区に。地震の被害の大きそうなところに」

「地震が起こったとき、私よりも、その人のことが心配だったのね。だから、何もかもをほっぽり出して、とりあえず大阪の前田さんのところへ行ったのね。邪推じゃなく、私、自分のこの勘は当たってると思うの」

希美子の言葉に、知沙はしばらく考えていたが、念のためにと言って、猛司の会社に電話をかけた。

五、六分、誰かと話をして、希美子のいる居間に戻って来た。

「仙田猛司の妻の妹だけど、義兄や姉にどうしても連絡がつかない。二人は無事でしょうかって訊いてみたの」

と知沙は、くわえ煙草でグラスに日本酒を注ぎながら言った。

「仙田さんの奥さんから電話があって、お二人が無事だってことだけは確認できたって。でも、お二人が、いまどこにいるのかはわからない。たぶん、どこかの避難所で夜を明かすつもりなのだろう。仙田さん本人からは、まだ何の連絡もないが、事態がもう少し落ち着いたら連絡があると思う。いずれにしても、無事が確認できただけで、いまはほっとしてる。同じ部署の女子社員は、残念ながら、さっき死亡が確認された……。電話に出てきた人、そう言ってたわ」

「あの人、まだ会社に連絡してないのね」

希美子は、自分でも不思議に思うほどの、何の感情もない心でそうつぶやいた。

「少し飲んだら？」

と知沙はグラスに入った日本酒を希美子に手渡した。

「結構、いけるくちなんだから。お姉さんがお酒を飲むと、とっても楽しくて、私、好きなのよ。お姉さんとお酒を飲むのが」

「マンボちゃんのお酒も、にぎやかで楽しいわね」

知沙は顔をしかめて、首を左右に振り、

「あいつ、飲みすぎると理屈っぽくなって、私が書いたものをえらそうに批判するのよ。私は、それが気に入らないの」

「それで、別れたの？」

「頭が疲れたときは、体をよしよししてもらいたいの。それなのに、私の心をちくちく刺してくるんだから」

「そのくらいが何よ。知沙はわがままだわ」

電話が鳴り、知沙が応待した。

「猛司さんよ」

そう言って、知沙は受話器を希美子に渡し、子供たちのいる部屋に入って行った。

夫は、しばらく妹さんのところでゆっくりしていればいいと言った。

「会社だよ。昼からずっと、会社と被災地を行ったり来たりして、へとへとだ。またいまから宝塚のほうへ行かなきゃいけない。うちで建築中のビルの様子を見なきゃあ」

「いま、どこなの？」

会社に泊まるか、どこに泊まるか、まだわからないが心配するな。

夫はそう言って電話を切った。切る間際、チャイムの音が受話器から聞こえた。どこの家にも取り付けてある、玄関と家のなかをつなぐチャイムの音であった。

夫は、会社ではなく、どこかの家かマンションにいる。そして、そこは壊れていないし、停電中でもない。なぜなら、玄関のチャイムが作動しているからだ。

それにしても、なぜ夫は自分の無事を会社に連絡しないのであろう……。

希美子は、居間に戻って来た知沙に自分の考えを言った。知沙は、台所へ行き、希美子のために日本酒の燗《かん》をしながら、

「猛司さんの行動は奇々怪々ね。自分の奥さんが会社に電話してくるってことを、まるで想定してないなんて。会社に電話をしてきたら、自分の嘘がばれてしまうってこと、どうして考えないのかしら。猛司さんはそんな馬鹿じゃないはずよ」

と言った。

「石橋を叩いても渡らないくらいの性格なのに」

希美子は、知沙が大切にしている伊万里焼《いまりやき》のぐい呑みで日本酒を一気に飲んでから、そう言った。

「もし、猛司さんに愛人がいたら、お姉さんはどうする？」

と知沙は訊いた。

「わからない。子供たちのこともあるし」

「猛司さんを愛してる？」

「愛してると思う……」

「でも、お姉さんは、この件に関して、なんだか恬淡《てんたん》としてるわ。つまり、ぜんぜん取り乱

してないんだもの」

「だって、まだ現実感がないのよ。疑惑は深いけど、事実を確認したわけじゃないし」

「ねェ、お姉さんは、猛司さんのどんなところを好きになって結婚したの？　お姉さんと猛司さんは、熱い恋で結ばれたって気がしないのよ。お見合結婚じゃなくて、知り合って、好きになって結婚したはずなのに、私、お姉さんのなかに熱いものを感じなかったわ。婚約してからも、結婚してからも、猛司さんへの熱いものを、私、お姉さんのなかに感じたことがなかったの」

「熱いもの？」

希美子は、伊万里焼のぐい呑みを掌に包み、夫との結婚を決めさせたものは何だったのかと考えた。とりたてて決め手といったものはなかったような気がしたが、かといって、ごく自然に二人がその流れに乗ったというわけでもない。

夫の強硬な求婚に抗《あらが》えなくなった……。しかも、父が仙田猛司という男を気に入った……。

一流大学を出て、一流の企業に勤めていて、容貌も整っている。これといって嫌悪を抱く部分はなく、結婚相手としては、周りの独身女性がうらやむほどの男だった。

けれども、知沙が言うように、たしかに自分のなかに仙田猛司への熱いものはなかったかもしれない。

どうして熱くなれなかったのであろう。この人でなければという疼《うず》きもなく、なぜ自分は仙田猛司の求婚を受け入れたのであろう。

両親や兄妹や友人たちが口を揃えて言うように、自分はのんびりしすぎていて、自己主張を表に出すことがなく、何かに腹をたてたということも滅多にない。

「希美子はいつも雲に乗って、ふわふわ漂ってて、世間の塵芥《ちりあくた》とは無関係なところで悠然としてるのよ」

と評したのは、同じ高校と大学に進んだ江原香織だったっけ……。

希美子は、その友人の言葉を思い浮かべ、

「私なりの好きになり方をしたんだろうけど、熱いものってなかったみたい……」

と知沙に言った。

「ひとごとみたいな言い方ね」

知沙は笑いながら、

「それでも、子供は二人作っちゃって」

と言った。

「昔の日本の結婚って、結婚式の日まで夫になる人の顔もよく知らなかったケースもあるらしいけど、そんな二人が仲のいい家庭を築いて生涯をともにしたりするのよね。夫婦って、いったい何なんだろうって考えちゃうわ。結婚てのは、やっぱり縁だとか相性ってのが重要なのかもしれないわね。セックスは間違いなく相性の良し悪しが決定すると思うな」

「知沙は、マンボちゃんとは相性がいいのね」

「だって、あいつとのセックスが、いちばん気持いいんだもの」

「一番だなんて、たくさん男の人を知ってるみたいな言い方ね」

「たくさんでもないわ。六人かな。あっ、七人かもしれない。お姉さんは、猛司さんが初めての男性じゃないんでしょう？」

「初めてみたいなもんだわ」

「みたいって、それどういうこと？」

「つまり、成立しかけて成立しなかったの。大学三年のとき。途中で相手のほうが駄目になっちゃったの」

「男性って、若いときのほうが、途中で駄目になる場合が多いんだって」

「私、その人には熱いものを感じてたと思う……」

と希美子は声を低くして言った。子供たちがまだ眠っていなかったら、自分の声は聞こえるに違いないと思った。

「その人とは、なぜ別れたの？」

と知沙は訊いた。

「他に好きな人ができたの。つまり、私がふられたのよ。二人が歩いてるのを六本木で見たんだけど、美人の上に超がつくくらいきれいな人だったわ。私、あのときは哀しかった」

知沙は体をのけぞらせて笑い、

「お姉さんの言い方、哀しそうじゃないわ。なんだか間《ま》が抜けてて、私、お姉さんのそんなとこがすごく好きだわ」

と言った。

「だから能天気って言われるのよね」

被災地はいまどんな状況なのかとテレビをつけかけたが、希美子は酒を飲みながら観るものではないと思い、浮かせかけた腰を椅子におろした。

ぐい呑み一杯だけにひかえて、希美子は風呂に入った。昼間、前田かすみに勧められて体の汚れを洗い、長く湯につかったのだが、気を使う必要のない家であらためて体を温めたかった。

希美子が風呂からあがると、死者は千五百人を超えたと知沙が言った。

「これは山火事じゃないのよ。打つ手がなくて燃えるにまかせてるなんて、どうかしてるわ。近くに海があるんだから、海水を使えないのかしら。大型の強力なヘリコプターで海水を運んで、空からぶっかけるのよ。その気になれば、できないはずはないと思うわ」

知沙はそう言ってから、

「私、お国はわざと火を消さないんじゃないかって気がしてきたの」

とつぶやいた。

「どうして？」

「いっそ、きれいさっぱり焼け尽きてくれたほうが、神戸の都市開発の大義名分ができるし、そうなったら大手の建設会社は大儲けできて、政治家はそこでまた甘い汁が吸えるわ」

「この非常事態の最中に、そんなひどい計略を思いつくかしら」

「思いつくわよ。それが政治屋ってやつなのよ」

「知沙は、政治家がよほど嫌いなのね」

「私が嫌いなのは、政治家じゃなくて政治屋。この国に政治家っていえるのは、ほんの二、三人かもしれないわ」

あしたは久しぶりに暇だから朝寝坊するのだと知沙は言い、バーボンの水割りを作った。

「私、お酒を飲む気になれないわ」

今夜はもうテレビを観ないでおこうと思ったのに、希美子はそう言いながらテレビをつけた。大火はさらに勢いと範囲を拡げていた。夫とともに歩いて大阪へ向かわなかったら、いまごろ自分はどこで何をしていただろうかと思った。

自分たちの安全のためには、あの時点で徒歩で大阪へ行くことを決めたのは正しかったのであろうが、それでもなお、希美子は夫の判断と決断力に感謝する気にはなれず、人間としての魂を、あの西宮市T町に捨てて逃亡したのだという負い目は強くなっていた。

「私には、この被災地のあちこちで何が起こってるのか、見えるような気がする……」

と希美子は言った。

「何が見えるの？」

「家の下敷きになったおじいさんの近くで、おばあさんが地面に腰をおろしてるの。火はどんどん近づいて来てて、おじいさんは、俺のことはいいから、お前、早く逃げろって叫んでる。周りの人も、もうあきらめて、せめておばあさんだけでも生き残らなきゃあって説得してる。でも、おばあさんは、断固として動かない。逃げなきゃあどうなるかは自分がいちばんよく知ってる。でも逃げないの。苦楽をともにしてきたおじいさんと一緒に、子供たちを育てあげてきた家で一生を終わろうとしてる……」

「映画みたい」

と知沙は言った。

「映画じゃないわ。これは現実よ。いま、この国で起こってる現実よ。私には見えるわ」

希美子は知沙を睨みつけて、そう言った。

知沙はテレビを消し、

「お姉さんがそんなに荒だった言い方をするのを、私、生まれて初めて見たわ」

と言った。

「神経がまいってるのね。誰だってまいっちゃうわよね。きょうの朝の五時四十六分に、この大地震の現場にいて、命からがら大阪まで歩いて、それから飛行機で東京に戻って、猛司さんのおかしな行動を知って、子供をつれて横浜の私のとこへ来て……。それが全部、きょう一日のことなんだから。あったかい蒲団のなかで横になったほうがいいわ」

その知沙の言葉に、希美子は、そうだ、私は自分でも気づかないくらい疲れ果てたのであろうと思った。それにしても、夫の奇妙な行動に、胸が圧迫されるような苦しみを感じないのはなぜなのであろう。

希美子は、そんな自分の心境を知沙に言った。

「私って、普通の女としての感情が希薄なのかしら。猛司には大切な愛人がいるに違いないって思っても、狐につままれてる気分だけで、嫉妬だとか憎悪だとかの感情が湧いてこないの」

「疲れてるからよ。それに、猛司さんの行動はたしかに怪しすぎるくらいだけど、まだ真相を突きつけられたわけじゃないから」

その知沙の言葉に、希美子は静かに首を横に振った。

「私には、何かが欠落してる……。子供のとき、よくお父さんに言われたわ。お前にはスイッチが入ってないんじゃないかって」

「えっ、お父さん、そんなこと言ったの？」

「怒ってそう言ったんじゃなくて、どこか面白そうだったり、あきれてたりしながらだけど、何度もそう言われたわ」

自分は、幼いころから、人の悪意を感じたことはなく、何かに嫉妬したという記憶もない。人をうらやましく思ったことはあっても、それによって感情を波立たせるまでに至らない。

何かで他人と競争しようとしたこともなく、ひとつのことに我を忘れて熱中したりもしなかった。

「スイッチが入ってないのよ。たとえば、人間にはこれだけは大切だってスイッチが五つあるとしたら、そのうちのひとつかふたつが、生まれたときから入ってないのよね」

知沙は笑いながら、

「ほんとにそう思ってるの？」

と訊いた。

「なんだか、そんな気がしてきたの。三十六にもなって、まだちゃんと全部のスイッチが入ってない……。一生、このままかもしれない」

希美子はそう言って、子供たちの寝ている部屋をのぞいた。二人とも眠ったふりをしていたが、希美子に鼻をつままれると、笑いながら身を起こした。

あしたは横浜から学校へ行くのだから、いつもより一時間早く起きなければならないのだと言い聞かせ、二人に蒲団をかけ直して居間に戻ると、知沙は煙草に火をつけて、猛司さんとの交わりはどうなのかと訊いた。

「楽しい？　気持いい？　自分から、したいなァって思う？」

希美子は考え込み、

「楽しいような気がするし、ああ、これが気持がいいってことなんだって思うときもある」

と答えた。

「なんだか迫力に欠けるご夫婦ね。でも、夫婦って、そんなものなのかもしれないわね」

「私に迫力がないのね。きっと、そっちのほうのスイッチも入ってないんだわ」

「なんだかスイッチが入ってないようなって表現はぴったりだと思うんだけど、私は、小さいときからそんなお姉さんが好きなのよね。私もそんなふうでありたいって思ったことが何回もあるわ。でも、私って人間は、スイッチが多すぎて、あっちこっちのスイッチが、入らなくてもいいときに入っちゃって、それで失敗ばっかりしてる。Aのことをやりかけたのに Cのことに手を出して、そうしながら、EとかFとかを踏んだり蹴ったりしてて、もう収拾がつかなくなるって感じ」

電話が鳴り、マンボのやつよと知沙はくわえ煙草で受話器を取ったが、送話口を手で押さえて、

「猛司さんよ」

と言った。

夫は、希美子の声を聞くなり、

「会社に電話したんだって？」

と言い、希美子が何も言わないうちに、

「電話に出たのは間抜けなやつでね、俺が出社してたのを知らなかったんだ。まったく、何をさせても駄目なやつさ。会社中、大混乱で、俺が無事で、社を出たり入ったりしてるのに気がつかなかったんだろうけどね」

と早口でまくしたてた。

「いま、会社？」

「ああ、そうだよ。今夜は社の床に蒲団を敷いて寝るよ。大阪中の貸し蒲団屋はどこも品切れで、いま若い連中が車で奈良の貸し蒲団屋へ向かってるんだ」

さっきの電話とは異なる多くの人間のざわめきが受話器から聞こえていた。

「おんなじ部署の女性社員が亡くなったって、その人が言ってたけど……」

「うん、いま三人に増えたよ。次長と、ことし入社したやつなんだ。行方不明があと二人。そのうちのひとりは、俺たちの借家から車で十分のところに住んでる」

ああ、この人は嘘をついている。希美子はそう思った。話の内容が嘘なのだというのではなく、電話に出た若い社員が気づかなかったということは嘘なのだ。そうでなければ、このような電話をかけてきたりする性格ではない。会社が上へ下への大騒ぎのときに、何のために電話なんかかけてくるのかと怒るのが、普段の夫のやり方なのだ……。

知沙は、希美子が夫と電話で話をしているあいだ、気をきかせて台所に行ったあと、仕事部屋に入ってしまった。

希美子は、夫に何か言いたいことがあるような気がしたが、言葉が浮かんでこなかったし、社内はいまも混乱がつづいているであろうと考え、

「私、しばらく知沙のところか実家にいますから、気をつけてね」

と言って電話を切ろうとした。

「なんだよ、そのよそよそしい言い方は」

と夫は声を低くさせて言った。

「よそよそしくなんかないわ。会社からの電話で長話なんかできないでしょう？」

「俺のお袋にケンカを売ったんだって？　なんだかお前らしくないよ。俺が社にいなかったからか？」

「私だって、苛々《いらいら》することもあるわ。あなたが会社にいなかったからって、そんなことで怒るわけがないでしょう？」

ああ、やっぱりこの人は、いまやっと会社に来て、私から電話があったことを知ったのだ、と希美子は思った。それで辻褄《つじつま》を合わせるための電話をかけてきたのだ。

ふいに、希美子は夫を騙してみようと思った。夫にだけでなく、希美子が人を騙そうと企《たくら》んだのは初めてであった。

「私、一時間ほど前にも会社に電話をかけたのよ。お名前はわからないけど、五十歳くらい

の人が出ていらして、仙田さんはまだ社に来ていないが、奥さんから電話で無事だとわかって、みんな安心したんですって仰言った……。その人は、朝の九時からずっと自分の席に坐ってたって。とにかく無事でよかったが、どうして仙田さん本人が連絡してこないのか。何か電話をかけられない事情でもあるのかって」

「それで、お前、どう答えたんだ」

「倒れてきた家具で少し頭を打って、知り合いのお宅で休んでおりますって」

「馬鹿野郎。どうして自分だけの考えで、そんな余計な作り話をするんだ」

「嘘よ」

夫は、その希美子の言葉で、しばらく黙り込んだ。

「嘘？　何が嘘なんだ」

「いまのは私の作り話。電話をかけたのは知沙よ。そのときも、若い社員の方が出て、仙田さんはまだ出社してないが、奥さんからの連絡で無事を確認したって言ってたそうだわ」

「お前、どうかしてるんじゃないか？　お前のほうこそ、何かで頭を打って、おかしくなってるんじゃないだろうな」

希美子はそれには答えず、

「あなた、前田さんのマンションを出てから、会社に行くどころか、電話一本かけないで、いままでどこにいたの？」

と訊いた。自分でも気味が悪いほど心の乱れはなかった。

「社を出たり入ったりしてたって言っただろう」

夫は怒鳴って電話を切ってしまった。

「追い詰めちゃったわねェ」

仕事部屋から出て来た知沙が言った。

「そうね。私、どうして、こんなことしちゃったのかしら……」

「どこかのスイッチが入ったのね。今朝の大地震で、お姉さんていう人間のなかの無数のスイッチのひとつかふたつが入っちゃったのかもしれない」

そうでなければ、お姉さんがあんなにぬけぬけと作り話を思いつくはずがない。知沙はそう言って、不思議そうに希美子の目をのぞき込んだ。

第二章

希美子は、その夜以来、煉瓦《れんが》造りの暗い倉庫のなかにいて、強い地震が起こり、次第に自分の周りの煉瓦が崩れていく夢ばかり見るようになった。

木の固いベッドの下にもぐり込めば、ひょっとしたら助かるかもしれないと思うのだが、希美子がそのベッドの下に這って行きかけたところで、必ず夢から醒めるのだった。

同じ夢が三日もつづくと、希美子は眠るのが恐ろしくなった。夢そのものが怖かったのではなく、同じ夢を三夜も見つづける自分の精神に不安を感じたのである。

阪神地方に大地震が起こって四日目の一月二十日の夕刻、警察庁は、死者、行方不明者の合計が五千人を超え、被害は関東大震災を大幅に上回りそうだと発表した。

断水は九十五万世帯、ガスの停止は八十五万世帯で、とりわけ神戸市では、いつそれらを復旧できるのか、まったくめどが立っていなかったが、京都と新大阪間が不通だった東海道新幹線は復旧し、東京駅の新幹線ホームには、被災地へ向かう人々が増えた。リュックサックのなかには、ミネラル・ウォーターや食料品や日用品などが詰め込まれている。

それらの人々は、新大阪駅から徒歩で伊丹市や宝塚市、あるいは西宮市、芦屋《あしや》市、神戸市へ向かうつもりらしかった。

希美子は、新聞に載る死者の名前のなかに、すでに十二人の知り合いの名をみつけていた。その人たちはみな西宮市T町の、希美子の住まいから徒歩で十五分以内のところに住んでいた。

東京から引っ越したばかりの希美子に声をかけてくれて、何度か一緒にスーパーマーケットに行ったことのある婦人の名を確認したとき、希美子は冷たい鳥肌が背や脇腹や腰に生じるのを感じた。希美子よりも二歳下のその婦人は、二人目の子供を来月の十日に出産する予定だったのだ。

希美子は、子供たちを実家にあずけて、自分もまた大きなリュックサックに思いつくありとあらゆる品物を詰め込み、西宮市T町の人々のいる避難所へ行こうと思った。

大火はやっと消えたが、まだ鎮火していなかったり、あらたに出火した地域もあった。しかし、そこはどこも西宮市T町からは離れていたので、新大阪駅から徒歩で向かっても危険はなさそうな気がしたのだった。

自分たち夫婦が短期間暮らした家のなかには、大切なものがたくさん残ったままで、それらすべてというわけにはいかないだろうが、取り出せるものはできるかぎり取り出さなければならない。あした、T町の、壊れかけた家に行こう。

希美子はそう決心したが、夜になって熱を出してしまった。喉が痛く、咳がひどかった。

知沙は夜の十時前にマンションに帰って来た。神戸の友人の安否をたしかめに行っていたマンボちゃんが一緒だった。

「収容されてる病院をみつけるのに二日かかったよ」

とマンボちゃんは疲れた表情で言った。

「背骨が二ヵ所折れて、肺のなかに出血があったんだ。新築のビルなのに壊れちゃった。耐震構造も、この地震に耐えきれなかったんだな。お母さんが死んだ。奥さんと子供は無事だったけど、住み込みの若い従業員は重態なんだ」

武庫川を神戸のほうに渡ると、道路は、人が歩くのも困難なくらいに盛りあがったり陥没したりで、ガス管に残っているガスが街にたちこめている。

救援隊も、どこから手をつけたらいいのかわからないといったありさまで、ただ右往左往するばかりだ。

西宮市のT町あたりにも行ってみたが、希美子さんの借家に近い坂道は洩れたガスの濃度が強くて通行禁止になっていて、そこから先へは進めなかった。民家もアパートも七割方倒壊していたように思う。

「希美子さんも猛司さんも無傷だったのは大袈裟じゃなく奇跡だよ。奇跡以外の何物でもないって気がしたよ」

マンボちゃんはどこで怪我をしたのか、右の指二本に包帯を巻いていた。

T町の人たちはどこの避難所にいると思うかと、希美子はマンボちゃんに訊いた。

「わからないな。ガス洩れがひどくて、これは長くいるとやばいなって気がして、早々に国道二号線のほうへ引き返したんだ」

「私、新幹線が新大阪駅まで行けるようになったから、リュックサックを背負って行こうって決めたの。そしたら熱が出ちゃって。こんなときに風邪をひくなんて、私って、いつも、いざっていうときには役立たずなのよね」

希美子の言葉で、知沙は自分の掌を希美子の額にあてがった。

「熱、高いんじゃない？　体温計、どこにしまったかしら」

「私も探したんだけど、薬箱のなかにはなかったわ」

引き出しのあちこちを探し、知沙はやっと体温計をみつけると、それを希美子の口に突っ込んだ。熱は三十九度もあった。

「疲れたんだね。俺も被災地を歩き廻ってるときは気が張ってたんだけど、帰り道、京都のあたりで、生まれて初めてじゃないかって思うくらいの疲労感でぐったりしちゃった。希美子さんは、実際に大地震の渦中にいたんだから、風邪をひいて熱を出すのは当然だよ。あっちこっちの避難所でも、風邪の熱で寝込んでる人がたくさんいるらしいよ」

そう言ってマンボちゃんは薬を買うために出て行った。

「猛司さんから電話はあった？」

知沙は普段着に着替えながら訊いた。

「きょうはまだないわ。でも、お義母さんからは二回あった。誤解を解くために説明するから、とにかく子供をつれて帰ってちょうだいって」

「私、猛司さんのお母さんは、猛司さんのやってることを知ってるんだと思うわ」

知沙は言って、希美子の二人の息子のための蒲団を敷いて居間に戻って来た。

「息子に愛人がいて、それをお嫁さんに隠してるどころか、息子の肩を持って容認してるんだとしたら、お姉さんのお姑さんは意地悪を通り越して、とんでもなく残忍な人間だってことになるわ」

知沙の表情には怒りがあった。

ヨーロッパ旅行を途中で切り上げて帰国した母から電話がかかってきた。飛驒のS町に住む藤島《ふじしま》という人から希美子に電話があったという。

毛利カナ江さんが、今朝倒れて意識不明になっている。身寄りのない老人なので誰に連絡をすればいいのかわからず、住所録を見たところ、二人の名前にだけ電話番号が書いてあった。一人は遠野澄雄という方で、もう一人が仙田希美子さんだ。

遠野さんにお電話をかけたがお留守なので、仙田希美子さんにかけてみた。電話番号は二つあり、一つは東京都内、あとの一つは兵庫県の西宮市かと思われる。

東京の電話番号にはボールペンで線を引いてあったので西宮市のほうにかけてみたが、地震で不通になっていた。それで、消してあった東京のほうにかけた——。

藤島という人は、自分の電話番号を伝え、もし仙田希美子さんが毛利カナ江さんと懇意であるならば、当方にご連絡下さるように伝えてほしいと頼んだという。

「倒れたって、どんな病気なのかしら」

知沙は、メモ用紙にひかえた電話番号を見つめ、当惑したように言った。知沙も一度だけ毛利カナ江と逢っている。マンボちゃんと飛騨に旅行した際、希美子に頼まれて菓子とセーターを届けるために毛利カナ江を訪ねたのだった。

丁寧な礼状がマンボちゃんと知沙のもとに届き、その後、マンボちゃんは二度ほど毛利カナ江を訪ねている。

希美子は、飛騨のS町に住む藤島という人に電話をかけた。

毛利さんとはいかなるご関係か、と六十歳前後と思える声で藤島は希美子に訊いた。

「知り合いです」

「はあ、お知り合いってだけですか……」

「どんな病気で倒れたんですか？」

「脳梗塞です。救急車で病院に運んだんです。重症の部類に入るそうですが、まったく意識がないわけでもありません」

毛利さんが自分たちの家から二十分ほど離れたところで独り住まいをするようになって三十年がたつが、独身で、子供さんもなく、訪ねて来る親戚もない。誰に知らせたらいいのか途方に暮れている……。

藤島はそう言った。

「私、学生のとき、飛騨を旅行して、偶然にお知り合いになったんです」

「はあ……。ご親戚のどなたかと連絡をつける方法はありませんか」

「ご自分のことは、何も喋らない方でしたから」

「はあ、困りましたなァ」

とりあえず、さっきまで自分の妻が病院で付き添っていたのだと藤島は言った。

「遠野澄雄さんも、私を通じてのお知り合いなんです。住所録には、他にどんな方のお名前が載ってるんですか？」

と希美子は訊いた。マンボちゃんが薬を買って帰って来た。

「クリーニング屋、食料品店、タクシーの営業所、銀行。それだけでして」

藤島は、住所録に、封筒が挟んであり、〈私に何かあったときのために〉と書かれてあったのだと言った。

「さっき、封筒の中身を見たんです」

そこには、もし自分に不測の事態が起こったときには、医学による延命治療を拒否し、山荘と土地は町に寄附し、葬儀は行なわず、残った貯金などもすべて寄附すると書かれてあった。

「どんな状態であっても、病院ではなく、この自分の山荘で死を迎えたいっちゅうことも書いてありまして」

「それは、いつごろ書かれたものなんでしょう」

希美子の問いに、藤島は、ちょうど十年前の日付になっていると答えた。

「実印も捺《お》してありますです」

希美子は、その遠野澄雄とも相談し、あす電話をおかけすると言って、電話を切り、事のいきさつを知沙とマンボちゃんに話して聞かせた。

「毛利さんの住所録には、俺と希美子さんの住所と電話番号以外は、クリーニング屋と食料品店とタクシーの営業所だけ？」

とマンボちゃんは薬の入っている紙袋を持ったまま訊いた。

「それに銀行。生活のために必要なものばっかりってことよね」

知沙は言い、

「毛利のおばさま、お幾つだったっけ」

と希美子に訊いた。

「もうじき八十六歳になるはずよ。私、地震が起こった日、マンボちゃんのお店の近くから電話をかけたの。私のことを心配して、マンボちゃんに何度も電話をかけて下さったって聞いて。そのとき、とてもお元気そうな声だったのに」

「この世の中に、たった一人の身寄りもない人なんていないわ。なんとか捜せないのかしら」

「きっと、毛利さんは、そんな人間を捜してもらいたくないんだよ。だから、私に何かあったときのために、なんて文章を十年も前から準備してたんだ。何かあったら、この人に連絡してくれってことは書いてないんだから」

マンボちゃんはそう言って、希美子に薬を服《の》むよう勧め、グラスに水を入れて持って来てくれた。

「不思議な人ね」

と知沙は言った。

「言葉遣いも、立ち居振る舞いも、とっても上品で、若いときはどんなに美人だったのかって思っちゃう。家で使ってる陶器なんかも、只物じゃない」

「只物じゃないって？」

「茶碗にしてもお皿にしても、古伊万里だったり、古越前《こえちぜん》だったり。玄関のところに傘立てとして置いてある大壺は常滑《とこなめ》の相当古い物よ。ティーポットとカップのセットは、ウェッジウッドで、戦前に買ったものだって仰言ってた。戦前に、ウェッジウッドを買える日本人なんて、そうざらにはいないわ」

知沙の言葉に頷き、

「毛利さんがいつも花を活けてた口の広い底の浅い焼物は黄瀬戸《きせと》の素朴なやつだけど、あれだけの黄瀬戸は滅多にないよ。それに、床の間に掛けてある掛花入れの革袋、あれは利休《りきゅう》の時代のもんだ。祖父が気に入っていたものなんですって言ってね、利休の時代のものだってことがよくわかりましたねって、俺、賞《ほ》めてもらったよ」

とマンボちゃんは言った。

「知沙もマンボちゃんも、そういうことに詳しいのね。私にはまるでわからないわ。でも、只物じゃないって言い方はよくわかる。お皿にしても花入れにしても、ああ、すごくいいなって思ってたけど、どれが古越前で、どれが常滑かなんて、私にはわからない……」

希美子の言葉に、

「どうする?」

「どうするって、焼物をどうするの?」

と知沙は訊き直した。

「焼物のことじゃないわよ。毛利のおばさまのこと」

「延命治療を拒否して、自分の家で死にたいって言っても、ああそうですかって、他に誰もいない山奥の家に放り込んでおくわけにはいかないぜ」

マンボちゃんは溜息をつき、

「不思議な人だね。誰にも言えないことがたくさんあって、それをついに誰にも言わないまま、あの山奥の森のなかで、たった一人で死んでいこうとしてる……」

とつぶやいた。

「私が行くわ」

希美子は言った。

「風邪の熱がおさまったら、私が飛騨に行くわ」

「おちびさんたちはどうするの？　私、あずかってあげられないわよ」

「俺も、あしたから店をあけるし」

とマンボちゃんは言った。

「子供たちは、お父さんとお母さんに見てもらう。うちの実家からだったら、ここからよりも学校に近いし、子供たちも通い慣れてるわ。とりあえず、風邪がなおったら行ってみる」

「行って、どうするの？　意識があるようなないような老人の世話をするの？　重症の脳梗塞だったら、完全に寝たきりになっちゃってるのよ」

「とにかく行ってみる。行ってから考える」

結婚のお祝いにと毛利カナ江は大粒のルビーの指輪をくれた。その指輪そのもののデザインは古かったが、宝石店で観てもらうと、このルビーをいま買おうとすれば二百万円を下らないだろうと言われて驚いたのだった。

せっかくのおこころざしだが、こんなに貴重なものをいただくわけにはいかない……。

結婚式を翌々日にひかえた日、希美子は毛利カナ江に電話をかけて、そう言った。

「宝石なんて、簞笥の引き出しに眠ってても何の役にもたたないわ。似合う人が身につけなきゃあ宝石も可哀相よ。私にはもう必要ないの。希美子さんを見たとき、ああ、あのルビーの指輪が似合う人だろうなって思ったの」

毛利カナ江はそう言って、どうか指輪を貰ってくれと頼んだのである。

「いったい何者なのか。その正体をしらべてみたいわね」

知沙の言葉で、マンボちゃんは知沙を見つめ、

「しらべてどうするんだよ」

と不機嫌そうに訊いた。

「何かおもしろいものが書けるかもしれない」

「ノンフィクション作家の血がうずくってのかい？　そんなの悪趣味だよ」

「またすぐそんな言い方をする。そういう言い方をされると頭にくるのよね」

「だって人が秘密にしてることを暴きたてるのは悪趣味じゃないか。悪いことをした犯罪人

の隠し事じゃないんだぜ。何かわけがあって、奥飛騨の森のなかに山荘を建てて、そこで誰に迷惑もかけず、ひっそりと三十年暮らしてきた人の、死ぬまで心にしまっておこうとしてるものを暴きたてようなんて、俺はそういうことをたとえ冗談にせよ口にする知沙に腹が立つんだ」

「だから別れたんじゃないの。私のやることなすことが神経にさわるんでしょう？　私も、そんなマンボちゃんが神経にさわるのよ。神経にさわるどころか、頭にきちゃう」

「ほんのちょっと気に入らないことを言われると、すぐ頭にきて、つっかかってくる……。俺は知沙のそういうところが嫌いだよ」

「嫌いで結構よ。私たち、婚約を解消して正解ね。結婚しても半年もたなかったと思うわ」

「じゃあ、自分が寂しいときとか、退屈なときだけ猫撫で声で電話してくるなよな」

「猫撫で声？　失礼ね。私、マンボちゃんに猫撫で声を出したことなんてないわ。寂しかったり退屈だったりして電話をかけてくるのはそっちじゃないの」

立ちあがって向かい合い、相手を睨みつけている知沙とマンボちゃんを見ているうちに、希美子は声をあげて笑った。

「二人とも三年前から少しも変わってないのね。ケンカになる過程も、お互い口にする言葉もおんなじ。知沙はすぐ頭に血がのぼる。知沙のほうが悪いわ」

「あら、マンボちゃんの味方をするんだったら、このマンションから出てってよ」

「なんてこと言うんだよ。希美子さんは、大地震から命からがら逃げて来たんだぞ。そのうえ、風邪をひいて三十九度も熱があるんだ。どんなに頭にきても、言っていいことと悪いことがあるんだ」

「もう、ケンカはやめなさい」

希美子は、知沙の腕をつかんで自分の横に坐らせ、

「あしたになったら仲直りしてるんだから」

とマンボちゃんに微笑みながら言った。

マンボちゃんはテレビの前にあぐらをかいて坐り、

「あしたから、俺の店でも、被災者への義援金を募ろうと思うんだ。お客さんたちも賛同してくれるよ。でも、そのお金、ちゃんと間違いなく被災者の手に届くのかなァ。どこかで誰かが猫ばばするんじゃないだろうなァ」

と言った。

子供たちに風邪をうつしてはいけないと思い、希美子は薬を服むと、リビングの長いソファに蒲団をかぶって横になり、毛利カナ江のために何をどうしたらいいのかを知沙やマンボちゃんに相談した。

十五分もたたないうちに、知沙とマンボちゃんはついさっき口論したことなど忘れて、二人並んでテレビの前に坐り、コーヒーを飲み始めた。

「いくら本人の意思でも、実際にできることとできないことがあるよ」

とマンボちゃんは言った。

「意識不明の年寄りを、自分の家で死にたいんですか、じゃあどうぞって、病院から家に送り帰すわけにはいかないさ。ましてそこは、看護する人が誰もいない家なんだぜ」

「警察がしらべたら、身寄りの一人や二人は必ずみつかるわ」

と知沙は言い、毛利カナ江はいまは病院にいるのだから、希美子が慌てて奥飛騨に向かう必要はないのではないかという考えを示した。

「さっきの藤島さんて方も、他に連絡する相手がみつからなかったから、試しに仙田希美子って人に電話をかけてみただけなのよ。仙田希美子に後事を託そうなんて思ってないわよ」

「そりゃそうなんだけど……」

希美子は、ときおり襲ってくる悪寒に身を固くさせたまま、毛利カナ江の山荘のたたずまいを思い描いた。栗の巨木が四本、希美子の脳裏に浮かび出た。鬱蒼《うっそう》とした森に囲まれた毛利カナ江の敷地の四隅に、栗の巨木は枝を拡げている。

木造の二階建ての家は、まるでその巨木の位置に合わせて設計されたかのようで、十一月の初めごろ、実った栗の実が弾けて、毛利カナ江の山荘の屋根に落ちてくる。

それは、よく眠っていても目を醒ましてしまうほどに大きな音で、鳥が起きだす時間に始まり、夜とともに終わる。

すべての実がいがとともに落ちる期間は約二週間で、粒の大きい実だけを拾って集めても、ポリバケツに三十杯分はある。

拾いきれなかった栗の実のほうが多く、それは野鳥が器用にくちばしでついばんだり、リスが巣に運んだりして、雪が降る前に、いつのまにか姿を消してしまうのだった。

「この家の敷地は、あっちからこっちまで」

希美子が大学生のとき、初めて毛利カナ江の山荘に行った日、栗の木で作られたベランダに腰かけて、毛利カナ江は、指を東と西に向けた。

あっちがどこまでで、こっちがどこまでなのか、希美子には見当がつかなかった。希美子が訊くと、あっちは、渓流が枝分かれして幅三メートルほどの小川になる場所で、こっちは、その小川が苔に覆われた岩と岩のあいだに流れ落ちていくあたりだと毛利カナ江は言った。

「小川の水、どこに消えて行くのかしら。きっと森のなかに地下水脈みたいなのがあるのね。そのまま地面に沈んでいく水もあるけど、蟻の巣みたいになって流れて行って、思いもかけないところで、また小川になったり、渓流に注ぎ込んでるんだと思いますよ」

その毛利カナ江の言葉で、希美子は翌朝、〈あっち〉から〈こっち〉までを歩いてみたのだった。小川は、毛利カナ江の土地のなかを少し蛇行しながら東から西へと流れていて、〈あっち〉から〈こっち〉まで七、八百メートルあった。

いたるところ栗の木で、昔、ある人が建築木材用の栗の木として伐採するために購入した土地を、毛利カナ江が買ったという。

「大きな材木問屋だったんだけど、急に手放したくなって、ひょんなことから私が買うはめになったの。栗の木は貴重で、とても高いのよ。直径三十センチくらいの太さで、高さが二メートルほどの栗の丸太がいまだったら一本五、六万円はするそうよ。檜《ひのき》よりも高いの。材木としての栗の木は、腐りにくくて、丈夫で、価値が高いんですって。この家を建てるときお世話になった大工さんがそう言ってたわ。一本切るごとに、ああ勿体ない、勿体ないって……。家を建てるために切り倒さなきゃならなかった栗の木は全部で二十二本。名古屋の材木屋さんが買いに来て、びっくりするくらいのお金を置いてった……。だって樹齢百年なんて、ここにあった栗の木のなかでは細いほうだったの。私も、そんな見事な栗の木を切りたくはなかったけど、切らないと、家を建てる場所を作れなかったから」

栗の木は、毎年おいしい実をたくさん恵んでくれる大切な食材なので、実をつけなくなったものしか切ったりはしない。そのために、さらに材木として値が高くなったのだ。

毛利カナ江はそう説明し、材木屋が引き取らなかった丈の短い部分を使って、大工がベランダを作ってくれたが、この雪の深い地で三十年近く腐ることなく耐えていると言った。

自分の敷地で穫れた栗の実の大半を、毛利カナ江は蜂蜜で煮て菓子を作る。残りは栗ご飯にしたり、薄く切って油であげておかずにするのだった。

毎年、十一月の終わりごろ、毛利カナ江は自分で作った栗の菓子を希美子に送ってくれていたが、去年の収穫の分は、壜に詰めて、西宮市T町の借家に持って行ったまま一粒も食べていない。ジャムやママレードの壜も落ちて割れ、中身が散乱していたので、おそらく栗の菓子も壊れた家の床に転がっているはずだった。

「俺、毛利さんの山荘に三回泊めてもらったよ。二階の洋間に蒲団を敷いてもらって」

とマンボちゃんが言った。

「ただ木の床だけの、他に何にもない部屋だよね。南側に大きな窓があって……。なんだかアトリエみたいで。蜂蜜で煮た栗の実が入れてあるガラス壜が何十個も置いてあって。あれ、甘すぎなくて、柔らかくて、ほんとにうまいんだよ。食べだしたらやめられない。昔はあの洋間にもストーブがあったんだろうな。天井に煙突用の穴をふさいだ跡があるから」

あの二階の洋間に寝転がって、窓から星を観るのは最高だと、マンボちゃんは言った。

「車の音なんか、まったく聞こえない。深山幽谷って感じで、風の音と、鳥とかリスとか、それ以外の、姿を見せない動物が動く音だけ。テレビもない。古い携帯ラジオがあったな。ニュースと天気予報を聴く以外に使ったことはないって毛利さんは言ってた。電話も、俺が泊めてもらったときは一度もかかってこなかったな。毛利さんが一度だけ、温泉町にある食料品屋にかけただけだったよ」

「寂しくありませんかって訊いたら、ここで暮らすようになったのは、もういやというくらい人間に疲れて、生涯、人間とかかわり合うのをやめようと思ったからで、少しも寂しくないわって仰言ったの」

希美子は、毛利カナ江と初めて逢った日のことを思い出しながら言った。

夏休みに、女友だち二人と高山《たかやま》に三泊四日の旅をした。最後の日、友だちのひとりが、予定を二日ほど延ばして奥飛騨温泉郷に行かないかと提案した。希美子は賛同したが、あとのひとりには東京で用事があり、言いだした友だちと希美子の二人で高山駅からバスで向かったのだった。

希美子たちの予算に合う旅館やペンションはどこも満室で、意外な人の多さにがっかりして、結局、東京に帰ろうということになり、バス停で時刻表を見ていたとき、葡萄の房が足元に転がってきた。バス停の前の道は急な坂道で、食料品店の前でタクシーに乗ろうとしていた老婦人が紙袋の中身を落とし、葡萄の房だけが希美子の足元に転がったのだった。

食料品店の前に散乱したものは、店の主人が拾い集めた。希美子が葡萄をつかんで、老婦人のところに走ろうとしたのと、老婦人が転がった葡萄を追いかけようと走りかけたのは、ほとんど同時だった。

老婦人は、小さく悲鳴をあげて道に倒れ込んだ。足首を捻《ひね》ったのだった。

顔見知りらしいタクシーの運転手も慌てて走り寄ってきたが、希美子も片手に葡萄を持ったまま、老婦人の腕をつかみ、大丈夫かと訊いた。老婦人はすぐには歩くことができなかった。

食料品店の主人は、タクシーの運転手に、

「あんた、おうちまで送ってあげてくれよ」

と言ったが、タクシーの運転手は、どこかの旅館の名を言って、きっかり一時間後にそこに客を迎えに行かなくてはならないのだと説明した。

それよりも、病院で診てもらったほうがいいのではないかと希美子が言うと、老婦人は、

「ちょっとくじいただけですから」

と頑《かたく》なに病院に行くのを拒んだ。

タクシーの運転手と食料品店の主人が相談しあっているのを耳にして、老婦人の家に行くには、ここから車で南へ二十分行ったところで降りて車の通れない私道を二、三分ほど歩かねばならないということがわかった。

たいした捻挫ではないといっても、果物の入った紙袋を持って、歩くのは無理かと思えた。

希美子は、自分たちが老婦人を家まで送ってあげるのはいっこうにさしつかえないが、このバス停までまたタクシーで戻る以外に方法はないのかと訊いた。

電話でタクシーを呼び、山道を出たところで待っているしかなさそうだった。

二時間後でいいなら山道の出口まで迎えに行ってやろう、そのころには娘が軽自動車でここに戻って来るはずだと、食料品店の主人が言った。

高山本線の電車に乗る時間は夕方の五時過ぎだったので、時間的余裕はあった。

希美子と友だちは、老婦人を支えてタクシーに乗り、温泉町を抜けて曲がりくねった道を南に向かった。道を曲がるたびに乗鞍岳《のりくらだけ》が見えた。

老婦人は、何度か礼を言ったが、表情は憔悴《しょうすい》しているのか、それとも憮然としているのか、どちらともつかなくて、希美子は余計なお節介を焼いた自分たちがなじられているような気がした。

だが、それが思いすごしだと気づいたのは、老婦人の家に着き、大きな薪《まき》ストーブのある洋風の居間の籐製の椅子に老婦人を坐らせたときだった。

老婦人の足首は、ちょっとした捻挫だけとは思えないほどに腫れ、希美子にもはっきりわかるくらい内出血がひどかった。老婦人はタクシーのなかで激痛に耐えつづけて、満足に喋れなかったのである。

希美子の勧めで、老婦人はやっと病院に行くのを承諾し、自分でタクシー会社に電話をかけたあと、食料品店の主人にも電話をかけて、二時間後に迎えに来てもらう必要がなくなったと伝えた。

「私を病院で降ろしたら、そのタクシーを使ってバス停まで行って下さいね」

老婦人は自分の姓名を名乗ってから、そう言った。

四、五年前、ベランダで転んで腰を打ち、病院に行ったのだが、たいした怪我でもないのに三日間入院させられた。あの病院は、とにかくなんでもかんでも入院させようとするので困る……。

毛利カナ江はそう言った。

病院に着いても、希美子たちはやはりそのまま別れてしまうことができなくて、待合室で診断の結果を待った。毛利カナ江が山奥の質素だが瀟洒《しょうしゃ》な山荘で独り暮らしをしていることを知ったからだった。

骨にはまったく異常はなかったが内出血がひどく、医者はとにかく冷やすことが大事だと言った。

希美子と友だちは、毛利カナ江を再び山荘まで送った。車の通れない道には、一ヵ所、岩でできた自然の階段があり、そこは湧き水で一年中濡れていて滑りやすかったが、そのわずかな急坂の道のりは樹林越しに乗鞍岳が眺望できて、涼しくて、樹の香りが強く、希美子も友だちも苦にならなかった。

毛利カナ江の山荘の敷地には井戸が掘ってあり、台所の蛇口からは、地下八十メートルの水脈をモーターで汲みあげた氷水のような天然水が出るのだった。その井戸の水をバケツに入れ、毛利カナ江を籐製の椅子に坐らせて、そこに捻挫した足首をつけさせて冷やした。

そうしながら話をしているうちに、泊まるところがなくて仕方なく東京に帰るはめになったのなら、ここに泊まっていったらどうかと毛利カナ江は言った。

「お蒲団も四人分あるんですよ」

結局三日間、希美子と友だちは毛利カナ江の山荘に泊まった。足首の腫れが、とりあえずひき始めて痛みが多少薄らぐまで三日かかったからだった。

東京に帰ってすぐに、毛利カナ江から丁重な礼状が届き、十一月の初めごろの紅葉の時期に遊びに来ないかと書かれてあった。紅葉の終わりごろの、落ち葉が降り敷く風景が自分は一番好きだ、と。

「只者じゃないって感じがしたわ」

と希美子は言った。

「でも、毛利のおばさまのとこに遊びに行っても、私、どうしてこんな山奥で独り暮らしをしてるのかなんて聞いたりしなかったの。そうしてるうちに、冬支度を手伝いに行くのが恒例みたいになっちゃった。ストーブ用の薪を家の西側に積みあげたり、保存のきく食料品の買い出しに行ったり、おつけものを一緒につけたり……。あそこの樹林から見える乗鞍岳が、私、とても好きなの。それと、あの井戸水。あれを飲むと、お水ってこんなにおいしいもんだったんだなァって溜息をついちゃう」

希美子の言葉に頷き返し、

「俺、すごい大雪のあと、大丈夫かなと思って毛利さんに電話をかけたんだ。三メートルも積もってるって言ったから、外に出られますかって訊いたら、戸があかないって笑ってたよ。こんな大雪は二十年ぶりだって。二十年前は、二階の窓から外に出たけど、いまはそんなことをして怪我でもしたら大変なので、ストーブの前でうたたねしたり、本を読んだり、まるで冬眠状態だって。この冬眠状態っていうのが、ひょっとしたら体にいいのかもしれないって」

マンボちゃんはそう言った。

「私、仕事で疲れて、頭のなかに石でも詰まってるみたいな状態で電車に乗ってると、必ず、ああ、毛利のおばさまのとこへ行きたいって思うの」

知沙は言って、置き時計を見た。それから、疲れているだろうから、もう帰って寝たほうがいいとマンボちゃんを促した。

「あした、早いんでしょう？」

「うん、五時に築地《つきじ》に行くんだ。それから店に行って仕込みをして」

知沙がマンボちゃんを駐車場まで送って帰って来るまでのあいだ、希美子は何度も電話を見つめた。待ちわびる気持はなかったが、夫からの電話がないのを不思議に思い、同時に、自分の心に嫉妬がないことも奇妙に感じた。猜疑心がつのって精神が苛立つということもない。

けれども、夫に自分以外の女性がいるという疑念は、ほとんど確信に近くなっている。それなのに、他人事《ひとごと》のように、動揺もせず、どこか冷めた心で、夫がどう対処するのか、その出方を待っている……。

どうしてなのだろう。なぜ自分は、こんなにも冷静でいられるのだろう。

敏速な判断でT町をあとにして、ひたすら大阪のほうへと歩きつづけたのは、夫が自分たちの身の安全と同時に、地震の被害を受けたであろう地域に住む女のことが心配でたまらなかったからだ。

いったいどんな女性なのであろう。夫に、女性の生活をまかなえる経済力があるとは思えない。給料は銀行に振り込まれるし、そこから夫によって不審に思える金額が引き出されたことはない。

それにしても、姑はなぜ知っているのだろう。希美子に不満があって、俺には愛人ができたんだ、なんて告白するだろうか。

もし、そのような息子と母であるとしたら、なんと気味の悪い母と子であろう……。

希美子は、帰って来た知沙に、自分の思いを言った。

「私たち夫婦、なんとなくこれっきりになりそうな気がする……」

「これっきりって？」

「これっきり顔を合わさないまま別れちゃうような気がするの」

「どうしてそう思うの？」

知沙に訊かれて、ふいに明確な感情が希美子のなかを走り抜けた。それは「私は夫を嫌いになってしまった」という直截《ちょくせつ》な言葉に移行したが、希美子は喉元まで出かかったその言葉を知沙には言わなかった。

何人かで力を合わせて、瓦や壁や柱を少しずつ動かしたら、壊れた家の下敷きになっている人たちを救い出せたかもしれない。それなのに、夫はまったくそのような行動を起こそうとするどころか、多くの人々を見殺しにして、自分と妻の身だけを守ろうと、西宮市T町から逃げ出した。

その根本の動機が、愛人を案じる心から生じていたとしたら、私はそんな夫を許すわけにはいかない……。

自分の思いを知沙に喋り、

「私、あのとき、死んだのよ。そんな気がするの」

と希美子は言った。

「私が、あの時間、必ずいる場所にいなかったのは、あの人と前の晩にケンカしたからよ。私には珍しいくらいのケンカをしたお陰で、奇跡みたいに死ななかったとしたら、それって、何か大きな意味があるんじゃないかしら」

「高い熱があるのに、いろんなことを考えないほうがいいわ。そんなふうに考えるのは、お姉さんらしくないわ。それって、熱のせいよ」

知沙は、子供たちを起こさないようにして、蒲団を敷いてくれてから、

「高い熱があるときって、変な考えが浮かんだりするのよ」

と言って、希美子に寝るように勧めた。

希美子の熱は三日後に下がった。

子供たちの面倒を見るために希美子の母・郁江《いくえ》がやって来たのは一月二十四日の朝だった。父の義朗《よしろう》も旅行先で買ったおみやげを持って昼ごろに来るという。

「希美子が、その毛利さんのところへ行って、何がどうなるってわけじゃないだろうに」

と郁江は言い、ヨーロッパ旅行を途中で中止したために使わなかったお金の一部を入れた封筒を知沙に預けた。地震の被災者への義援金をどこにどうやって渡したらいいのかわからないので、知沙にまかせるというのだった。

「お国の機関に渡したくないのよ。悪い政治家たちのポケットに入っちゃいそうで」

と郁江は言った。

いくらなんでも、この大災害を目にして、国民がまごころで差し出した義援金をかすめ取るなんてことはないはずだ。それではあまりにこの国の政府を信じなさすぎる……。

希美子が言うと、郁江は珍しく気色ばんで、自分はこの国の政治家と官僚を信じたことは一度だってないと言った。

「だって、この一週間のことを思い出してごらんなさい。総理大臣なんて、対応のあまりのまずさを指摘されて、『なにぶん初めてのことなので』って言ったのよ。耳を疑っちゃいますよ」

それから郁江は、希美子に夫のことを訊いた。ゆっくり寝る暇もなくて、さぞかし疲れていることであろう、と。

「連絡は取れてるんでしょう？　会社で寝てるの？」

「そんな日もあるけど、この三日間は会社が部屋を確保したホテルに泊まってるんですって。きのう、留守番電話にメッセージが入ってたわ。私が夕飯の買い物に出てたときにかかってきたの」

新幹線に乗り遅れそうだったので、希美子は知沙に借りた厚手のアノラックを持ち、トレッキング・シューズを履きながら、そう言った。

「毛利さんのところへ行くよりも、西宮の家に行ってみるほうが大事だと思うんだけどねェ。火事もいちおうおさまったんだし。家のなかから取り出せるものを取り出さなきゃあ」

と郁江に言われ、希美子は、奥飛驒から名古屋に出て、そのあと西宮へ行くつもりだが、もし壊れた家のなかから取り出せるものがあっても、それをどうやって東京に運べるのかがわからないと答えた。

「取り出したものを道に置いたままにはしておけないでしょう？　運搬用のトラックを用意してからじゃなきゃあ、行ったたって意味がないんだもの」

希美子はそう言って、知沙のマンションを出て新横浜駅に向かった。

大きなリュックサックを背負った人たちがプラットホームにいた。大根、キャベツ、人参、ピーマンなどを詰め込んだ段ボール箱を被災地に運ぼうとしている若い夫婦もいた。

希美子はその若い夫婦の会話で、二人がすでに二回も食料品を持って神戸に出向いたことを知り、新幹線に乗ると話しかけた。神戸市内に向かって歩く途中、西宮市T町の近くを通っている公算が強かったからだった。

自分たちは阪急電車の梅田駅《うめだ》から西宮北口駅まで行き、そこから国道二号線を神戸市須磨《すま》区まで歩くのだが、西宮市T町は国道沿いなのかと夫のほうが訊いた。

阪急沿線の北側だが、国道二号線までは徒歩で十二、三分だと希美子は言い、妻のほうが拡げてくれた地図を指差した。

「ここです。このあたりなんです」

希美子が言うと、夫婦は同時に、

「ほとんど全滅に近いですよ」

と言った。このあたりで火災が起こらなかったのは不思議なくらいだという。

そして妻のほうが、須磨区に住んでいた姉の一家全員の死体がおととい見つかったのだと言った。助かった近所の人たち百人ほどがテント生活をしている。そのほとんどは、姉の一家と何等かの近所づき合いがあった。火が迫ってくるなかで、姉たち一家を助けようとして必死の努力をしてくれた。その人たちに新鮮な野菜を食べてもらいたくて……。

「近所づき合いってのが、こんなとき、どんなに大切かがよくわかっちゃって」

と夫のほうが言った。

「関西の下町では、いい意味での近所づき合いが残ってるんですよね。もし東京だったら、近くにどんな人が住んでるのか、まるでわからなくて、助け出すのはもっと大変じゃないかな」

夫婦はよほど疲れているらしく、静岡の手前あたりで体を凭《もた》せ合って眠り込んでしまった。高熱で寝込んだ体はだるくて、希美子はまだおさまらない咳を抑えて目を閉じたが、車内放送で自分の名が呼ばれたので驚いて立ちあがった。

電話は姑の政子からだった。いま、知沙のマンションに電話をかけ、希美子が乗っている新幹線を教えてもらったと言ってから、

「てっきり、大阪の猛司のところへ行ったんだと思ったら、なんと名古屋で乗り換えて飛騨へ行くっていうじゃないの。あなた、いったいどんな女なの？　それでも猛司の妻なの？」

電話は受信状態が悪かったが、姑は大声で叫んでいるらしく、希美子は鼓膜に痛みを感じた。姑はさらにまくしたてた。

「外でうっぷんを晴らすったって、なにも女遊びとはかぎらないでしょう？　会社の帰りに麻雀をするとか、同僚や上司の方と遅くまで飲むとか、せいぜい、そんな程度のことなのよ。いいこと？　猛司は父親を中学生のときに亡くして、私と一緒に苦労したのよ。母一人子一

人のなかで、真面目に勉強して、アルバイトをしながら、大学を卒業した誠実な子なのよ。あなたみたいなお嬢さんじゃないの」

「あの人は麻雀なんかしたことはありませんし、お酒もビールをコップに一杯飲んだら気分が悪くなるんです」

希美子はそう言ったが、新幹線の電話で自分の疑念の根拠を姑に話しても仕方がないと思い、

「飛驒で知り合いを見舞ったあと、大阪へ行きます」

と言った。

「あなたは私たち親子を馬鹿にしてるのよ。飛驒へ行ったりしたら、私はあなたを許しませんからね。いいこと？　このまま大阪へ行きなさい」

姑は大声でそう命令して電話を切った。

自分がこのまま大阪へ行って困るのは夫のほうだと思いながら、希美子は自分の席へ戻った。

地震が起こった日、交通も電話も不通になっているのをいいことにして、夫は会社には何も連絡せず、妻には会社に行くと嘘をつき、姿をくらませていた。

私が疑惑を感じるのは当然だが、あるいは真相は他愛のないものかもしれない。出社するつもりだったが、その途中で大切な得意先の人間の安否が気になり、大慌てでそっちへ向か

って、被害の大きかった建物のなかから重要なものを取り出す作業を手伝いつづけていたということも有り得る。

希美子はそう思ったが、たとえそうであったとしても、会社に何の連絡もしないのはやはり不自然だと考えるしかなかった。

希美子は、きのう、知沙の本棚にあった一冊の本に書かれてあった文章を思い浮かべた。スイスでは、大火災が起こったとき、何の救出活動も行なわず逃げた住人は懲役刑に処せられるというものであった。

本の題は覚えていない。欧米諸国の、天災による大災害への対応が、法的にどのように定められているかを調べるために、知沙が十数冊の書物を図書館から借りてきたのだが、希美子が何気なく手に取ったのは、そのなかの一冊だった。

それを目にしたとき、希美子は、自分たち夫婦はやはり大罪を犯したと思った。スイスならば、私も夫も捕えられて刑務所に送られるのだ、と。

名古屋で高山本線に乗り換えたが、電車は気味が悪いくらい空《す》いていた。観光シーズンではないにしても高山や飛騨に行く観光客がまったくいないとは考えられなかった。スキー客とおぼしき人間も乗っていない。

阪神地方での不幸の最中に、自分たちだけ遊んでいられないという気持が働いて、旅行を中止した人々がたくさんいるのであろうと希美子は思い、車窓から冬枯れの田圃《たんぼ》を見つめた。

岐阜を過ぎても雪はなかったが、飛騨金山《かなやま》の手前から風景は白くなった。しかし、雪は降っていない。

高山に着いたのは三時前で、バス停でバスを待ちながら、こんなに人のいない高山駅前を目にするのは初めてだと希美子は思った。

バスも空いていた。上り下りの烈しい曲がりくねった山道に身を固くさせて見入っているうちに、希美子は少し眠った。

小さな温泉町のバス停には、藤島弘道《ひろみち》が迎えに来てくれていた。昨夜、希美子は藤島弘道に電話をかけ、高山駅に着く時間をしらせたのだった。

藤島は六十二歳という年齢よりも老けて見えたが、電話での話し方から想像していたよりも物腰は丁寧だった。

「今朝、ほんの十分ほどだけど、意識が戻ったんですよ」

藤島は自分の軽自動車を温泉街のほうからUターンさせながら言った。

「俺のこと、わかるかいって何回も訊いたんだけど、まったく反応がなくって。医者が来たときにはまた昏睡状態に戻っちまってね。頭部のレントゲン写真しか撮ってないんだけど右腕の骨が折れているらしいです。たぶん、倒れたときに打って骨折したんじゃないかって」

「身寄りの方はみつかったんでしょうか」

と希美子は訊いた。

「娘さんがみつかったんです。東京に住んでるんですよ」

「えっ？　お嬢さまがいらっしゃるんですか？」

「いることはいるんですが、親子の縁は三十二年前に切ったたって。母も自分も絶縁状に判を押して、それぞれ一通ずつ持ってるっていうんです」

警察の調べで、毛利カナ江の娘はみつかったが、もはやお互い何の関係もない間柄だと言い張って、病院へ来る気はまったくないらしいと藤島は言った。

「プライバシーの問題ってやつで、警察も私には詳しいことは言ってくれないんだけど、その娘さんてのは、日本じゃ知らない者のない大会社の社長夫人らしいです。六十二歳だそうです」

娘が六十二歳ということは、毛利カナ江が二十三歳のときの子であった。

「子供さんは、その方おひとりだけなんでしょうか」

希美子の問いに、藤島は頷き返し、

「どんな事情で親子の縁を切ったのかはわからないけど、もう歳を取って死にかけてるんだから、最期を看取ってやってもいいと思うんだけどね。他人が時間をやりくりして付き添ってるってのに」

と言って、温泉の湯煙が噴き出る地域を右に曲がった。それから、絶縁状というものは法的に有効なのであろうかと希美子に訊いた。

「さあ、警察の方はどう仰言ってるんですか？」

「弁護士があいだに入った正式なものだって言うんですがね。つまり、毛利カナ江さんは、三十二年前に、ご亭主と離婚してるんです。娘さんはそのとき結婚してましたから、もう別の家に籍が入ってたってことになって……。毛利さんの別れたご亭主は十何年か前に亡くなってるんだよね」

藤島は、困った困ったと繰り返した。自分は町役場に勤めていたが、停年後は旅館組合で働いていて、これでも結構忙しい身だ。妻は血圧が高く、病人の世話をする体力はないのだが、三十年来の知り合いを放っておくわけにはいかず、昼と夜の二回、それぞれ二時間ずつ病院に出向いている。

最も困った点は、毛利カナ江の財産だ。預金通帳には、かなりの額が記載されている。高齢者なので、入院費と治療費の負担は少ないが、それでも若干の金は通帳から引き出さなければならない。人の金を勝手に引き出して、あとで厄介事に巻き込まれたりするのはかなわない。

藤島はそう言ってから、

「毛利さんは、人間は歳を取るとポックリいくもんだと信じてたのかね」

と希美子の反応をうかがうように見つめた。

「あの家で寝たきりになっちまった場合のことなんか考えなかったのかね」

病院は、希美子が予想していたよりも大きくて設備も整っていた。

毛利カナ江の病室は三階にあり、二人用だったが、隣のベッドはあいていた。

看護婦は、十二時と二時前の二回、意識が戻ったと言った。意識が戻るたびに思考能力も蘇生しているので、少しずつ会話が成立するかもしれないという。

鼻に二本の管が通され、腕にも点滴用の針が取り付けられていて、毛利カナ江は、希美子の知っている姿よりも二廻りほど小さくなっていた。

五十歳くらいの看護婦は、希美子に、患者との関係を訊き、今夜は二十四時間ずっと付き添っている必要はないと言った。

「二時前に意識を取り戻したとき、とても痛がったんです。腕の骨折だけじゃないみたいで。腹部を調べたいんだけど、いまの状態では動かせないって先生は言ってました」

看護婦が病室から出て行くと、藤島は、毛利カナ江の山荘の鍵をポケットから出した。

「これ、預けときますよ。どこかの旅館に泊まってたら物入りだからね。警察の係の人には、仙田さんのこと話しといたから。ひょっとしたら、警察官がここへ来るかもしれないね」

それから藤島は、地元のタクシー会社の電話番号と、ひとりの運転手の名前を希美子に教えた。

「この運転手、毛利さんが気に入ってたみたいでね。町までの買い物の往復は、たいていこの人を指名してたんだ。もし今晩、毛利さんの家に泊まるんなら、この運転手に来てもらったらいいよ。玄関までの道は真っ暗だけど、この運転手が面倒見てくれると思うよ」

希美子は、毛利カナ江と病室で二人きりになると、自分はここに来て、何をどうするつもりだったのかと思った。考えてみれば、何の役にもたたないのだった。

毛利カナ江と縁があった者は、ここでは藤島夫婦だけで、やっとみつかった娘は足を運ぼうとはしない。警察は、ただの知り合いにしかすぎない女に詳しいことは話さないであろう。警察は、意識を取り戻す可能性がかなり高まったとすれば、そのときまで自分が付き添って、毛利カナ江がどうしたいのかを訊き出し、彼女が望むことを、できるかぎり代行してあげられるかもしれない。

希美子はそう考え、受付の公衆電話に行くと、知沙のマンションに電話をかけた。母の郁江が出てきた。

病院に着いたことを伝え、

「ひょっとしたら、二、三日、こっちにいるかもしれない」

と希美子は言った。

「仙田のお義母さん、大変な剣幕だったわよ。希美子さんは私たち親子に何か恨みでもあるようなやり方をしてるって。希美子さんの母親としてどう思うかって。いま希美子が大阪へ行っても、猛司さんの邪魔になるだけでしょうし、だいいち、泊まる場所がありませんよって言ったら、それでも夫の顔だけでも見に行くのが妻ってもんじゃありませんかって。それもそうかなって一瞬思ったけど、地震でごったがえしてるときに、奥さんが顔だけ見に来たら、世の亭主は馬鹿野郎って怒るわよねェ」

争い事を好まない、のんびりした性格の郁江は、そう言ってから、そっちは雪はどうかと訊いた。

地震が起こった日の姑の言葉も、夫の不審な行動も、希美子は両親に話していなかった。

「四十センチくらい積もってるけど、今は降ってないわ」

希美子がそう言ったとき、さっきの看護婦が階段を駆け降りてきて、希美子を手招きした。

慌てて電話を切って走り寄った希美子に、看護婦は、毛利カナ江の意識が戻ったと言った。

医師は、毛利カナ江に話しかけていた。

「これは何です？」

「体温計」

タイオンケイという言葉を発するのに一分ほどかかった。

「これは？」

「ベッド」

「この方が誰かわかりますか？」

毛利カナ江は希美子を見つめた。何か言いかけて唇を動かすのだが、言葉が出てこなかった。

医師が、両手を動かしてごらんなさいと言ったとき、

「希美子さん」

と毛利カナ江はつぶやいた。

「脳梗塞といっても、その部分は小さくて、意識障害に直接の影響を与えるほどじゃないんです。問題は心臓のほうです」

と医者は言い、毛利カナ江の脚の反応をたしかめた。右脚に麻痺があった。

毛利カナ江は顔をしかめ、手を自分の腹へと動かした。医師は、どこが痛いのかと訊いた。

「腕よりも痛いですか?」

毛利カナ江は小さく頷いたあと目を閉じた。

脳神経科の医師は、看護婦に別の医師の名を言った。

「ここにしこりがあるんだよな。内科部長に頼もう」

検査のために、毛利カナ江はベッドに横たわったまま、病室から運ばれて行った。

私の顔と名前を思い出せるのだから、脳の障害は軽かったのだと思い、希美子は受付に行くと花屋はどこに行けばあるかと訊き、公衆電話でタクシーを呼んだ。

遠くの町の花屋まで足を延ばし、品数の少ない花のなかから選んで買ってきた花を活け終わっても、毛利カナ江は病室に戻って来なかった。

腹部の検査に時間がかかっているのかと思ったが、詳しい検査を準備なしにするはずもないだろうし、さしあたって急でもないのだから、普通ならあすかあさってに延ばすはずだと考え、希美子は病院の明かりに照らされている雪を見つめた。

看護婦が病室のドアをあけ、詰め所に来てくれるようにと希美子に言った。

「家に帰りたいって言って、もう手に負えないのよ」

廊下を歩きながら看護婦は言った。

「どこがどう悪くても、自分は家に帰りたいって。この歳になって、無駄な治療をしても仕方がない。自分は家で死にたいって」

詰め所に行くと、さっきの医師がせわしそうに廊下を小股で歩いて来て、希美子に椅子に坐るよう促し、

「どうしても家に帰るそうですよ」

と苦笑しながら言った。

「いま、毛利さんはどこにいらっしゃるんですか？」

と希美子は医師に訊いた。

「内科の外来で内科部長と話をしてます。結腸に拳大《こぶし》のしこりがありますし、肝臓も硬い。ああなるまでに、かなりの自覚症状があったはずなんだけど……。医者には、この二年ほどかかってないそうです。まあ、入院するも退院するも患者の自由ですけどね」

たんに駄々をこねているのではなく、以前から身の処し方を決めていたようだと医師は言った。

「あの山奥の家に帰っても、毛利さん以外には誰もいませんわ。食事も自分で作らなきゃいけないし……。いくら軽いといっても、手や脚に麻痺はあるんでしょう？」

「いま、ひとりで歩くのは無理ですね」

「それでも帰るって仰言ってるんですか？」

医師はまた苦笑して頷いた。

「私が説得してみます」

希美子はそう言って立ちあがった。

医師は希美子に毛利カナ江との関係を訊き、

「うちは完全看護の病院じゃないんです。身寄りがないとすれば、看護人を雇うか、他の病院に移ってもらうかのどちらかです」

どうとも勝手にしてくれ……。医師はそんな言い方をした。

希美子は、自分が説得するので、とりあえず今夜は入院させてほしい。そのあとのことは話し合いの結果で決めるからと頼み、一階の内科の外来へ行った。

すでに診察時間は終わり、外来病棟に患者らしい人はいなかった。

今夜は自分も病室に泊まるので、ひとまず病室に戻って相談しようという希美子の言葉を毛利カナ江が承諾するまで二十分近くかかった。

そのあいだに内科部長も看護婦もいなくなってしまった。頑固な年寄りにいつまでもかかわっていられない。家に帰るなら帰ればいい。どっちにするのか早く決めてくれ。医師も看護婦もそんな表情であった。

希美子は二階の詰め所に戻り、今夜は入院をつづけることに決まったからと伝え、若い看護婦にベッドを押してもらった。

「私の歳を考えてごらんなさいな。もう何をしても無駄なのよ」

喋りにくそうに時間をかけてそう言ってから、痛み止め以外の薬はいっさい使わないよう医師に頼んでくれとつけくわえた。

「あの家で、ひとりで何ができるっていうんです？　せめて、看護してくれる人がみつかるまでは、ここにいなきゃあ。私がお世話できればいいんですけど、主人は大阪ですし、両親に子供をあずけてますし」

と希美子は言った。

さっき何度も医師に言ったが、自分は命にかかわる病気にかかったら、誰の世話にもならず、あの家でひとりで最期を迎えると決めていた。あそこに家を建てて暮らそうと決めたときに、すでにそのことも決心していた。

たしかに、結果的には多くの人に迷惑をかけるであろう。死にかけている老人がいることを知って無視しつづけるわけにもいかないだろう。

しかし、ほっといてくれればいいのだ。私が自分でそれを求めているのだから、ほっといてくれていいのだ。希美子さん、あなたもご自分のお子さんのとこに戻りなさい。

舌の回転は滑らかではなかったが、毛利カナ江はそれが不動の意志であることを示す光を宿した目で言うと、あとは何も喋らなくなってしまった。

一時間ほどたって、希美子が何か食べなければならないと思い始めたころ、

「この近くに食堂があるわ。こんなところなのに鰻《うなぎ》のお重がおいしいの」

と毛利カナ江は言った。それから、世話になりついでに、食事が済んだら自分の家に行き、寝室の箪笥の一番下の引き出しから青い封筒を持って来てもらいたいと言った。

希美子が病室を出ると、詰め所から背広の上にぶあついジャンパーを着込んだ男が出て来て、警察の者だと言った。

「勤務が終わって、帰る途中に寄ってみたんです。いま看護婦から事情を訊いて」

「私も途方に暮れてますの。どうしたらいいのかわからなくて。ずっと昔から、いざというときにはこうしようと決めてたんだそうです」

三十七、八歳かと思える私服の警官は、鎌田元気《かまたげんき》と名乗り、

「元気がいいの元気です」

と微笑んだ。

「いいお名前ですわね」

「親はモトキと読ませるつもりだったんですが、誰もモトキなんて呼んでくれなくて」

鎌田元気は、希美子に、これから何か用向きでもおありかと訊いた。

食事をとるつもりだと答えると、鎌田は自分の腕時計を見てから、

「じゃあ、私も晩飯を食べましょう」

と言って病院の前に停めてあった車に希美子を乗せた。

「これ、警察の車ですか？」

「いや、私個人のです。来月、友だちに売るんですけどね。まだ買って一ヵ月ばかりで、ローンが五年近く残ってるけど、そのローンの分を払ってくれるっていうんで。最初に払った頭金の半分の五十万円も払ってくれるんです。つまりぼくは五十万円と諸費用の代金を損する。まだ千八百キロしか走ってないのに」

食堂は病院から車で三分ほどのところにあった。

鰻重を註文してから、鎌田は希美子の住所と毛利カナ江との関係を訊いた。

「おととい、毛利さんの娘さんに逢ってきました。むこうは、ぼくが逢いたいっていう電話をかけたあと、弁護士に相談しましてね。数十年前に弁護士をたてて交わした絶縁状を出してきた。ちょっと特異なケースなんで、私のボスが調べてみろって言うもんで」

「特異なケースって？」

「普通は縁を切ってても、親が持ってる財産を欲しがるもんですよ。それを、まったくいらないと拒否するどころか、毛利カナ江という名前すら耳にしたくないっていうんです。娘さんも資産家で金に困ってないにしても、やはりかなり特異と言わざるを得ない。毛利さんが亡くなったあとになってトラブルが起こることも考えなくちゃいけませんからね」

「でも、遺書みたいなものには、すべて地元に寄附するって」

鎌田は頷いたあと、かすかに首を左右に振り、

「寄附される側にも都合ってものがあるんです。なんでもただで貰ってありがたいかっていうとそうでもありません。まあ、金はありがたいでしょうけど、あの広い山林を貰って、それを町民が納得する形で使うためには、そのための余計な費用がかかります。かといって、荒れ放題にしておくわけにもいかない。金は頂戴するが、家と山林はいらないってわけにはいかんでしょう。たとえば、あそこを青少年のための施設にしようとしても、そのためにはあちこち手を入れたり、管理のための人間も必要です。町役場の担当者は迷惑そうでしたね」

希美子は、毛利カナ江の娘はどんな人なのかと鎌田に訊いてみた。言葉つきとか、微笑の柔らかさで、鎌田が警察の人間であることを忘れたのだった。

「大会社の社長の奥方ってのを絵に描いたら、たぶんあんな人になるでしょうね」

とだけ答えて、鎌田はそれ以外のことは口にしなかった。

「帰る前に、毛利さんと少し話をしてみます。病院の許可は得てありますから」

鎌田は鰻重を頬張りながら、

「西宮市っていうと、こんどの地震では大変だったんじゃないんですか？」

と話題を変えた。希美子は、地震の当日のことをかいつまんで話した。

「ある程度落ち着いたら、家に戻らないと。命からがら逃げ出して、大事な物を残したままなんです」

「そんな状況で怪我もなかったってのは奇跡ですね」

「ええ、ほんとにそう思います」

「ご主人は大阪で復興作業ですか？」

「復興作業っていうのか……。神戸支店は全壊ですし、大阪支店のなかもひっくり返ってて、その跡始末やら、お得意さま廻りやら、いろいろ大変みたいです」

鎌田は、あまり遅くなって毛利カナ江が疲れてしまってはいけないのでと立ちあがり、希美子の鰻重をのぞき込んだ。希美子はまだ半分しか食べていなかった。

「今夜が駄目ならあしたでもいいんです。ゆっくり食べて下さい」

鎌田は椅子に坐りなおし、店の者に茶を頼んだ。

「鎌田さんは、警察のどんな部署に所属していらっしゃるんですか？」

表情にも体つきにも、いささかのいかつさも感じさせない鎌田に、希美子はそう訊いてみた。バイクに乗って営業に廻っている銀行員みたいだなと思いながら。

「保安課です。三ヵ月前は県警の捜査二課にいて、人事異動でこの町の署に来たんです」

鎌田は名刺を出した。保安課の課長という肩書がついていた。

「警察の保安課って、どんなことをなさるんですか？」

「警察のなかでは、よろずうけたまわりってとこですね。近くで酔っぱらいが大声で怒鳴ってるって通報があると駆けつけるし、要人の警護も担当します。中学生たちがケンカしても出かけていく。まったく、よろずうけたまわり課ですよ」

「こんなのんびりした静かな温泉町でも、保安課って忙しいんですか？」

「びっくりするくらい忙しいですよ。たいていは、男と女の死ぬか生きるかの痴話ゲンカです」

「こんなところで？」

「温泉町ですからね。うんざりするくらい、男と女のトラブルばっかり。同宿してる女がカミソリで手首を切ったとか、死んでやるって言い残して浴衣《ゆかた》姿で山へ入って行ったとか……。そんなカップルに署に来てもらって事情を訊くと、どれもこれも、みんなおんなじです」

「みんなおんなじって、何がですの？」

「男の九十パーセントは家庭がある。女は、最初はそんなこと百も承知で深い関係になった。でも半年もたたないうちに文句を言いだす。せっかく旅行に来たのに、私が風呂に入ってるあいだにこそこそ奥さんに電話をかけたとか、部屋の電話が鳴るとなさけないくらい動揺するとか……。まあ、きっかけはそんなことなんですが、そこから死ぬの生きるのって騒ぎに発展するんです。男の言い分も、いつもおんなじです。俺に家庭があることは初めからわかってたじゃないか。家から旅先に電話がかかったからって、どうして俺を責めるんだってのと、もうひとつは、旅先から電話をかけないと不自然だからかけた。それが何が悪いのかってのと。女に家庭があって、男が機嫌が悪くなる場合もありますね。旅館から通報があると行かざるを得ません。傷害事件や殺人を防ぐのが保安課の仕事ですから」

「警察が行かなきゃいけないほどの男女のトラブルって、そんなに多いんですか？」

希美子は鰻重を三分の一ほど残して箸を置き、茶を飲んでからそう訊いた。

「多いですよ。事件にならないだけで、この日本中で毎日どれだけの男女が死ぬの生きるのって痴話ゲンカをやってるか……。まったく、人間って、哀しいもんです」

代金を払って表に出ると、希美子は、

「鎌田さんて、警察の方じゃないみたいですわね」

と言った。

「みんなにもそう言われてますね。お前は警官に向いてないって。そう言われたからじゃないんですけど、今月の末日付で警察を辞めるんです」

「えっ？　お辞めになるんですか？」

鎌田はハンドルを操作しながら、

「毛利さんのお腹のしこりは癌だろうって医者は言ってました。結腸の癌があそこまで大きくなってるってことは、肺や肝臓にもまず確実に転移してるそうです。並の我慢強さじゃないって医者は感心してましたよ」

と言った。

病院に戻り、鎌田が毛利カナ江と話をしているあいだ、希美子は詰め所の隣の喫煙所に坐って、夫のことを考えた。

もし夫に愛人がいるとしたら、やはり死ぬの生きるのという痴話ゲンカをしているのだろうか……。

横浜に帰ったら、大阪まで夫に逢いに行き、自分の疑念を話し、真実を語ってもらおう。まずなによりもそうすることが先決だ。結果がどうであれ、その後のことは改めて考えよう。希美子はそう思った。

四十分ほどたって病室から出て来た鎌田は、希美子と向かい合って椅子に腰をおろし、

「あした、自分の家に帰るそうです」

と言った。

「娘さんとの事情も話したくないそうです。自分の墓は二十年前に下関《しものせき》の墓苑に買ってあるから、そこに骨を入れてくれって。簞笥の引き出しに入ってる青い封筒は、その墓苑との

あいだで交わした契約書だそうです。なんだか、病院でものに異常なくらいの不信感を持ってますねェ。昔、何かあったんでしょうね」

「どうしたらいいんでしょうか。あの家に帰ったら、毛利さん、すぐに死んじゃいますわ。ストーブに薪をくべることもままならないし、食事だって、自分では作れませんもの」

「そうやって、いっときも早く死がやって来ればいい」

鎌田がそうつぶやいたので、希美子は彼の顔を長く見つめ返した。

「これは毛利さんがぼくに言ったんです。あそこに帰ったら、自分はすぐに死ぬだろう。それは自分が望んでいることだ。そうやって、いっときも早く死がやって来ればいいんですって。そう言って、あとは何を話しかけても、天井を見つめたまま口をひらきません。あの目は頭がおかしい人の目じゃありませんよ」

自分が警察官になったころ、岐阜市内で道に倒れている男が病院に運ばれた。調べると末期の膵臓《すいぞう》癌だった。

男は五十二歳という自分の年齢だけは喋ったが、氏名も出身地も家族のありなしもいっさい喋らなかったし、身元のてがかりとなる物も所持していなかった。

鎌田は警察手帳で掌を軽く叩きながらそう言った。

「所持金は五十二万円とちょっとでした。記憶を喪失してるんじゃないことは医者の診断でわかりました。ぼくの上司が根気よく話しかけつづけたんだけど、ついに何も喋らないまま亡くなったんです。あとになって身元はわかりましたけど、奥さんも息子さんも遺骨を受け取りには来ませんでしたねェ」

世の中には意外にそのような人が多いのだと鎌田は言った。

「お世話をおかけするのは本意ではないが、早急に弁護士を紹介してくれって言ってました。今晩、知り合いの弁護士に電話をかけておきます」

鎌田はそう言って帰って行った。

希美子は病室に戻る気になれなくて、しばらく喫煙所の椅子に坐りつづけたが、廊下の突き当たりにある公衆電話が次第に気になってきて立ちあがった。夫に電話をかけてみようと思ったのだ。

真相が明らかになったわけではないが、地震の日以来、自分の寝床で横になることなく仕事をつづけている夫の身を案じる気持が生じてきたのだった。

電話に出てきた若い社員は、仙田さんは今夜は友人の家に泊めてもらうと言って、八時ごろ退社したと教えてくれた。

大阪近郊で泊めてもらえる友人宅といえば前田家しか思い浮かばなかったので、希美子は前田家の番号を押した。電話には前田俊太郎の妻のかすみが出た。

「うちの主人、きのうから風邪で寝込んでるのよ。不眠不休で大阪と神戸を何回も往復して疲労困憊しちゃったのね」

かすみは、仙田さんが泊まりに来ることは聞いていないと言った。

「誰か他の人のおうちじゃないの？」

かすみも咳をしていた。

「あしたあたり、私も子供たちも寝込んじゃいそう。一家中、風邪で咳ばっかりしてるの」

希美子は次に横浜の知沙のマンションに電話をかけた。夫からは何の連絡も入っていなかった。

いつ帰るのかと知沙に訊かれ、たぶんあしたの夜になると答えて、希美子は二人の息子と会話を交わしてから電話を切り、病室に戻った。

毛利カナ江が目をあけていたので、

「痛くありませんか？」

と訊いた。

毛利カナ江が何の反応も示さないので、希美子が付き添い人用の簡易ベッドにシーツをかぶせ始めたとき、

「太い錐《きり》で体中を揉まれても、私は痛くないわ」

と長い時間をかけて毛利カナ江は言った。

二回同じ夢を見て目を醒まし、夢の後味の悪さが尾を引いて、希美子は病室の簡易ベッド

から起きあがった。

九時と十二時に看護婦が病室をのぞきに来たが、また来ますと言ったのに、夜中の三時を過ぎてもあらわれなかったので、希美子がまどろんだのは三時よりもあとということになる。長時間まどろんでいたような気がして時計を見ると、四時を少し廻ったところだった。

希美子は、毛利カナ江の顔を見つめ、息遣いに耳を澄ましたが、毛利カナ江が眠っているのか、ただ目を閉じているのか、そこのところはよくわからなかった。

カーテンを少しあけて外に目をやったが、病院の玄関の灯は消えてしまって、雪が降っているのかどうかもわからない。

夢は、何百頭もの馬が自分のいるところに走って来る音で始まり、地面や建物の終わりのない揺れが限界まで高まった時点で、夫が暗闇のなかをゴルフのクラブをかついで逃げまっている姿に変わるのだった。

ちょっと寝返りをうっても、耳障りなきしみ音をたてる簡易ベッドで体を固くさせて横たわっていたせいか、希美子の左の首と腰が痛かった。

自分は、毛利カナ江がこのまま入院をつづけようとも、山荘に帰ってしまおうとも、とにかく横浜の知沙のマンションに帰り、二、三日後には西宮市T町の家に行かねばならないと思った。

家から自分たちのものを運び出す作業は、かなりの人手と労力が必要であろう。壊れてしまったものはあきらめるにしても、そのまま家のなかに放置しておくわけにはいかない。寝室の洋服ダンスは、落ちてきた天井の重さに耐えられなくて、斜めにひしゃげていたような気がするし、リビングのソファにも無数のガラスが突き刺さっていた。

冷蔵庫は倒れて扉が開いたままだから、なかのものの大半は腐ってしまっているだろう。いまの阪神間で運送屋をやとうのは不可能であろうから、自分たちでトラックを調達しなければならないに違いない。

おそらく、家のなかを片づけるためには、最低三日は必要になりそうだ。その間、自分はどこで寝起きすればいいのだろう。もう前田家に世話になるわけにはいかない。

ホテルは、どこも満室だろうし、他に泊めてもらえるような親しい者もいない。

夫も、そのあたりのことはすでに考慮しているであろうから、とりあえず夫の考えに従うしかあるまい。

希美子はそんな考えにひたって、窓の外の暗闇を見ていた。

毛利カナ江が何か言った。

「どこか痛みますか？」

希美子はベッドの横に坐って訊いた。尿は管を通ってベッドに吊ってあるビニール袋に溜まるようになっていた。

毛利カナ江は、希美子の問いに首を振り、顔をきつくしかめたあと、

「私のものを、全部、希美子さんが貰ってくれないかしら」

と言った。

「私のものが全部宙に浮いてしまったら、いろんな人に迷惑がかかりますから。希美子さんが貰ってくれると、とても助かるわ」

かなり強い痛み止めの効果か、毛利カナ江の舌は廻りにくくて、意識もどれだけ正常なのか、希美子には判断がつかなかった。

毛利カナ江は、自分の頭に浮かんだことは時間をかけて言葉にするのだが、希美子の問いにはまったく答えようとはしなかった。

「あそこ、好きなように使ってくれたらいいのよ。私が安心して死ねるようにしてくれないかしら」

二十分ほど一方的に喋ったが、希美子が解せたのは、あの土地と建物と預金を貰ってくれという言葉だけだった。

誰か人の名が出たような気がして耳をこらしたが、気のせいだったのか、毛利カナ江の口から、それは二度と吐き出されなかった。

自分が折にふれて書き記したノートがあるが、それは決して読まずに捨ててくれ。別段、たいしたことが書いてあるわけではない。下手な和歌や俳句や、ふと心に浮かんだことなどを記したノートが、寝室の和机の引き出しに七、八冊あるはずだ。

「絶対に読まないでね。恥ずかしいから」

希美子は、いまはただ聞いておくだけにしようと思った。毛利カナ江のものをすべて貰うなどという気持はまったくなかったが、その話は第三者を交えたところでしたほうがいいと考えたのだった。

六時になると、外は真っ暗だったが、病院のなかでは人の足音がいっせいに起こった。

鎌田元気に昨夜電話で依頼されたという弁護士が病室にやって来たのは十時だった。

米田《よねだ》という五十過ぎの弁護士は、鎌田からかなり詳しく事情を訊いたらしく、執拗に、理路整然と、ひとりであの山荘に帰ることが、いかに多くの人に迷惑をかける結果になるかを毛利カナ江に語り、このまま入院をつづけるよう説得しつづけた。

けれども、昨夜のうちに毛利カナ江の内部では重要事が別の事柄に移行してしまっていて、山荘と土地と預金を仙田希美子にすべて贈与するにあたって、いかに法的支障が生じないようにするかという問題以外に関心を示さなかった。

米田弁護士は、怪しむ目つきで、希美子を廊下に誘い、昨夜、どんな話をしたかと訊いた。

「私は毛利さんのものを頂戴する気はありません。どんなに頼まれてもおことわりします。念のために申し上げておきますけれど、きのうの夜、私のほうから毛利さんに、そんな話をもちかけたわけじゃありませんし、毛利さんをその気にさせるような話の持って行き方をした覚えもありません。毛利さんの土地や建物やお金を頂戴するのは迷惑です。私が頂戴しても、なんの役にもたちませんし、少しでもつまらない詮索をされるのは不愉快ですから」

「つまらん詮索なんかしておりませんよ。毛利さんがご自分のものをあなたに貰ってもらいたがっているんですから。ですが、それに関して、おふたりのあいだでどんな具体的な話し合いがなされたのか、そこのところをお訊きしたかったんです」

「具体的な話し合いなんてありません。私はただ毛利さんの言葉を聞いていただけです。私が何を言っても、毛利さんはご自分の考えをお述べになるだけでしたし、どこまで正常な精神状態でいらっしゃるのか、私にはわかりませんでしたから」

米田弁護士は、自分は依頼人の意に添うために法的手続きを円滑に行なうのが仕事だが、今回のような場合は、円滑さだけではなく、一刻を争う迅速さをも要求されているのだと言った。

「私は、まだ担当医と詳しい話をしておりませんが、鎌田さんが訊いたところでは、つまり、ほとんど秒読みの状態に近いらしいんですな」

米田弁護士の、どこかずるがしこそうな目を見ているうちに、希美子は、いやな予感に駆られた。弁護士がすべて安心できる人間だとは限らないと考えたのだった。米田が弁護士という立場を利用して、毛利カナ江の財産を好き勝手に動かすことは可能なのだ……。

米田弁護士は、これから一緒に毛利カナ江の山荘に行ってはもらえないかと希美子に言った。

「土地や建物の権利証を持って来たいんです。毛利さんには許可を得ましたが、やはり誰もいない他人の家に入って、あちこち引き出しをあけるってのは、私がいくら弁護士であってても、まずいことでしてね」

バスに乗らなければならない時間は二時間ほどあとだったが、希美子は、冷たくて閑散とした山荘に、この米田という男と二人きりで入りたくなかった。

「警察の方とご一緒に行かれたほうがいいと思います。私は、私なりに毛利さんをもう一度説得してみます。あの山荘に、きょう、ひとりで帰ったりしてはいけないし、そうしたいってお医者さまや看護婦さんに駄々をこねてもいけないって」

「駄々をこねるなんて可愛らしいもんじゃありませんな。私はこうするのだ。だから、そのようにさせろ……。あの人の要求の仕方は、そういう感じなんですよ。医者も看護婦も、毛利さんのそんなところが頭にきてるみたいで」

「お歳を召して、重病で、いつ息を引き取っても不思議じゃない状態なんですもの。そんな人のやり方に腹を立てるなんて、お医者さまも看護婦さんも失格ですわ」

希美子が病室に戻りかけると、鎌田がやって来た。

「簡単に引き受けたけど、結構厄介な仕事だよ」

と米田は言って、鎌田に事情を説明した。

「じゃあ、山荘には俺が行くよ。米田さんは、あの人に病院にいるようにって説得をつづけてよ。どんな覚悟を定めてようとも、ひとりであの山荘で死を待つなんてことは、できない相談だし、あの人はそれがわからないほど理性のない人じゃないからね」

鎌田は、そう言って米田の肩を叩いてから、

「仙田さん、ご一緒していただけませんか」

と希美子に頼んだ。

夜中に烈しい雪が降ったが、一時間ほどでやんだらしく、きのうの雪景色とは異なった表情の山並がつづいている。

「あんまり眠れなかったんじゃないですか?」

温泉街を過ぎたあたりで鎌田は言った。

「少し眠っただけです。毛利さんが目を醒まして、あの山荘を私に譲りたいって話をなさったものですから」

「驚異的な精神力だって、医者が感心してましたよ。いくら軽症でも脳に障害があるわけですからね。でも、言葉は滑らかじゃないけど、喋ってる内容はしっかりしてるし、自分の意志を貫こうとする気力は超人的だって」

「自分の遺《のこ》すもので人に迷惑をかけたくないって気持がとても強いんじゃないんでしょうか」

「どうします? 仙田さんが毛利さんのものを譲り受けたら、この一件に関してはめでたし

めでたしなんですけどね」

「私には、頂戴する権利はありません。私の一存で決められることでもありませんし」

「そりゃそうですね」

雪の貼りついている巨大な岩が壁のようにつづくところにさしかかると、鎌田元気は車の速度を落とし、注意深くハンドルを動かした。

「けさ、神戸に応援に入ってる連中からの報告を聞いたんだけど、もう何から手をつけたらいいのか途方に暮れる状態で、被害は想像を絶してるそうです。救援物資は、日本中から被災地に向かってるんだけど、車が一キロ進むのに四時間かかるんです。日本の危機管理は、結局は絵空事だったんだな」

「死者はまだ増えつづけてるんでしょうか」

鎌田はうなずき、

「下手をしたら七千人近くになるんじゃないかって話ですね。自分はいっさい手を汚さない〈人権屋〉が鬼の首を取ったみたいに国のおそまつぶりを責めるでしょうな」

「人権屋？」

「正義のうしろだてをすることを商売にしてる連中のことです。広く言えば、マスコミもそうですね」

警察も消防も自衛隊も、現場の者たちは苛酷な状況下で必死に救援活動をしているのだ。

不眠不休で体力の限界まで動きまわって……。

鎌田はそう言ってから、

「この国のあらゆる機関の指揮官は、人を顎で使うことにある種の快楽を感じる頭でっかちの冷血漢ばっかりです。紙の上で緻密な作戦をたてることは得意だけど、庶民のうごめく現場のことは知らない」

と自分に言い聞かせるようにつぶやいた。

「何時のバスに乗りますか」

その鎌田の問いに、希美子はバスと電車の時刻を書いた紙きれをハンドバッグから出して答えた。

「じゃあ、急いだほうがいいですね」

希美子は、これまで毛利カナ江の山荘へは雪のある時期に来たことがなかったので、車がいまどのあたりにいるのかわからなかった。

「もうそこです」

鎌田は車を停め、雪の積もった山道の入口を指差した。

そこは、いつも使う道ではなかった。一ヵ所、急な坂があるが、こっちのほうが近道なのだと言って、鎌田は雪道を歩きだした。

竹林のなかを通るとき、雪の重みでしなっている竹が弾けて、何度か希美子に当たりそうになった。

凍っている岩肌に足をかけ、鎌田に手を引っ張られてのぼると、山荘の北側の屋根と暖炉の煙突が見えた。

「冷蔵庫のなかのほうがまだあったかいんじゃないかな」

玄関の戸をあけ、板張りの廊下に立って鎌田は言った。

「スリッパを履かないと、足の裏が凍りそうになりますよ」

鎌田の言葉どおり、靴を脱いでそのままリビングに向かった希美子の足の裏は、たちまち痛くなった。

鎌田は権利証を捜し、希美子は墓苑の契約書と数冊のノートを捜した。

「ノートは、なかを見ないで捨ててほしいって仰言ったんです。私、責任を持って、横浜で焼却します。それでよろしいでしょうか」

おそらくこれがそのノートであろうと思われるものを手に取って、希美子はそう言った。

「途中の駅でゴミ箱に捨てるってわけにはいかんでしょうからね」

鎌田は、毛利カナ江の寝室から漆塗りの箱と財布を持って来て、そう言った。

「墓苑の契約書はみつかりましたか?」

「たぶん、これだと思います」

希美子は、青い封筒を鎌田に渡した。中身を確認してから、鎌田は煙草に火をつけ、火の気のない暖炉の横にある椅子に腰をおろした。

「こんなところに帰ったら、半日もたないよ。暖炉の薪も五本しかない。あの体で、外に積んである薪を運ぶなんてできないよ」

そうつぶやき、鎌田は町役場の福祉課に親切な職員がいるので、相談してみると希美子に言った。

「あの弁護士さん、信用できる方でしょうか」

希美子は、鎌田の口から吐き出される煙草のけむりが床のほうへと沈んでいくのを見つめながら訊いた。

「見た目は風采があがらないし、ぶっきらぼうな喋り方ですけど、仕事はちゃんとやる人ですよ。面倒見もいいですし」

「私を疑っていらっしゃるみたいで」

「疑うって？」

「私が、この山荘や土地を欲しがって、毛利さんをたきつけてその気にさせたんじゃないかって」

「彼がそう言ったんですか？」

「いえ、そう思ってらっしゃるみたいな気がして」

「まあ多少はそんなふうに考えたりもするでしょう。でも、弁護士にとったら、そんなことはどうだっていいんです。依頼者の要求がとどこおりなく法的に処理できればいいんですから。毛利さんは、きのうまでの自分の意向をくつがえして、土地や建物を仙田さんに譲りたがってる。仙田さんがそれに応じるなら、すみやかに法的手続きをとりたい。仙田さんがそれを拒否するなら、別の法的手段をとらなきゃいけない。彼は弁護士としての仕事をするだけです」

「私が、毛利さんの申し出をあくまで拒否したら、どうなるんですか？」

「ぼくも遺産相続に関しての詳しい法律はわかりませんが、仙田さんは毛利さんと何の縁戚関係もないわけですから、宙に浮いた遺産は国のものになるでしょうね。それ以外に方法はないんじゃないかな」

鎌田は、煙草を暖炉の灰に突き刺すと、帰りはさっきの山道は危険だから、いつも使っている道にしようと言った。

車に乗り、来た道を引き返すうちに、車内の暖房で体が暖まってきて、希美子は重い疲れを感じた。

「どうして山口県に自分のお墓を造ったのかな」

「調べたかぎりでは、毛利さんと山口県とは何の関係もないんですよ」

と鎌田は言った。

「毛利さんの実家の誰かが山口県と関係があるとかじゃないんですか？」

「いまのところ、つながりは出てきてませんね」

「毛利さんが亡くなったら、誰がその墓苑に毛利さんのお骨《こつ》を納骨するんですか？」

「たぶん、米田弁護士がやることになるんでしょう」

バスの時刻が気になって、希美子は腕時計を見た。このまま帰ってしまったら、いったい何のために奥飛騨までやって来たのかわからないではないかという思いがあった。

ただ来ただけで、毛利カナ江を残して帰ってしまう。毛利カナ江が弁護士の説得に応じたとしても、毛利カナ江の寿命は残り少ない。自分は近いうちに毛利カナ江の死をしらされ、ああ、お亡くなりになったのかと思うだけなのだ。

それならば、自分は何のためにここまで来たのであろう。

「まだお亡くなりになってないのに、こんなことを口にするのはいけないことですけど、もしそのときが来たら、お墓への納骨は私が責任をもっていたします」

と希美子は言った。

「せめてそのくらいのことはさせていただきます」

その件も、弁護士との相談で決めなければならないであろうと鎌田は言った。

病院に戻ると、米田弁護士は、毛利カナ江がこのまま入院をつづけることにやっと同意したと伝え、希美子に、帰りのバスと電車を遅らせてはもらえまいかと相談をもちかけた。

「仙田さんには迷惑な話になってしまいましたが、毛利さんの意向がこのまま宙に浮いたままの格好になるのは困りますから」

米田弁護士は、ノートに何やら書き込みながら言って、鎌田に時間はあるかと訊いた。

「ぼくはもう仕事はないんだ。あっても、ぼくにはタッチさせない。もうあとちょっとで辞める警察官はただの邪魔者だからね」

時間はあるが、毛利さんに関しての話し合いに現職の警察官が口を挟むのはよくないだろう。

鎌田元気はそう言って、病院の事務局の壁に貼ってあるバスと電車の時刻表に目をやった。

米田は、希美子に向かって、

「私が、わずらわしいことは引き受けます。つまり、単刀直入に言うと、仙田さんが毛利さんの希望を受け入れさえすれば、事は円満に解決するんです。相続税、もしくは贈与税なんかも、毛利さんが遺すお金で支払いますから、仙田さんの負担はまったくありません。そのための手続きも、私のほうでいっさい処理します。弁護士報酬は、いっさいがっさいで百万円てことにしましょう。その覚書は、いま事務所の者に作らせてます」

「百万円も？」

その希美子の言葉に、米田は心外だという表情で、

「いっさいがっさい、私が代行するんですよ。これから先、どんな問題が起こっても、この

米田がアフターケアするんです。その百万円も、毛利さんが支払う。仙田さんの負担にはなりません。弁護士料の相場なら、三百万円もらっても当然の仕事です。毛利さんの遺産は、定期預金と普通預金、それから大日本自動車の株を入れて、三千万円だそうです。土地の評価額がどのくらいなのかは、調べてみないとわかりませんが、坪一万円もしないでしょう。正真正銘の山林ですから」

「主人に相談してからでないと、どうにもお返事できませんわ。電話で簡単に相談できることじゃありませんもの」

「そりゃそうでしょう。でも、あんまり悠長なことはやってられないんです」

鎌田は、希美子と米田弁護士の話を聞いていたが、そのうちどこかに姿を消してしまった。

希美子が公衆電話のところに行こうとすると、米田は自分の革鞄から携帯電話を出し、どうぞこれを使ってくれと言った。

希美子は人の多い待合所から離れ、非常階段のところの窓際に立って、知沙の事務所の番号を押した。

希美子の話を聞き終えると、知沙はしばらく考え込み、

「いい話なのか悪い話なのか、見当もつかないわね。あとで面倒なことにならないのかしら」

と言った。

「弁護士さんは楽観してるみたい。私が承諾したら一件落着だと思ってるわ」

「じゃあ、貰っちゃえば」

「え？　私が毛利さんの遺産を相続するの？」

「だって、他に方法がないんだし、お姉さんは一銭も損しないんでしょう？　税金だとか、山荘の維持費がどのくらいかわからないけど、その弁護士だって、お姉さんを騙したって一銭の得にもならないんだもの。ありがたくいただいて、みんなで使いましょうよ」

「のんきなこと言ってる。うちのご亭主はきっと反対するわ」

「うちのご亭主？　あら、別れるんじゃないの？　別れる相手に相談したって仕方ないでしょう」

「私、別れるなんて言った？」

「言ったんじゃなかった？　あの大地震の日に、女房をほっといて愛人のところに行方をくらます男と、これから先も暮らしていけるの？」

「愛人ていっても、まだはっきりしたわけじゃないわ」

「そんなことより、毛利さんの遺産、貰っちゃえ、貰っちゃえ。降って湧いたような話だけど、あとでどんな面倒が待ってるかなんて、いま考えたってしょうがないわよ。面倒が起こったら、みんなで知恵を絞って対処したらいいわよ」

「みんなって？」

「私やマンボちゃんや、頼りになる悪友ども」

「悪友って、知沙の悪友でしょ？　私の友だちじゃないわ」

「私とマンボちゃんがついてたら、どうにでもなるわよ。お姉さんも、あんな亭主と別れて、森のなかで暮らしながら、これからのことを考えたらいいのよ」

「酔ってるの？」

電波状態が悪くなって、知沙の声が消えた。

希美子は、米田のいるところに戻り、とにかくいますぐ返事をすることはできないと言った。

「あしたの夜に正式にお返事します。それでよろしいでしょうか」

「私は、いますぐ返事をくれなんて申し上げておりません。あしたの夜で結構です」

どうもここでは落ち着いて話ができないので、どこかでコーヒーでもいかがかと米田は言った。

「バス停の近くに喫茶店があります。去年の秋までパン屋だったんですが、主人が病気になりまして、奥さんだけではパンを焼けないもんですから、店を少し改造して喫茶店にしたんです。奥さんは、私と高校で同級だったんですよ」

米田は、自分はこの近郊の高校を卒業したのだと言った。

「大学は東京で、弁護士事務所は岐阜市内に開いたんです」

「あら、この近くに事務所をお持ちなんだとばかり思ってましたわ」

「いいえ、こんな小さな温泉町では食っていけませんな」

米田は笑って、病院の駐車場へと歩きかけたが、

「また引き返すのも面倒でしょう。いま、毛利さんにお別れをなさいますか」

と言って、病院の建物を見やった。

希美子は、お別れという言葉に含みを感じて、米田と同じように病院を見つめた。

「本当のお別れになってしまうんでしょうか」

「組織検査をしないうちは、医者は断定しませんが、十中八九、癌だと思ってるんでしょう。エコー検査をしたあと、内科部長が担当医に、もうどうしようもないなって言ってるのが聞こえました」

「毛利さんは、私の返事を待ってらっしゃるんでしょうね」

「待ってるでしょうね」

「じゃあ、このままお逢いしないで帰ります」

希美子の言葉で、米田は車のドアをあけた。希美子は車の助手席に坐り、もう一度、病院の建物を見つめた。そのとき、建物の壁にできている染みが目に入った。それは他に何もない寂しい風の吹くところに、ひとつだけ建っている墓に見えた。

希美子は車を停めてもらい、

「私が、あの山荘に責任を持ちます」

と米田に言った。

「具体的にどんなふうに責任を持つのか、いまはわからないんですけど」

「それは、つまり、毛利さんの遺産を相続するって意味でしょうか」

「ええ。毛利さんにそのことをお話しして、お別れをしてきます。米田さんも立ち会って下さいます？」

米田弁護士はエンジンを切り、重そうな革鞄をつかむと、先に立って歩きだした。

病室に入ると、薄く目をあけている毛利カナ江に、希美子は山荘のことは心配しないでくれと言った。どんなふうに使ったらいいのかわからないが、大切に使うつもりだ、と。

毛利カナ江は小さく頷いて手を動かそうとした。それから、何か言った。聞こえなかったので、希美子は耳を近づけた。

「生きたいように生き……」

「えっ？　何ですか？」

希美子は、毛利カナ江の口元に自分の耳をさらに近づけて訊いた。けれども、あとは何も聞こえなかった。毛利カナ江が、初めて痛みを訴えるように顔を歪めたからだった。

横浜の知沙のマンションに帰り着いたのは夜の十時だった。さっきまで姑の政子がいたのだと母は疲れた表情で言った。

「子供たちをつれて帰ってきかないのよ。私、希美子が帰って来るまで待ってくれって言ったのよ。この子たちは、あなたの子供じゃないんですからって」

「えっ？　それでどうしたの？」

希美子が慌てて、子供たちの部屋に行きかけると、

「知沙がどこかにつれてったわ。おとなの話を聞かせたくなかったんでしょう」

そう母は言って、希美子に茶をいれてくれた。

「気のきつい人ねェ。お前も大変だこと」

「急にあんなふうになったのよ。私たちが西宮に移るまでは、私にきついことなんか一度も口にしたことはないの。西宮に転勤が決まって、子供たちの学校のことを相談したころから、自己主張がすごく烈しくなったの。新学期まで私があずかるって。私、学校のことなんて、たいしたことじゃないと思ってたから、孫の学校のことであんなに頑なになるなんて思ってもみなかったわ。そのことであんまりにもこだわるし、ちょっと病的な気がしたから、子供たちと離れて暮らしたくなかったけど、たった三ヵ月だと思って、お義母さんの主張を受け入れたの」

希美子は冷えきっている指を、湯呑み茶碗の熱であたためながら言った。

「猛司さんのお母さんは思いあがってるわ。なんだか、恐い人」

と母の郁江はつぶやいた。

希美子の嫁ぎ先に関しては、これまで母は一度も非難めいたことを口にしたことはなかったのだった。

「どうしてあの人がお前の子供を自分の家につれて帰らなきゃいけないのよ。離婚した夫婦だって、たいていの場合、子供は母親と暮らすものなのよ」

希美子は、夫への疑惑も、それを姑が知っているかもしれないことも、まだ母に聞かせるわけにはいかないと思った。

知沙から電話がかかってきて、猛司さんのお母さんはもう帰ったかと希美子に訊いた。

「疲れてるのにごめんね。いまどこにいるの？」

「公園の前のファミリーレストラン。三人でアイスクリームを食べてたの。いまから帰るわ」

知沙は電話を切りかけたが、慌てて希美子の名を呼び、

「お姉さん、なんかおかしいと思わない？」

と言った。

「猛司さんも、猛司さんのお母さんも、なんだか変よ。あの親子は結託してるんじゃないかしら。それも、ずっと前から」

「何のための結託なの？」

「お姉さんから子供を取りあげて、自分たちのものにしてしまおうっていう計画を練ってたんじゃないかしら」

「それどういう意味？　私と猛司とは夫婦なのよ。夫婦の片方から子供を取りあげるなんて、できるわけないでしょう」

「二人が夫婦ならね。でも、離婚したら、どうなるの？　猛司さんも、猛司さんのお母さんも、それを前提にして計画を練ってきたってことは考えられないかしら」

「とにかく、帰ってらっしゃいよ。子供たち、もう寝させなきゃあ」

電話を切ると、母の郁江が、

「猛司さんと何かあったの？」

と訊いた。

「なにもないわ」

「猛司さんをほっといて、お前ひとり、こっちへ帰って来たことを、猛司さんも怒ってるんじゃないの？」

「そんなことを怒ったりしないわ。だって、私には行くところがないし、私が避難所へ行ったら、猛司だって気になって、会社に泊まり込んでいられないでしょう」

子供たちは夕食の前に風呂に入った。二人とも、ちゃんと宿題をしたし、あしたの用意もさせた。そう母は言って立ちあがり、

「毛利さんて方は、どんな様子だったの？」

と訊いた。

「疲れてるから、あした説明する。お母さん、お風呂に入ったら？」

母が風呂に入ったころ、知沙が子供たちと帰って来た。

まとわりついてくる二人の子供と話をしながら、希美子は服を着替え、それから子供たちにパジャマを着せた。

洗い物を片づけているあいだも、子供たちを寝かしつけているあいだも、希美子は〈もし離婚したら〉ということばかり考えたが、その思考のなかから哀しさは湧きあがってこなかった。

大地震と一緒に何かとんでもないことが身の廻りに起こり始めたという、なんとなく他人事のような思いだけがあるのだった。

母も子供たちも寝てしまってから、希美子は奥飛驒でのことを知沙に話して聞かせた。

「決めてきたの？」

「だって、毛利さんにはもう時間がないし、米田っていう弁護士さんも信用できそうだったから。最初は悪徳弁護士じゃないかって思ったけど……」

「お金も物も、遺して死ぬってのは、あまりいいことじゃないわね。厄介事を遺すのとおんなじみたい」

「毛利さんも、遺したくて遺したんじゃないのよね。地元に寄贈したら、よろこんで受け取ってもらえると思ってたのかもしれないわ」

「お金は頂戴するけど、土地と建物は迷惑だってわけね」

「毛利さんが亡くなったあと、あの山荘をどうしたらいいのかしら。知沙は、みんなで使おうって言ったけど、みんなでどうやって使うの？」

「夏休みをあそこですごすのよ」

「たった十日ほどの夏休みを？　一年に十日間だけ？」

「何か人の役に立つことに使えないかしら」

知沙はそう言って、壜の底に二センチほど残ったまま、もう一年近く棚に置いたままだというバーボンをグラスについだ。

「きょう、知り合いの会社の社長から電話があって、うちの社としても地震の被災者に何か送りたいんだけど、何がいいと思うかって訊かれたの。私、下着とか肌着がいいんじゃないかって言ったら、じゃあ、それにしようって。すぐに男性用と女性用の下着を二千枚ずつ註文したのよ。私が、手の打ち方がいつも早いわねェって賞めたら、社名入りのシールができるのにあと一週間かかるって」

「社名入りのシール？」

「下着を入れる段ボール箱に、自分の社のシールを貼ってから送るつもりなのよ。結局は売名じゃないの。私、その社長に幻滅しちゃった。アメリカとフランスの大学を出て、文化人類学のエキスパートってふれこみでテレビに出たりして、高尚なことを喋ってるのよ。それなのに、被災地に送る下着の箱に自分の会社名の入ったシールを貼ろうとしてる。シールができあがって、それを全部の箱に貼り終えるまでは送らないっていうのよ。人間て、こんなときに本性が出るのねェ」

二年ほど前、その社長と二人だけで食事をして、なりゆきで一夜をともにしかけたのだが、邪魔が入って、そうはならなかった。邪魔が入ったことをありがたく思う。

知沙はそう言った。

「邪魔って、どんな邪魔なの？」

「その社長を追い廻してる女が、彼のマンションの前で待ち伏せしてたの。昔、石油会社のキャンペーン・ガールに選ばれたんだけど、いまは何をしてるのか、私は知らないわ。昔のポスターとは別人みたいになってた。若い女の子がきれいなときって、ほんの一瞬なのねェ。でも、そのきれいなときにちやほやされたことだけを四十に近くなっても引きずってるのよ。そういう女が、あっちにもこっちにもいるわ。そういう女を見ると、哀れって言葉が浮かんじゃう」

「知沙だって、ちやほやされた時期があったじゃないの。大学生のときだったかな。私、うらやましくて、ちょっとだけ嫉妬したわ」

希美子はそう言って、バーボンは好きではないので、日本酒を湯呑み茶碗につぎ、それを電子レンジであたためた。

「私は知性でもてたのよ。私がきれいなのは付録なの」

「マンボちゃんがそう言ったの？」

「あいつがそんな気のきいたこと言うはずないでしょう。あいつは私の体にめろめろになっただけよ」

「知沙は、そんなに素敵な体なの？」

「マンボちゃんはそう言ってるわ。あいつにそう言われると、私もときめいちゃうのよね」

知沙は希美子がうなだれたのを見て驚いたようだった。

「そんな深刻な顔をしないでよ。けらけら笑って寝ようと思ったのに」

「私はどうなのかなと思って……」

「猛司さんとのこと？」

希美子は、声を低くするように身振りで示し、熱い日本酒を飲んだ。

「はっきりさせようか」

知沙は、仕事用の厚い手帳を持って来ると、笑みを消して言った。

「調べたら、すぐにわかるわよ。ちょっとお金はかかるけど。大阪に、そんな仕事をしてる知り合いがいるの。私、その人に少しだけ貸しがあるわ。その人に依頼する？」

「依頼って何を？」

「猛司さんに愛人がいるのかどうかを調べるのよ。もし、白黒をはっきりさせたいんなら、やり方は事務的なほうがいいわ」

「知沙は、そうしたほうがいいと思う？」

希美子の問いに、知沙は大きく頷き返した。

「きょう、猛司さんのお母さんと話をして、なんだかすごくいやなものを感じたの。もし、猛司さんに愛人がいるとしたら、それはただの浮気や遊びじゃないみたいな気がして。もしそうなら、はっきりさせたほうがお互いのためだし、向こうの下準備が整わないうちに先制攻撃をかけたほうが有利よ。これは、単に損得の問題じゃなくて……」

希美子は、知沙が何を言いたいのかを理解した。

二度ほど希美子の気持をたしかめてから、知沙はどこかに電話をかけた。

第三章

これを持っていれば便利だからと知沙が貸してくれた携帯電話をハンドバッグに入れ、希美子は一月三十一日の朝一番の新幹線で大阪へ向かった。

夫の猛司とは昼の十二時にRホテルのコーヒー・ショップで待ち合わせをしていたが、その前に、知沙の知人だという男と逢わなければならなかった。

出がけのテレビ・ニュースでは、神戸は今冬一番の冷え込みで零下一・八度に下がったため、地震の避難者たちには毛布があらたに配られ、ボランティアによる豚汁の炊き出しが、何ヵ所かの校庭で行なわれていることを報じていて、希美子は知沙のぶあつい手袋も借りた。

きょうは西宮市T町の、希美子夫婦が住んでいた家の家主の依頼で、役所の者や自衛隊員立ち会いのもとで、これまで手つかずだった家具や衣類を取り出す作業を三時から行なうのだった。

夫の猛司は、手伝ってくれる同僚たちと小型トラックでT町へ行くことになっていたが、昼の十二時にRホテルの前を出発しても、はたして三時間でT町に到着できるかどうかわからなかった。

新大阪駅から地下鉄で梅田に出て、指定された喫茶店に行くと、佐川《さがわ》という男は先に来ていて、コーヒー・カップは空になっていた。

佐川は、希美子がコーヒーを註文すると、すぐに大きな封筒を出し、

「わかったことを事務的に報告しますよ」

と言った。お気の毒だが覚悟してくれ……。希美子は佐川というひどいやぶにらみの男が、いったいどっちを向いているのかわからない目でそう語りかけたような気がした。

「仙田さんのご主人には、極めて昵懇《じっこん》な女性がいます。名前は、桑原朋子《くわばらともこ》、二十八歳。住まいは宝塚市仁川。阪急電車の仁川駅の近くです。仁川駅と阪神競馬場のあいだくらいのところです」

女を盗み撮りした写真を持っているがご覧になるか、と佐川は訊いた。

「仙田さんのご主人と一緒に写ってますから、やはりご覧になったほうがいいと思いますがねェ。一枚は一月二十八日に撮った写真で、もう一枚はきのうの夕刻に撮りました」

佐川に封筒を突きつけられた瞬間、希美子は首や胸のあたりに鳥肌が立つのを感じた。

「極めて昵懇ていうのは、はっきり言えば愛人ということでしょうか」

「そうです。そう解釈する以外にない関係でしょうね」

希美子は封筒から写真を出した。女は左手に包帯を巻き、その横にいる猛司は、大きなビニール袋を両手でかかえていた。

「これは、女性の住んでいた場所の近くです。お母さんと妹さんとの三人暮らしだったんですが、あの地震で妹さんは亡くなりました。お母さんは胸と腰の骨を折って、京都の病院に入院してます。壊れた家を見ましたが、ぺしゃんこにつぶれてます。この人が手の怪我だけですんだのは奇跡みたいなもんでしょうね」

もう一枚の写真は、どこかのホテルの玄関で撮ったらしかった。猛司は自分の手を女の背に廻し、回転扉を押そうとしていた。

「この女性は、いま京都のMホテルに宿泊中です。お母さんが入院しているので、京都のホテルにいるんでしょう。仙田さんのご主人は、一月二十五日からMホテルにずっと泊まって、会社に通勤してます。勿論、女性と同じ部屋に泊まってるんです」

それから佐川は煙草に火をつけ、希美子のほうに首を突き出して声を落とした。

「女は妊娠してます。五ヵ月に入ったばかりで、あの地震のショックにもめげず、お腹の赤ん坊は順調です」

佐川は、封筒から一枚の用紙を出した。女がホテルからかけた電話先と日時が記されていた。

「この電話番号をご存知ですか？」

佐川の指差した数字を見て、希美子は力なく頷いた。

「主人の実家の電話番号です」

「ということは、この人はご主人のお母さんですか？」

佐川は、別の封筒に入れてあった写真を希美子に見せた。姑の政子が、桑原朋子という女とレストランから出て来たところが撮られていた。

「撮りにくい場所だったもんですから、少しぶれてますが、このドアのうしろに、仙田さんのご主人がいるんです。おととい、ご主人のお母さんは、女性のお母さんを見舞ったあと、三人で八坂《やさか》神社の近くのレストランで食事をしました。三人の会話で、私の耳に届いたのをできるだけ正確に記録しました。まあ、多少の語尾の違いはありますが」

——心配しなくていいのよ。

——心配が一番体によくないの。

——運命ってことを、こんなに思い知らされるなんて。

——ほんとね、運命なのよね。私の言うとおりにしてたら、こんなに廻り道をしなくてもすんだのに。

——俺、きょうはひょっとしたら社の椅子を二つ並べて寝るかもしれないな。お母さんはどうする？　ホテルはどこも満室だよ。

——帰りますよ。七時過ぎの新幹線の切符を買ってあるわ。『運命ってことを、こんなに思い知らされるなんて』ってやつだけです。この、『運命ってことを、こんなに思い知らされるなんて』ってやつだけです。これ以外は、仙田政子さんと仙田猛司さんの言葉です」

桑原朋子という女性についてもっとお知りになりたいかと佐川は訊いた。佐川の問いの意味がわからなくて、希美子はやっと視線を佐川に向けた。

「ご主人に愛人がいるかどうかを調べるのが目的ですからね。それさえわかれば、相手の女性がどんな人間かなんて知りたくもないって場合もあるでしょう」

希美子は、自分がほとんど思考能力を失ってしまっていることに気づいた。手も足も冷たくて、顔から血の気が引いていることもわかった。

「どんな方なんですか？」

かすれそうになる声で希美子は訊いた。

佐川は、希美子も名前だけは知っている高級料亭の名をあげ、

「そこの娘です。大阪と京都に店があって、東京のホテルにも支店があります。つまり、大変な資産家のお嬢さんてわけです。高校を卒業するまでは仁川で育ったんですが、大学は東京で、卒業して二年間パリに留学してました。帰国してから三年ほど航空会社に勤めたんですが、そのあと店の若女将《わかおかみ》として大阪の本店で修業を始めました。去年、父親が亡くなって、

まだ一周忌も済まないうちに今度の大地震で妹さんを亡くしたんですから、ご難つづきですね。この料亭は、箱根に特別な客用の旅館も持ってまして、我等庶民は玄関に立てないくらいのお値段と格式です」

これは余計なことだがと前置きし、

「妊娠五ヵ月ってことは、つまり、産む気だってことですね」

と佐川は言った。

「封筒のなかには、写真がそれぞれ三枚ずつと、調査報告書も三組入ってます。法的に処理なさる場合は……」

佐川はそこで口を閉ざし、

「ご気分が悪いんじゃありませんか？　まあ気分がいいはずはないんですが」

と表情を変えずに訊いた。

「ええ、でも大丈夫です。びっくりしすぎて、なんだか息苦しくなってきて」

「そりゃそうでしょう。こんな調査結果を奥さんに直接お話しするのは、私だって気が重いんですが、事実は事実としてご報告しませんとね」

「桑原さんのお腹の子の父親は、私の夫なんでしょうね」

「さあ、それはわかりません。私は直接本人に訊いたわけじゃありませんから。それにしても、もし仙田猛司さんが奥さんと離婚して、この桑原朋子さんと再婚したら、俗にいう逆玉の輿《こし》ですよ。じつに結構なご身分になれますな」

「女性が妊娠五ヵ月だってこと、どうしてお調べになったんですか？」

「私は、そういうことを調べるのが商売でして、調べ方はいろいろあります。それは企業秘密みたいなもんですが、調査結果に間違いはありませんよ。桑原朋子さんが、家庭のある男とつき合うのはこれで三度目か四度目でしょう。それが両親の悩みの種で、妹さんのほうに期待してたらしいんですが、地震で死んでしまった。母親も腰の骨を折って、このまま歩けなくなる公算が高いそうですから、あの超高級料亭の女将は、いささかお尻の軽い姉娘にバトンタッチする以外ないでしょうね」

佐川は喫茶店から出て行くとき希美子に何か言ったが、希美子には聞こえなかった。

喫茶店を出て歩きだしたとたん、希美子は、自分がいまどこで何をしているのかわからなくなった。

自分は、なぜこんなにも残酷な目に遭わされなくてはならないのかと思った。とにかく、いっときも早く子供たちのところに帰りたかった。Rホテルに行く気は失せていたし、T町の家から大事な物を取り出すこともどうでもよかった。

希美子にとって大事な物であったものは、ことごとく価値を失ってしまっていたのだった。

「こんな残酷なことをする人たちがいるんだ……」

雑踏をあてもなく歩きながら、希美子は胸の内でそう言った。

足が震え、立っていられなくなったが、希美子は、客待ちをしていたタクシーに乗り、新大阪駅へ向かった。

あの日、やがて襲ってくるかもしれない火の手を避けて、夫が徒歩で大阪へ歩きだしたのは、桑原朋子という女の身を案じたからだった。だから、夫は仁川の阪神競馬場のところから武庫川を渡ろうとしたのだ。夫は私をせきたてて、桑原家の前を通ったに違いない。そして、壊れた家を目にして、その惨状に驚いたが、その場で女の安否を確かめるわけにはいかなかった。

夫は、さぞかし気が気でなかったことだろう。私を前田家に避難させると、とるものもとりあえず、仁川へと引き返したのだ。

「なんて残酷な人たち……」

姑の政子は、息子の離婚と再婚をあと押ししている。あと押しどころか、そのための画策をしてきたのだ。そのうえ、私から子供たちまで取ってしまおうとしているに違いない……。

新大阪駅が見えてきたとき、ハンドバッグのなかの携帯電話が鳴った。

「いま、佐川さんから連絡を貰ったわ。調査結果はお姉さんから聞いてくれって。いまひどく辛い状態だろうから、電話をかけてあげたほうがいいんじゃないかって」

「世の中には、こんなに残酷なことをする人がいるのね」

と希美子は言った。

「いまどこ?」

「タクシーのなか。猛司とは逢わないし、西宮の家にも行かないわ。これから横浜に帰る」

「私、迎えに行こうか? ひとりで大丈夫?」

その知沙の言葉には答えず、

「子供たちを、あの人たちに取られちゃう」

と希美子は言った。

「冗談じゃないわよ。そんなことさせるもんですか。ねェ、私、いま八重洲《やえす》の近くにいるのよ。お姉さん、名古屋で降りて待っててよ。私、これから新幹線に乗るわ。名古屋まで迎えに行くから」

「私、気が変になる」

希美子の言葉で、運転手がバックミラー越しに見つめた。

「私も、マンボちゃんも、お父さんもお母さんも、幸司も靖司も、みんな味方よ」

知沙は大声でそう言い、名古屋駅の構内にある喫茶店の名を教えた。

「そこで待ってて。携帯電話の電源、入れたままにしとくのよ」

知沙の教えてくれた喫茶店が満員だったので、希美子はRホテルに電話をかけ、コーヒー・ショップにいる仙田猛司を呼び出してくれるよう頼んだ。トラックを調達して手伝ってくれる人たちに迷惑をかけたくなかったからだった。そのためには、自分は行けなくなったと伝えなければならないと思ったのである。

「なにやってるんだ。十二時に延ばしてくれって言ったのはお前だぞ。どんな交通渋滞なのかわかってるのか？　トラックは今夜の九時に絶対返してくれって何度も念を押されてるんだ」

電話に出てきた猛司はそう怒鳴った。

「私、行かないわ。みなさんには申し訳ないけど、あなたから謝っといて」

「行かない？　行けないんじゃなくて、行かないってのか？　それはどういう意味なんだよ」

「そうよ、行けないんじゃなくて、行かないの」

「お袋となにかあったのか？」

「手伝って下さる方たちに、あなたからよろしくお伝えしてね」

「お前、いまどこにいるんだ？」

「さあ、どこなのか、私、わからない」

「おい、どうしたんだ？」

希美子は電話を切り、喫茶店に戻った。窓ぎわの席があいていた。

一時間ほどで知沙がやって来て、駅前のホテルに部屋をとったから、そこで詳しく話を聞かせてと言った。

「五時まで借りたの。支配人が知り合いで、一万円にしときますって」

「知沙は顔が広いのね」

「機転はきくし、美人だし、ナイス・バディーだし」

ホテルの部屋に入ると、希美子は佐川から受け取った封筒を知沙に渡した。

「妊娠五ヵ月？　じゃあ、産む気なのね。猛司さんも、あの気の強いお姑さんも、承知してることなんだ」

知沙はそう言って、写真に見入った。

「この女、私、どこかで見たことがあるわ」

希美子が料亭の名を言うと、知沙は去年の十月に、ある財界人にインタビューした際、その料亭の大阪店に行ったのだと説明した。

「そのとき、お座敷に挨拶に来たのよ。思い出したわ。あのときは髪型も違ったし、着物だったから。でも、間違いなくこの顔よ。ちょっと受け口で、線で描いたような富士額《びたい》で」

希美子は、靴を脱いでベッドに横たわった。

「ねェ、私がときどき使う精神安定剤があるけど、服む？」

と知沙は言った。

「気持が落ち着いて、不安感がなくなるわ」

　希美子は、知沙が掌に載せてくれた錠剤を服んだ。

「こんなひどいことをする人たちがいるのね。私のことが、そんなにいやになったのかしら。それとも、その人のことをどうしようもなく好きになったのかしら」

「打算よ。その打算に加担してるのが、あの姑なのよ。あの仙田政子って人は、あんな歳になってもまだ強い上昇志向があるわ。猛司さんを煽ったんだと思うわ」

「でも、自分が浮気をしてることを母親に話す男なんているかしら」

「この言葉が何かの鍵ね」

　知沙は、佐川が盗み聞きして書き記した三人の会話を読みながら言った。

「――ほんとね、運命なのよね。私の言うとおりにしてたら、こんなに廻り道をしなくてもすんだのに。これよ」

「どうして、それが鍵なの？」

「廻り道ってのは、ひょっとしたら、お姉さんと結婚したってことかもしれない。猛司さんと女は、お姉さんと結婚する前につき合いがあって、猛司さんのお母さんは、二人の結婚を望んでた……。そういうふうに読めないかしら」

　希美子は目を閉じた。知沙が名古屋まで来てくれたことも、ホテルに部屋をとってくれたこともありがたかった。あのまま三時間もひとりで新幹線に乗っていたら、修復できないまでに精神が疲弊しきっていたに違いないと思った。

「どうするの？　お姉さんが決めることよ」

と知沙が問いかけてきた。

「なにを？」

「相手が離婚を申し出るまで待つの？　それとも、先にこの報告書を突きつけるの？」

「お父さんもお母さんも哀しむわね」

「哀しむよりも怒るわ。こんな卑劣な男と姑のいる家に娘を嫁がせたのかって怒るわ」

「幸司と靖司にお父さんがいなくなっちゃう。お父さんが突然いなくなっちゃったら、あの子たちに大きな心の傷がつく……」

希美子は目を閉じたまま言った。軽い吐き気がして息苦しかったが、手足には温かみが戻ってきた。

部屋のどこかで水のしたたり落ちる音がするので目をあけると、知沙が泣いていた。嗚咽《おえつ》をこらえようとすることで、知沙の喉元からそのような音が洩れていたのだった。

希美子は横たわったまま知沙の手を握り、

「私、お父さんとお母さんに可愛がられて、のんびり育ってきて、たいした挫折もせずにきょうまで来たのよ。やっと人並の試練にさらされたのね」

と言った。

「なにが人並の試練よ。亭主に浮気される妻はたくさんいるけど、これは浮気っていうよりも悪辣《あくらつ》な裏切りよ。何の罪もない妻や子供のこれからの人生はどうなるの？」

知沙は、ハンカチを鼻にあて、

「ビクトル・ユゴーの『レ・ミゼラブル』に、まごころを横領する輩《やから》がいるって言葉があるわ。ほんとに、そんな輩がこの世の中にはいるのね。お姉さんはとっても優しくて、悪意がなくて、とってもいい奥さんなのよ。それなのに、猛司さんと姑は、そんなお姉さんのまごころを横領したんだわ」

知沙はそう言いながら、ハンカチを両目にあてて泣いた。

人間のまごころを横領する輩がいる、という『レ・ミゼラブル』に出てくる言葉は、知沙と一緒に新幹線に乗っているあいだ、希美子の胸に幾度となく浮かび出た。

この大地震のあと、まさにそのような人間どもが善人の仮面をかぶって暗躍しつづけていることであろう。

地震直後の夫の機敏な行動は、すべて愛人への思いによるものであった。

たしかに、あんな大地震の直後は、被災地に何が起こるか予想できない。洩れたガスに引火して、あの西宮市T町も猛火に包まれる危険性は極めて高かった。長田区の大火が東へと延びて、T町にまで及ぶ可能性もあっただろう。

けれども、あの日、T町の家を見捨て、近所の人たちも見捨て、夫は一目散に大阪方向へと歩きだした。

道を選択するたびに、仁川のところから武庫川を渡るのが最も安全だと繰り返し、仁川へ、仁川へと歩いた。

夫は、疲れて歩調の遅くなる私を何度叱ったことだろう。どこもかしこもガスの臭いが充満していて、いつ引火するかわからないから、とにかくいまは死ぬ気で歩きつづけて武庫川を渡り切るのだと、夫は私を叱るたびに言った。

あれはすべて口実だったのだ。木造の古い家屋に住む桑原朋子の安否が、夫の心のすべてを占めていた。女のお腹にいる自分の子の無事を祈るような思いを抱きながら、何度も振り返って私を叱っていたのだ。

私の夫もまたまごころを横領する人間だ。

自分の妻を友人宅にあずけ、忠実な社員を装って出社するふりをして、仁川へと徒歩で懸命に引き返し、桑原家の家族のために奔走していた……。

希美子のなかにあるのは失意でもなく悲哀でもなかった。屈辱でもないし、将来への不安でもない。二人の子供が父を失ってしまうという無念さや申し訳なさでもないのだった。希美子にあるのは、ただ憎悪だけだった。

それは、あまりにも烈しくて、しかも希美子は、憎悪といったものをかつて誰に対しても抱いたことがなかったので、いつまでもつづく全身の震えが怖くなり、このまま精神が狂ってしまうのではないかと思った。

「私、気が狂う」

と希美子は横に坐っている知沙に小声で訴えた。

「大丈夫よ。私たち、みんなお姉さんの味方なんだから」

知沙は希美子の耳元でささやき、肩や腕をさすりつづけてくれた。

新横浜駅に着く二時間ほどのあいだに、希美子は自分の心が崩壊するさまを何度も見たような気がした。そのたびに、希美子は知沙の手を握って、

「私、いま気が狂う」

と助けを求めた。

「こんなときはひとりにならないほうがいいのよ」

知沙はそう言って、マンションに帰る時間を惜しむように、プラットホームから父に電話をかけ、これからすぐにマンションのほうに来てくれないかと頼んだ。

電話を切り、

「あら、私、携帯電話をお姉さんに渡してたのね。公衆電話を使うことなかったんだ」

と言って笑った。

「なんてことだ」

父の義朗は、写真や報告書に目をとおし、希美子の説明を聞くと、ただそれだけ言って、あとは黙したままだった。

母も溜息ばかりついて、いったい娘にいかなる言葉を投げかけたらいいのか途方に暮れるといった表情で、ソファに浅く腰かけ、うなだれていた。

「希美子はどうするんだ？　俺やお母さんが決めることじゃないからね」

父はもう一度写真と報告書を見てから、やっと口をひらいた。

「私の気持は、決まったの」

それは、梅田の喫茶店を出たときに決まっていたような気がした。二人の子供たちから父というものがいなくなってしまう。それだけが慚愧《ざんき》の思いとして胸のなかで膨らんできていた。

「夫婦仲はどうだったんだ？」

と父が訊いた。

「うまくいってたと思う……。とりたてて嚙み合わない点もなかったし、ケンカもしなかったし……。まあ、少しの意見の違いはあったけど、そんなのどこの夫婦にだってあると思う。でもそれは私がそう思ってるだけで、猛司はそうじゃなかったのかもしれない。私のやることなすことが気にいらなくて、口には出さなかったけど、不満だらけだったのかもしれないわね」

電話が鳴ったが、誰もすぐに出ようとはせず、しばらく顔を見合わせていたが、もし猛司さんからだったら、自分に代わるようにと父は言った。

「どうしたんだ。体の具合でも悪いのか？　お前、このごろおかしいぞ」

と猛司は言った。雑音が混じっていたので、夫も誰かの携帯電話でかけているのだろうと思った。

「お話があるの。あした、こっちへ来てくれないかしら」

と希美子は言った。

「あした？　あしたもこの家のあと片づけだよ。到底きょう一日で片づけられやしないさ。服なんて、傾いた屋根から雨が入って、ほとんど使い物にならないし、本も写真もびしょぬれだ。とりあえず、壊れた家具を出したけど、いまにも屋根や天井が落ちてきそうで、つっかい棒をするのに二時間もかかっちまったんだ」

「洋服簞笥の引き出しに、象牙細工をした木の箱があるの。それは持って来て下さいね」

「持って来いだって？　えらそうに言うな。俺は怒ってるんだぞ。お前、この家の主婦なんだ。それをなんだ。事情を説明しないで、私行きませんとは、なんて言い草だよ」

父が促したので、希美子は受話器を渡した。あくまでも、夫婦で話をすべき問題だと思ったが、子供のことにいっさい干渉しない父が電話に出ようとするのは、よほど考えがあってのうえだろうと思ったのだった。

「いろいろと考えたんだけど、希美子は桑原朋子さんを訴えることにしたよ。妻子のある男と不倫関係を持つ女は、妻の側が訴えれば法律で罰せられるからね。近いうちに、弁護士が桑原朋子さんに逢いに行くだろう。でも、その前に、猛司くんと話をしといたほうがいいと思う」

父があまりにも単刀直入に女の名を出したので、希美子は驚いてしまった。

「うん、そうなんだ。希美子はしかるべき専門家に依頼して、猛司くんと桑原朋子さんのことを調べたんだ。きみのお母さんも交えて一緒に食事をしたときのことも報告書に書かれてる。桑原朋子さんて女性が妊娠五ヵ月だってのには驚いたし、きみのお母さんが、二人の関係を積極的に容認してたことにも驚いたね」

あしたは、どうしても無理だ。あさって、横浜の知沙さんのマンションに行く。猛司は父にそう言っているようだった。

「できれば、子供たちが学校から帰ってくる前に話を終えたいね」

父は電話を切り、

「猛司くん、不意をつかれて、声が震えてたよ。弁護士が桑原朋子に逢いに行くのは少し待ってくれって」

と言った。

「じゃあ、あっさり認めたってことなんですね」

と母が言った。

「不意をつかれて、観念するしかなかったのよ」

それまで黙っていた知沙が言い、自分がときどき服用するという精神安定剤を水と一緒に希美子に持って来てくれた。

かつて経営していた会社の顧問弁護士に依頼しようと言って、父は立ちあがった。

「いろんな場数を踏んできた優秀な弁護士だ。名刺の裏に〈離婚から殺人まで、なんでもおまかせ下さい〉って刷ろうかって冗談を言ってたことがある。これから、その弁護士の事務所に行ってくるよ」

父は、なんだか気楽に散歩に出かけるような風情でマンションから出て行った。

「子供たちのことが問題ね」

と母はつぶやき、自分はこんなにも人間を見損なったことはないと、初めて怒りを表情に出した。

「猛司さんのお母さんが、子供たちを自分の手元に置きたがったのはなぜなのかしら。どう考えても非は猛司さんにあるのに、子供を母親から取りあげられるわけがないじゃないの」

「なにか私たちの見当もつかないような魂胆があったんじゃないの。でも、先にしっぽをつかまれて、魂胆はぺちゃんこってところかもね」

と知沙は言い、ひょっとしたら猛司さんのお母さんが乗り込んできたりはしないだろうかとつぶやいた。

「ヒステリックな人だからね」

母は肩を落として溜息混じりに言った。

「私、もうこれっきり、猛司とは逢いたくないわ。でも、そんなわけにもいかないわね」

希美子はそう言いながら、自分のどんなところが悪かったのかと思った。

妻に何ひとつ不満がなくても、夫は他の女を好きになり、その女との新しい生活を選ぼうとするものだろうか。

妻によって得られないものがあったから、別の女にそれを求めるといったところであろうか。

しかし、自分自身すら持てあまし、自身を好きになれない場合のほうが多いのに、他者に不満を持たないなんてことはありえない。

どんなに仲のいい夫婦でも、ひとつやふたつは気にいらないところがあって普通なのだ。

だとすれば、よほどの落ち度が私にないかぎり、夫はただ単に、桑原朋子という女性を好きになり、その感情は、平和な家庭と子供を失ってもいいと考えるほどに高まってしまったというしかあるまい。

「そんなに視線を落として、何を考えてるの？　あんまり思いつめないほうがいいわ。思いつめるなっていうほうがおかしいんだろうけど、お姉さんは、ときどき自分を責めるときがあるから。自分を責める必要なんてまるでないときにかぎって、自分を責めるっていう変な癖があるんだから」

と知沙は言った。

「私、そんな癖があるの？」

「うん、ちっちゃいときからね」

「へえ、自分にそんな癖があるってこと、いままで気がつかなかったし、人に言われたこともなかったわ」

「いま、自分に何か落ち度があったんじゃないかって考えてたんでしょう？」

知沙に当てられて、希美子はうなずき返した。

「希美子に落ち度なんてありませんよ」

と母は気色ばんで言った。

「親の欲目じゃないけど、希美子は仙田家の嫁として、やるべきことはちゃんとやってきたわよ。家事をかえりみなかったことはないし、二人の男の子を産んで、ちゃんと育ててるし、お料理だって上手だし、器量だって十人並み以上ですよ」

母の怒り方がおかしくて、希美子は知沙と顔を見合わせ微笑した。

「そういうのを親の欲目っていうんじゃないの？　そりゃあたしかにお姉さんはお料理も上手だし、家事全般にわたって及第点はつくし、十人並み以上っていうより、あきらかに美人の部類に入るわよ。いまはやりの美人じゃないけど、つまり古風な美人よね。おっぱいが小さいかな……」

「こんなときに、つまらないこと言うんじゃありませんよ。なにが、おっぱいなの。希美子はきれいな形のいいおっぱいだったのよ。二人の子供が吸いまくって、それで小さくなっちゃったんです。赤ん坊を育てた母親なら当たり前の現象なの」

その母の言い方で、希美子も知沙も声をあげて笑った。

「ホルスタインじゃあるまいし、あんなものだけ大きくてどうするの」

母は立ちあがり、台所で洗い物を始めた。なにか機嫌が悪いことがあると、台所で洗い物に没頭するという癖が母にはあるのだった。

仕事の打ち合わせがあるといって、知沙は出かける用意を始め、

「きょう、マンボちゃんのお店でおいしいものを食べない？　私、奢っちゃうわ」

と誘った。

「家に閉じ籠ってないほうがいいと思うんだ。子供たち、お母さんにあずけて、マンボちゃんのお料理を食べようよ」

知沙の気持は嬉しかったが、人の多いところに行きたくなかったので、希美子は子供たちの好きなものでも作って一緒に食べたいと言った。

「子供たちにどう話したらいいのかしら。私、猛司と逢うまでは、子供たちには黙ってる

わ」

「マンボちゃんには話してもいいでしょう？」

と知沙が訊いた。

「マンボちゃんは口にはしたことがないけど、ほんとは猛司さんを好きじゃなかったのよ。私はそう思ってたんだ」

知沙は十一時ごろまではマンボちゃんのお店にいるはずだから、何かあったら電話をくれと言って出て行った。

翌日、希美子は父と一緒に渋谷にある弁護士事務所へ行き、自分の考えを述べたり、弁護士の法律的解釈を聞いたりした。

「離婚すると決めれば、何も問題はありません。二人のお子さんの親権は、このケースでは確実に母親にあります。慰謝料、子供の養育費といった問題は、相手の経済的事情によって異なってきますが、そのためにはこちら側の独自な調査が必要です」

父とはもう二十年来の知り合いだという白石《しらいし》弁護士は、なんだか小学校の校長先生といった雰囲気で、小皿に載った丸い生チョコレートを食べながら、写真や報告書を見つめた。

「なんだ、調査したのは佐川くんか」

と白石弁護士は言った。

「佐川くんが調べたことなら、まず間違いありませんよ。最近はごぶさたしてるけど、関西方面の調査では、私もしょっちゅう佐川くんに依頼しましてね。彼は凄腕だ。体をこわして仕事をしてなかったんです。そうか、じゃあ少し元気になったんだな」

「あした、夫と逢うんですが、私はどういう話をしたらいいんでしょうか」

と希美子は白石弁護士に訊いた。

「すべては、弁護士にまかせてあると言えばいいでしょう。べつにこういうことを喋ってはいけないとかってのはありません。ご夫婦同士、自分の気持を述べ合うのが一番でしょう」

来週早々に、自分が大阪まで出向いて、仙田猛司さんと最初の話し合いを持つだろうと白石弁護士は言った。

「チョコレートがお好きなんですね」

五つめの生チョコレートを口に入れた白石に希美子は言った。

「チョコ中って言われてましてね」

「チョコ中？」

「チョコレート中毒の略ですな。十五年前に煙草をやめてから、チョコレートがその代用みたいになりまして。甘いものが好きってわけじゃないんです。ケーキもクッキーも、キャラメルも嫌いなんだけど、チョコレートがなくては落ち着かない。うまいから、好きだから食べてるんでもないんです。でも、これを口に入れると、なんだかほっとするんです」

「一日に何個くらいお食べになるんですか？」

「そうですね、忙しくていらいらすることが多い日は三十個ってとこですか。まったくの下戸でして、まあ酒や煙草の代わりみたいなもんです」

「裁判のときの法廷でも召し上がるんですか？」

一日に三十個も生チョコレートを食べて気持が悪くならないのかと思いながら希美子は訊いた。

「私にチョコ中というあだ名をつけたのは、裁判官や検事でしてね」

スイスにダボスという小さな町がある。冬はスキー場になるが、トーマス・マンの『魔の山』の舞台となったところで、いまもサナトリュウムの建物が残っている。

そのダボスの生チョコレート専門の店の品が、自分は世界一だと思っている。

白石はそう言って、中年の女事務員に何か言った。事務員は長方形の箱を持って来た。冷蔵庫に入れてあったらしく、箱は冷たかった。

「これが、その店の生チョコレートです。どうぞ召し上がって下さい」

「でも、あと二つしか残ってませんわ。日本では手に入らないものなんでしょう？」

「もうじき届くことになってます。その店に無理を言って、二週間に一回、航空便で送ってもらってるんです。五日で味が落ちるからって断わられたんですが、粘りに粘って頼みましてね」

希美子は白くて丸い生チョコレートを口に入れた。希美子には甘すぎたが、カカオの香りは濃厚でまろやかだった。

白石弁護士事務所を出て、駅への道を歩きながら、

「白石さんと逢う人は、たいていあの生チョコを食べさせられるんだ。法廷で争ってる検事の口にも、廊下でひょいと放り込むらしい。あのチョコレートにしてやられたって本気で悔しがる検事がいるそうだ」

と父は笑いながら言った。

「人生、何があるかわからんとはいうものの、まさか自分の娘に、突然こんな事態が生じるとはな」

父はつぶやき、あの大地震で多くの人が亡くなり、多くの人が命以外にも大切なものをなくしたのに、お前は奇跡のように命拾いをしたのだと言った。

「何か大きなものを得たら、別の何かを失うっていうふうに考えようか。まあ、こんな言葉は、いまのお前にはなんのなぐさめにもならんだろうが。うん、いまのは失言だ。大地震の被災者に対して不謹慎な言葉だったな」

父は信号を渡るとき、希美子の手を握った。父と手をつないで歩くなんて、小学生のとき以来だと希美子は思った。

父は飯でも食おうと誘ったが、希美子にはまるで食欲がなかった。

「でも何か食べないと。朝も何も食べなかったって、お母さんが言ってたぞ」

この近くにうまいうどん屋があるのだと父は言った。

「東京の人間は、うどんなんて病人食みたいにしか思ってないらしい。俺もそうだったんだけど、昔、仕事で四国に行ってね、そこで地元の人の案内でうどん屋につれて行かれて食べたら、うまいのなんの。それまでたまに東京で食べてたうどんは、いったいどういう代物だったのかと思ったね。その四国のうどん屋の次男が、この近くで店を持ったんだ。俺が初めて行ったとき、主人は三十二、三だったけど、いまは五十二歳」

父はそのときになって、まだ希美子と手をつないだままだったことに気づいたらしく、

「なんだ、希美子の手、冷たいな」

と照れ臭さを誤魔化すように言って手を離した。

「お父さん、うどんが食べたいんだったら、そのお店に行きましょうよ。つき合ってあげる」

「そうかい、無理にでも食べたほうがいいよ」

「私も猛司も東京生まれの東京育ちだから、関西に住んでてもうどん屋さんに行ったことがないの。住んだといっても短い期間だったけど」

父が案内してくれたうどん屋に旧知の主人はいなかった。息子だという青年が出て来て、父は少し健康を害して半年前から入院しているのだと言った。

「じゃあ、あなたがお店をあずかってらっしゃるんですか。お嬢さんが二人きりだとばかり

思ってましたよ」

「私は末っ子です」

青年が調理場に戻ると、父は、あの表情と口調では、父親の病気は少々厄介なものかもしれないとささやいた。

希美子は、自分のことで頭がいっぱいで、毛利カナ江のことを忘れていたのに気づき、奥飛騨での顚末《てんまつ》を父に話して聞かせた。

「法律上のことで私が頭を悩ませたりするような事態にはならないって弁護士さんが仰言ってたわ」

「その人からお前が譲り受けるものってのは、具体的にどのくらいなんだ？」

「土地と建物。それに預金と株を合わせて三千万円も。別に定期預金もあるそうだけど、正確な額はまだ聞いてないの。山奥の原生林みたいなところを切りひらいた土地だし、建物は古いから、不動産としての価値は低くて、相続税みたいなのは、毛利さんの遺したお金で充分払えるらしいわ。安心しておまかせしといていい弁護士さんだし」

父はしばらく考え込み、

「大地震で九死に一生を得て、奥飛騨の知り合いの死後を託されて、亭主と離婚が決まって……。半月ほどのあいだに、よくもまあこんなにいろいろなことが身に降りかかったもんだな」

と言った。

「食欲が失《な》くって当然でしょう？」

「まあそうだけど、このうどんだけは食べなさい」

父は運ばれて来たきつねうどんに七味を振りかけてくれた。

「自分にどんな落ち度があったのかなんて考えて悩んだりしちゃあいけないよ。亭主のこんな裏切りってのは、たいていの場合、亭主のほうの勝手な都合だけなんだ。その勝手な都合ってやつのなかには、意志の弱さもあるだろうし、その人間のどうしようもない本性もあるだろうし、打算とか損得勘定もあるし、そんなものを全部ひっくるめた運命みたいなものもある。希美子が悪いんじゃないんだ」

これはなぐさめているのではないと父は言った。

「ほんとはね、こんなときは、食欲がなければ何も食べないで横になってりゃいいし、皿や茶碗を叩き割って大暴れしてもいいし、気がすむまで泣きつづけて、誰かに愚痴をこぼしつづけてもいいんだ。だけど、希美子はそんなことができる人間じゃないからな」

そう言ってから、やっとうどんを食べ始めた父を見ながら、希美子は、こうやって父と二人きりで人生の大事な局面について話をしたのは生まれて初めてであることに気づいた。

進学の時期にも、大学を卒業して就職するときにも、結婚の際にも、父と膝をまじえて話し合ったということはない。

何か相談するとしても、ほとんどは事後承諾を得るようなもので、父は希美子の決めたことに反対はしなかったし、それについて自分の意見を述べることもなかったのだった。

「お父さん、私が一番手がかからないやつだって思ってたでしょう？」

と希美子は話しかけた。

「うん、そうだな。実際、お前は手がかからなかったしね。自分のことは自分で決めて……、まあ、つまり親にしてみれば、安心してられる子だったからね」

「それなのに、こんな事態になる男性を結婚相手に選んじゃって……」

「俺だって、お前が自分の結婚相手として猛司くんを俺に引き合わせたとき、まさか将来こんなはめになるとは予想もしなかったよ。ちょっと気障《きざ》なところがあるが、しっかりしたいい青年で、希美子はいかにも希美子らしい堅実な相手を選んだもんだと思ったくらいだ」

「へえ、ちょっと気障なやつだって思ったの？」

「気障っていうよりも、歳のわりには外面《そとづら》がよすぎるっていうほうが正しいかな。多少、そんな気がしただけで、そこに人間としての重大な欠陥を感じたってわけじゃないんだ」

父は、何か言おうとした希美子を制し、丁寧に手打ちされたうどんがどうしてこんなにうまいのかについて、誰かからの受け売りだがと前置きして話し始めた。

「うどんを打つとき、薄く伸ばしたのを三つに畳んで、それをまた元の大きさに伸ばす。それをまた三つに畳んで、また伸ばす。それを三十回繰り返すと、うどんの層は幾つになると思う？　三の三十乗だ」

希美子は首をかしげて、父を見やった。

「二百六兆近くだ。つまり、このうどんは、二百六兆の層のパイ皮みたいなもんなんだ。その二百六兆のなかに、昆布と鰹節、醤油で作ったうまいだし汁が沁み込むんだから、そりゃあ、うまいはずだよ。だけど、機械で大量生産したうどんてのは、三の三十乗を二の十乗くらいに手抜きをしてスーパーに並べてある。それをうどんだと思って食ってる人間をうどんにたとえたら、三十代なんてのは、まだ打ってる最中の未完成品で、三の五乗くらいかもしれない。三十回打たれて本物のうどんに近づくのは、五十歳になってからだと思う。

父はそう言って微笑んだ。

「畳まれて伸ばされて、畳まれて伸ばされて……。たった三十回が、なんと二百六兆のうどんの層になる。昔は、人生五十年なんて言って、五十歳が平均寿命みたいなとらえ方をしてたけど、あれは解釈の間違いかもしれんな。孔子《こうし》は『五十にして天命を知る』と言ったんだ。五十歳になって、やっと本物の人生が始まるってのが、人生五十年て言葉の本当の意味じゃないのかな。五十歳までは、畳まれて伸ばされて、また畳まれて伸ばされて、豊かな層を自分のなかに作っていく期間てわけだ。二百六兆の層ができるまでには、いろんなことがあるさ。こんどの大地震でも、春秋《しゅんじゅう》に富む若い人たちがたくさん死んだな。戦争でも、優秀な、じつに多くの春秋に富む若者たちが鉄砲や大砲の弾の代わりにさせられて命を散らした」

父は箸を持つ手を止め、

「春秋に富むっていう言葉の意味、わかるよな？」

と訊いた。

「前途洋々って意味でしょう？」

「まあ、そうだな。だけど、前途洋々って言葉は、未来が大きくひらけてるって意味だけど、春秋に富むってのは、まだ若くて先は長いって意味だ。俺は前途洋々という言葉よりも春秋に富むっていう言葉のほうに深みを感じるんだ。人にはできない大仕事をするかもしれない若者も、平凡なまま終わっていくかもしれない若者も、どちらもみんな春秋に富んでいる」

おそらく父は、直接的な励ましやなぐさめの言葉を避けようとして、このような話題を選んだのであろうと希美子は思った。

「この練った小麦粉の細長い紐みたいなのが二百六兆もの層でできてるのね。食べ残したりしたらもったいないわ」

食欲はなかったが、父の話を聞いたあと、希美子にはふいにうどんという食べ物が貴重なものであるように思えて、残さず食べてしまった。

「私、うどんの打ち方を習って、おいしいうどんすきに挑戦しようかしら」

「うどんすきか。うん、この店のうどんすきは予約制でね。地鶏の骨つきとか、湯葉とか、宇和島《うわじま》のかまぼことか車海老とかを入れるんだ。じつに絶品だね。昔は、冬によくここでうどんすきを食べて宴会をやったもんだ。格好ばかりつけた料理屋に行くよりもはるかに気楽で、しかもうまくてね」

将来のことは、あす、猛司くんと話し合ったうえで、ゆっくり考えようと父は言って、うどん屋から出たが、近くの文房具店に入り、白封筒を買うと、そこに見舞金を入れて、ひとりでうどん屋に戻った。

「三万円入れたけど、少なかったかな、多かったかな」

希美子が待っている場所に歩いて来ながら、父は訊いた。

「つき合いの古さから考えると少ない気がするし、かえってあとで気を使わせるだろうって思うと多かった気もするな」

こうなったら、もうきょうにでも実家に戻って来てはどうかと父は勧めた。

「あそこは知沙の仕事場でもあるからね。子供が近くで遊んでると、知沙も仕事がやりにくいだろう」

希美子は、あす、猛司と知沙のマンションで話し合いを終えたら、実家に戻ろうと思った。

「子供たち、転校させなきゃいけないのかしら。校区がまったく違っちゃうから」

「それも、あしたの話し合いのあと、学校と相談するんだな」

父は希美子を知沙のマンションに送るつもりだったようだが、希美子はひとりで大丈夫だからと笑顔で言い、改札口のところで別れた。

知沙のマンションに戻り、弁護士と話したことを母に説明していると電話が鳴った。

希美子は、姑と話をしたくなかったし、夫ともいまは電話で話さないほうがいいと思い、母に出てもらった。

「弁護士の米田さんて方よ」

母が受話器を手で押さえて言った。悪い予感を抱いて希美子は受話器を握った。

毛利カナ江が十五分前に息を引き取ったことを伝える電話だった。

「きょうか、あすか、って状態じゃなかったんですが、私が様子を見に来て、そろそろ事務所に戻ろうかと思ったころに容態が変わりましてね。葬儀社の者が来たら、遺体をあの山荘に運びます。お通夜もお葬式も、はてさて、どうしたらいいのか。なんにもしないってわけにはいかんでしょうが、近親者が誰ひとり来ないことがわかってるのに、お金をかけて祭壇を設ける必要があるのか、ないのか……。ここはひとつ、仙田さんにお決め願えないかと思って」

と米田弁護士が言った。

「母でもない子でもない、完全に縁は切って、もう赤の他人だといっても、毛利さんの娘さんには連絡なさいますでしょう？」

その希美子の問いに、米田弁護士はそうするつもりだと答えた。

「質素なものでも、いちおう祭壇は設けて下さい。あんなふうに仰言ってても、亡くなったとなったら、最後のお別れのためにお越しになるかもしれませんし」

自分は、あすは外せない用事があるので、あさっての夕刻に山荘に行く。希美子はそう言って電話を切った。

母に毛利カナ江の死を伝え、事情を説明していると、再び米田弁護士から電話がかかった。

「三十分後に病院を出ます。葬儀社の社員が、毛利さんのことに関して、少し知ってるみたいなんで、いま話をしたんですが、もう二十年前、自分の姉が週に二日だけ、お手伝いさんとして通ってたって言うんです。葬儀社のその社員は、当時はまだ小学生で、毛利さんとは面識もないんですが、お手伝いさんはいまは結婚して名古屋に住んでましてね。電話をかけたら、葬儀に来るって」

「二十年前……。どのくらいの期間、お手伝いさんをなさってたんでしょう」

と希美子は訊いた。

「二十歳のときからちょうど十年間だそうです。十年間、週に二日、月曜日と木曜日にあの山荘に行って、掃除だとか洗濯だとか、食べ物の買い出しなんかをしてたんだそうで」

米田弁護士は、そう言ってから、

「実の娘さんは、電話に出てきませんでした。息子だって方と話をしたんですが、母は自分とは何の関係もないって何度言ったらわかるのかって怒ってる、こんな電話は迷惑だって、切られちゃった」

とつづけた。

「きのう、また雪が降りましてね。お棺を運ぶのは大変ですな。あのあたりは、腰まで雪に埋まりますよ」

米田弁護士は、知沙が帰宅して三十分後の九時にまた電話をかけてきた。

「大塚菊子さんて方をご存知ないですか？」

希美子が、まったく存知あげないと答えると、

「毎年、暑中見舞いと年賀状をかかさず送ってきてましてね。他にも何通かの書簡はあるんですが、この人との交流がいちばん深かったみたいで。毛利さんがこの山荘に住むようになった年からかかさずですから。その書き方が、友人なのか親戚なのか、判断のつきかねるものでして。いちおうこの人には、私が手紙を書いて速達で郵送しておきます。お通夜はあさって。葬儀はしあさっての十一時からってことになりました」

そう言って、米田弁護士は、暖炉の薪にやっと火がついたが、とにかく家の壁も柱も冷えきっていて、まだ歯の根が合わないありさまだと笑った。

希美子が米田弁護士と話をしているとき、マンボちゃんがやって来た。

すでに知沙から連絡を受けて、毛利カナ江の死を知っていて、自分もお通夜に行くという。

「阪神大震災のための自粛なのかなァ、予約は全部キャンセルで、きのうなんか二人しか客

が来ないんだ。だからきょうから五日ほど休業することにしちゃった。神戸にボランティア活動に行って来ますって貼り紙に書いといた」

「あっ、ペテン師ねェ。行く気なんかないくせに。そういうのって、正真正銘の詐欺だわ」

知沙の言葉に、

「そのつもりだから、紙にそう書いたんだ。見ろよ、新幹線の切符も買ったんだぞ。だけど、俺も知沙も、毛利さんの山荘には何度か泊めてもらったんだ。寂しいお葬式になりそうだから、俺は奥飛驒に行ってから神戸に行くんだ。ちゃんと最後まで話を聞いてから、人のことをペテン師だとか詐欺師だとか言ってもらいたいね」

とマンボちゃんはあきれ顔で言った。

それから、子供たちに聞こえないように声をひそめ、電話を切った希美子に、

「思いもかけない成り行きだね。ご主人のこと」

と言った。

子供たちは、あした久しぶりに父親と逢えると聞いて、ひどくはしゃいでしまい、何日くらいいられるのかとか、ディズニーランドにつれてってもらいたいとか言いながら、希美子にまとわりついた。

そんな子供たちにどう言ったらいいのかわからず、母も知沙もマンボちゃんも居間のソファに坐ったまま、口数少なく、ときおり互いの顔を見つめあうばかりだった。

　希美子は、二人の息子と一緒に風呂に入り、時間をかけて髪と体を洗ってやった。二人が幼稚園に入った日以来やめていたので、子供たちは不思議そうにしていたが、そのうち母親の体にボディー・シャンプーを塗りたくり、二人で洗ってくれた。

　子供たちが先に風呂場から出てしまうと、希美子はシャワーを出しっぱなしにして、そのしぶきを浴びながら、うなだれつづけた。

　初めて、烈しい嫉妬が身内にせりあがっていた。その扱いあぐねる嫉妬の感情は、夫に抱きつづけていた憎悪よりもはるかに希美子の生命力を奪い、将来への希望を消し去り、夫を自分のもとに取り戻したいという未練をかきたててきたのだった。

　そんな自分がなさけなくて、希美子は泣きながら髪を洗った。

　そうしているうちに、体が揺れた。希美子は、こんどは関東に地震かと思い、タイルに尻もちをついたまま、目の前の蛇口につかまって叫び声をあげた。

　慌てて駆け込んできた知沙に、

「地震でしょう？　すごく揺れたわ。みんな、大丈夫？」

　と訊いた。

「揺れたりなんかしてないわ」

　知沙はそう言って、バスタオルを三枚持って来て、それで希美子の頭や体を巻いた。

「お姉さん、疲れてるのよ。だから、揺れたような気がしたのよ。あの子たちとお風呂につかって、のぼせたのかもしれないし……」

どうしたのかと風呂場に走って来た子供たちを居間につれて行ってから、知沙は戻って来て、

「猛司さんと、あの女が、思いどおりの人生をおくれるはずはないわ。いつか大変な罰が当たって、二人とも無様《ぶざま》な姿をお姉さんの前にきっとさらすわ。私、断言する。きっと、そんな日が来る。そうでなきゃあ、人間が人間であるはずがないじゃないの」

と言い、自分も全身を濡らしながら、タイルの上に坐り込んで、希美子を抱きしめてきた。

翌日、猛司は新横浜駅から電話をかけてきて、知沙のマンションではなく、別の場所、たとえば静かな喫茶店とか、ホテルの一室とかで話をしないかと希美子に言った。

「そこは四面楚歌って感じだからな。ほんとに約束どおり、マンションには希美子だけなのか？　保護者同伴なんてかなわないぜ」

「ここに来て下さい。私ひとりよ。二人だけで話をしたほうがいいからって、知沙も出て行ったわ。四面楚歌がいやなの？　四面楚歌でもいいじゃない。私、あなたと話をしたいとは思ってないの。でも、私と子供たちのこれからについては、決めるべきことは決めておかなくちゃいけないでしょう？」

猛司は了承し、十五分ほどして知沙のマンションにやって来た。

リビングの大窓に向かって立ち、遠くの海や海沿いの道路に目をやったまま猛司は、ソファに坐ろうとはしなかった。

「あの調査のとおりなんでしょう？」

希美子は、夫の背中を見ているうちに、気持が落ち着いてきて、盆にコーヒー・カップを載せて立ったまま、そう訊いた。

「うん、あのとおりだ。いまさら小さな嘘をついても仕方がないからな」

「あの人と結婚するのね」

「うん、そうするつもりだ」

「そのことは、あなたのお母さんもご存知なのね」

「うん、もうそうするしかないだろうって言ってるよ」

「じゃあ、どうして子供たちを自分のところに置いとこうとなさったの？ 人質にでも取るおつもりだったの？」

「さあ、どうなのかな。お袋の考えは、俺にはわからないな」

猛司は、きのう会社に辞表を提出したのだと言った。

「こうなったんだから、あいつが跡を継ぐ仕事を手伝ってやらないとね」

希美子が勧めても、猛司は海に面したベランダのところから動こうとはしなかった。ガラス窓に、そんな夫の顔が映っていた。

「お前と子供たちに関しては、できるだけのことをするよ。ない袖は振れないけど」

未練がましいことは決して口にすまいと思っていたのに、

「あの人のことをよっぽど好きになったのね」

と希美子は言ってしまった。

ずっと以前に一年ほどつき合った時期があったが、お互いの事情で別れた。それから半年ほどたって希美子と知り合ったのだと猛司は言った。

「一年前に出張先の博多で偶然逢ってね。それからなんだ」

自分にも自尊心というものがあると猛司は言い、やっと希美子と向かい合って立った。

「こそこそ嗅ぎ廻って、俺に恥をかかせやがって」

猛司は、希美子を睨みつけ、薄笑いを浮かべた。

「自尊心？　恥？　じゃあ、私の自尊心や恥はどうなるの？　私が調べなかったら、事は穏便におさまったとでも言うの？」

「俺は、内緒で俺のことを調べられたってことが耐えられないんだよ」

そのお返しに、なぜお前と別れてあの女と一緒になろうと決めたのかを教えてやろう。

猛司は、希美子の傍を通り過ぎ、玄関で靴を履くと、そう言った。いつもは怒ると赤くなる顔が青白かった。

「お前の体が面白くなかったんだ」

希美子は猛司の言葉の意味を咄嗟に解せなかった。

「朋子とのセックスは最高なんだ。どんなにいいか、言葉では言えないね。お前との百倍、いや千倍いいかな」

慰謝料や子供の養育費といった事務的な問題は双方の弁護士にまかせよう。ここで別れよう。二人の子供たちは自分にとっても可愛い存在だが、よほどのことがないかぎり、自分のほうから子供たちに逢ったりはしない。

猛司は薄笑いを消さないまま、早口でそう言って、マンションから出て行った。

希美子は、椅子に坐り、コーヒーの湯気を見つめた。自分が求める期間だけ意識を失っていられる薬があるとすれば、自分はいまそれを服むだろうと思った。

感情を消してしまえる場所はないだろうか……。

そう思って、希美子は居間のあちこちに目をやり、無意識のうちにコートを持ち、玄関を出るとエレベーターに乗った。

どこをどう歩いているのかわからないまま、希美子は二時間近く、寒風を寒風と感じずに、それでもコートの衿を立てて、曲がり角があれば曲がり、歩道橋があれば渡って歩を運んだ。

そうしているうちに、ときおり希美子の心に黒ずんだ石が浮かび出た。たったひとつきりの墓が、雑木林のなかの冷え枯れた空地にあって、そこに落ち葉が当たっているのだった。

誰も訪ねてこない墓の周りを歩いている自分の姿が浮かび出て、希美子はその墓が毛利カナ江のものだと気づいた。まだ見たこともないのに、それが毛利カナ江の墓としてどうして浮かび出てくるのか、希美子にはわからなかった。

夫との話し合いが終わったら電話をかけると、両親にも知沙にも言ってあったので、みんな心配しているだろうと我に返り、どのあたりまで歩いて来たのかと周りに目をやると、知沙のマンションの屋上が五百メートルほど西に見えた。

道を右に曲がったり左に曲がったりしつづけたが、マンションの近辺を歩いていただけなのだった。

子供たちを学校まで迎えに行き、実家につれ帰ってくれたはずの母にまず電話をかけようと思い、希美子は公衆電話を捜した。どこにも見当たらなかったので、希美子はマンションに帰るほうが早いと考え、冬の西陽を全身に受けながら歩調を速めた。すると、赤い木洩れ日に照らされているひとつきりの墓が脳裏に浮かんだ。


わずか十五分ほどの話し合いだったが、自分たちは離婚に合意した。あれほどの既成事実があるのだから、とりたてて話し合うこともなかった。なんと、あっけないものであろう……。

希美子は両親にも知沙にもそう説明した。夫の最後の言葉は、誰にも口外できる性質のものではなく、あのようなことを口にする男を夫に選んだ自分の見る目のなさを悔いることで処理しようと決めたのだった。

「納骨って、三十五日とか四十九日とかが終わってからなの？」

希美子は奥飛騨行きの準備をしながら、母に訊いた。

「そりゃそうでしょうけど、状況にもよるわよ。四十九日間、希美子が毛利さんのお宅にいなきゃいけないなんてことも変よね。お仏壇にお線香をあげる人がいないんだったら、せめて初七日だけを済ませて、納骨したらいいんじゃないかしら。そのことに関しては、毛利さんは何も言い残してないの？」

「たぶん、言い残してらっしゃらないと思うわ」

「たとえば、毛利さんがキリスト教徒だったらどうするの？　キリスト教に初七日も四十九日もないでしょう。希美子は毛利さんの山荘で、お仏壇なんか見たことあるの？」

母の問いに、希美子は首をかしげた。そのようなものは目にした記憶がなかった。

「最近は、お葬式と初七日を一緒にやってしまったりもするそうよ」

と知沙は言って、なにやら目配せをした。

希美子は子供たちが寝たかどうかをたしかめに行き、廊下で知沙が来るのを待った。

「マンボちゃんが、車で奥飛騨まで送るって」

「お店は？」

「今週一杯は休むんだって。それで、希美子さんさえよければ、あしたの午前中に出発するってのはどうかって。そしたら、あしたのお通夜にゆっくり間に合うからって」

「私、弁護士さんと相談しなけりゃいけないけど、お葬式の翌日に、お骨を持って下関に行くつもりなの。納骨には、弁護士さんも一緒に行って下さるはずなの」

「お姉さんが帰って来るまで、お母さんが子供たちの面倒をみてくれるわ。マンボちゃんの車で行くんだったら、私も行くわ。私、あさっての夜に赤坂で打ち合わせがあるの。それに間に合えばいいんだから」

いまはひとりで電車に乗って、雪深いところへ行きたくない。寂しい場所へ向かって行くという行為から自分を遠ざけたい。

希美子のなかにはそんな思いがあったので、知沙も一緒にマンボちゃんの車で奥飛騨に行けることはありがたかった。

「たったの十五分だけど、その十五分のあいだにどんな話をしたの？」

と知沙は訊いた。

「あの女性とは、私と知り合う前につき合ってたことがあるんだって」

「それだけ？」

「それだけよ。だって、もうお互いの気持は固まってるんだから、それを直接確認するだけなんだもの」

「猛司さんは、申し訳ないとか、すまないとか、どうか許してくれとか言った？」

希美子はかぶりを振り、

「そんなことはひとことも言わなかった。私も言ってもらいたくもないわ。あの人、すごく怒ってたわ」

「怒る？　どうして猛司さんが怒るの？」

「内緒で身辺を嗅ぎ廻って調べたって。俺に恥をかかせたって」

「どういう性格の男なの？　そういうのを盗っ人猛々しいっていうのよ」

「そう言ってひらきなおるしかなかったんじゃないかしら。そうしないと、身の置きどころがなかったのかもしれない」

そうだ、そうなのだ。だから、あんなことを、あえて口にしてしまったのだ。希美子はそう思うことにした。

マンボちゃんがマンションに到着してから、希美子は最も大切なものを忘れていたのに気づいて、あっと声をあげた。

「私の喪服がない。西宮の家に置いたままだわ」

母があきれ顔で、

「何をしに奥飛驒まで行くつもりだったのよ。お葬式なのよ。喪主は希美子なのよ。喪服なしでは行かれませんよ」

と言い、時計を見た。

「私の喪服を着たらいいわ。丈が少し長いかもね。腰もお姉さんのほうが太いと思うわ。胸はきっとぶかぶかよ。私は、喪服じゃないけど、黒っぽい服を地味に着とくわ」

知沙が言って、クロゼットから喪服を出した。

翌日、マンションの前でマンボちゃんは、喪服を着て、黒いネクタイを胸ポケットに突っ込み、四輪駆動車の運転席で待っていた。その車はスキーに行くときのために購入したものだったし、一冬に七、八回はスキーに行くので、マンボちゃんの雪道や凍った道での運転は上手だった。

マンボちゃんはずっと無言だったが、高速道路に入ると、

「離婚、決まっちゃったんだね」

とつぶやいた。

「彼もその気だし、相手の女の人のお腹には子供がいるし、私はもう猛司の顔も見たくなかったし。十五分ほど話しただけで、彼、帰って行っちゃった。もうたぶんこれっきり逢うことはないんだって思うと、あんまりあっけなさすぎて、十何年間の夫婦としての生活は何だったんだろうって思っちゃう」

希美子は、そう言って目を閉じた。

自分の店にしょっちゅう来てくれていた老夫婦が最近離婚したのだとマンボちゃんは言った。

「二人はおない歳で、六十八歳なんだ。結婚してちょうど四十年で、孫が六人いる。ところがなんと亭主に好きな女ができたんだ。相手の女はどんな仕事をしてるのか知らないけど、金持でね。五十三歳って言ったかな。いま世界一周の新婚旅行中だってさ」

男が女と知り合い、妻と離婚して再婚するまで三ヵ月もかからなかったとマンボちゃんは言った。

その夫婦のことを知る人たちのなかには、男の身勝手さにあきれ返る者もいるが、残り少ない人生を好きなように生きる勇気をうらやんだり感心する者もいるという。

「四十年だよ。四十年間、苦楽をともにして、子供を一人前に育てて、会社も停年まで勤めあげて、六人の孫にも恵まれて……。まあ、特殊な例だろうけどね」

「再婚した相手のお金で世界一周か……。結構なお話ざんすこと」

知沙はそう言って溜息をついた。

「仲のいい夫婦を演じてきただけで、本当は波長の合わない我慢の四十年間だったのかもしれないしね」

そのマンボちゃんの言葉で、

「波長って、たとえば？」

と希美子は訊いた。

その質問は意味がわからなかったらしく、マンボちゃんは、希美子を見やって首をかしげた。

「夫婦の波長って言っても、いろんな種類があるでしょう？　性格が根本的に合わないとか、やることなすことが気に入らないとか」

性的な要因は、夫婦の波長のなかでどれほどの割合を占めるものなのかと訊きかけて、希美子は慌てて口をつぐんだ。

「でも、我慢できないところがあったら、四十年も夫婦でいられないと思うわ」

と知沙は言った。

「狂い咲いて、血迷っちゃったのよ。その六十八歳の人」

「上辺は仲がよさそうに振る舞って、じつは四十年間、ケンカの連続だったのかもしれないし、まじめが取り得のサラリーマンを停年までつづけてきて、ふいに破天荒《はてんこう》に生きてみたくなったのかもしれないし」

とマンボちゃんは言った。

父親が自分たちと顔を合わさないまま帰ってしまったことで落胆し、そのうっぷんを希美子にぶつけてきた子供たちのすねた顔を思い浮かべ、希美子は初めて、自分たちの今後に思いを傾けた。

子供たちと奥飛騨で暮らすというのはどうだろう。東京の汚れた空気のなかで育つよりも、はるかに子供たちにとっては有益なのではないだろうか。

希美子は突然の思いつきを、知沙とマンボちゃんに言ってみた。

二人は言葉を濁し、考え込んでいたが、

「寂しいわよ」

と知沙が言い、

「いまは先のことを考えないほうがいいんじゃないかな。とにかく、猛司さんと逢ってから、まだまる一日もたってないんだからね」

とマンボちゃんは言った。

中央自動車道から長野自動車道に入り、松本から国道一五八号線で安曇《あずみ》村のあたりまで来ると、雪が深くなった。

途中、どこも道は空いていたので、予定よりも四十分ほど早く毛利カナ江の山荘に着いた。

何の明かりもない雪道に見覚えのある米田弁護士の車と、軽自動車が一台停まっていた。

枝に雪がこびりついた落葉樹の向こうで、山荘の明かりが見え隠れしている。

雪の上の足跡をマンボちゃんが懐中電灯で照らし、そのうしろから希美子と知沙は手をつないで歩いた。

玄関のドアをあけてくれた米田弁護士は、あまり暖かい場所は遺体のために良くないので、遺体は毛利さんの寝室に安置したと言った。

軽自動車の主は、雑貨屋の夫婦だった。

「あまりにも寂しいお通夜だなァって、いま三人で言ってたとこですよ」

その米田弁護士の声を背に、希美子は寝室のベッドの横に行き、毛利カナ江の顔を見つめた。

「優しいお顔……」

と知沙が言った。

「ひょっとしたら来るかなと思ったんだけど、やっぱり来ませんねェ」

米田弁護士は毛利カナ江の娘のことを言ったのだった。

焼香して手を合わせ、しばらく遺体の横に坐っていたが、米田弁護士に茶を勧められて、三人は居間に移った。薪が暖炉で燃え盛って、居間は汗ばむほどだった。

雑貨屋の夫婦は、希美子たちがやって来たのを汐《しお》に帰って行った。

「毛利さんが仙田さんに遺されたものの目録と相続のための書類一式、全部この袋に入ってます。仙田さんの署名と捺印は、お葬式が終わって、お骨がここに戻ってからで結構です」

と米田弁護士は言った。

「私の実印、これから作らなきゃいけないんです。書類に署名捺印するのは、実印ができてからでいいでしょうか？」

「実印を持参していただきたいって、先日、念を押しませんでしたか？」

米田弁護士にそう訊かれて、希美子は〈仙田希美子〉の実印はあるのだが、持ってこなかったのだと言った。

「近いうちに、名前が変わるんです。旧姓の進藤《しんどう》希美子に」

米田弁護士は、茶を音をたててすすってから、希美子を見つめた。

「私、きのう、夫と離婚することが決まりましたの」

「きのう、ですか？」

そう訊き返し、米田弁護士は、離婚届を提出していないのならば、いまの実印でもかまわないのだがと言った。

弁護士としては、相続に関する法的手続きを早く済ましてしまいたいのは当然だと思ったが、

「仙田という名は使いたくないんです」

と希美子はまるで挑むように米田弁護士を見つめて言った。

米田弁護士は、希美子の離婚に関しては何も問いかけてはこなかった。

遺体を安置してある寝室のドアは細くあけたままにしてあったので、暖炉の近くにいる希美子には毛利カナ江の体にかぶせてある蒲団の一部が見えた。

「これが玄関の鍵。これが庭の収納庫の鍵です。お渡ししておきます」

そう言って鍵をテーブルに置き、米田弁護士は四冊のノートを取り出した。

「毛利さんが、なかは見ないでくれって言い残されたノートとは別のものなんですが、やは

り見ないほうがいいのではないかと思います。だから、私としては、決して見るつもりはなかったんですが、引き出しから他の物と一緒に出すとき床に落として、ノートが開いてしまいまして。つまり、家計簿みたいなもんかなって気がしました。きょうはお天気がいいのに寒いとか書いてあったり……」

希美子は、表紙に何も書かれていない四冊のノートを暖炉の火のなかに入れて燃やした。

「私の勝手な考えで、無宗教のお葬式ってことにしました。私たちだけで、枕辺《まくらべ》に花を飾ってお別れして、それから火葬場に行こうと思うんですが、いかがでしょう」

米田弁護士の言葉に、希美子は異存がなかった。

「何か信仰をお持ちかと、家のなかをしらべてみたんですが、宗教的なものは何ひとつないんです。どこかのお寺のお守りとか御札なんてものもない。所蔵の本のなかにも、それらしいものはありません。短歌や俳句の勉強をなさってたらしくて、本はほとんどその類のものばかりですが、ご自分が詠んだ歌をしたためたものもみつかりませんでした」

「たぶん、あのなかにあるんだと思います」

希美子が暖炉のなかで燃えているノートを見ながらそう言うと、

「私も、そうじゃないかなと思いました」

と米田弁護士はうなずき返した。

「お墓への納骨はいつになさいますか。私はあさってだとありがたいんです。しあさっての夕方に東京で仕事があるもんですから」

自分もそのほうが都合がいい。あさっての早朝にここを発てば、その日のうちに横浜に帰れる。希美子はそう言った。

「栗だとか、カシワだとかが、この山荘の敷地を取り囲むみたいに植えられてるそうです。さっきの雑貨屋の主人が言ってました。毛利さんは八年ほど前から、ドングリの実と栗の実を敷地のなかに埋めるようになったそうで。いまは暗くて見えませんが、大きくなった樹は、もう四、五メートルに伸びてるそうです。最初に埋めたやつは、去年の秋には立派に実をつけたって。ドングリも栗も、毎年百個ずつと決めてたそうですから、全部で幾つになるのかな。この山荘を建てるとき切り倒した罪ほろぼしだって言ってたそうですよ」

その米田弁護士の言葉に、

「毎年、ドングリと栗とで二百個。それを八年間だから、千六百個……。千六百本のカシワと栗の木がこの敷地の周りで生長したら、とんでもない森になっちまう」

とマンボちゃんは言った。

米田弁護士は首を横に振って笑いながら、

「百個が全部芽を出すわけじゃありませんし、芽を出しても枯れちまうのもあります。ちゃんと育つのは、せいぜい二割か三割でしょう」

と言った。

「かりに二割としても三百二十本が育つんでしょう。それだって立派な森ですわね」

知沙はガラス窓のところに行き、雪明かりの向こうを見つめた。

「こんなに広い敷地でも、三百二十本の樹木が大きくなったら、家に日が当たらなくて、洗濯物なんか乾きませんよ」

と米田弁護士は笑い、自分は毛利カナ江が亡くなるときからずっとつきっきりで、ほとんど眠っていないので、帰らせていただいてもいいかと訊いた。

「もう若くありませんので、相当疲れました」

希美子は、米田弁護士に礼を述べ、玄関まで送った。

「お通夜ですから、朝までいようと思ってたんですが」

「私たちがおりますので、どうかご遠慮なさらないで、ゆっくりお休み下さい」

「火葬の時間は昼の二時です。十二時に花屋が来ますので、私はそれより少し前に来るつもりです」

米田弁護士はそう言って、ゴム長を履くと、懐中電灯を持ち、雪道に出て行った。

「三千六百坪か……。起伏があるし、樹が多いから、そんなに広いとは思わなかったな。土地のなかに、きれいな小川が流れてる……。ここで、いろんなことができるかもしれないな」

マンボちゃんは、土地の権利証を見ながら、そう言った。

「いろんなことって？」

暖炉のところに戻り、希美子は訊いた。

「うーん、すぐには思いつかないけどね」

「毛利さんが遺したお金は、私が手にするはずのなかったものなんだから、大切にしないと」

希美子はそうつぶやきながら、子供たちとここで暮らすという考えが、思いつきではなく、具体的な希求のようなものに変わっていきつつあるのを感じた。

「お通夜ってのは、静かなほうがいいのかな、それとも賑やかなほうがいいのかな」

マンボちゃんの言葉に、

「どんちゃん騒ぎは感心できないんじゃない？」

と知沙は言い、マンボちゃんの大きなボストン・バッグから一升壜を二本出した。

「あれ？　知ってたの？　酒が入ってること」

「だって重すぎるんだもん」

「毛利さんを偲《しの》んで、少し飲もうか」

マンボちゃんは、台所に行くと、湯呑み茶碗を持って来て、そこに酒を注いだ。

「いい器があるよ。かなり年代物の黄瀬戸とか唐津《からつ》とか」

「だって、たぶんもとは大金持の奥様だったはずだもの」

「この湯呑み茶碗は萩焼《はぎやき》だな。これぞ萩って感じだよ。轆轤《ろくろ》じゃなくて、手でこねてある」

知沙とマンボちゃんの会話を聞きながら、希美子は酒を少しだけ口に含み、それをゆっくり飲み下した。偲ぼうにも、偲ぶべき何物も持っていないと思った。自分は、毛利カナ江について、ほとんど何も知らないのと同じなのだ。

この山荘に何度か泊まったが、毛利カナ江とどんな話をしたのか、明確に思い出せない。私事に関する会話は、自分と毛利カナ江とのあいだにはないに等しかった……。

「一度、俺の握る寿司を食べたいって言ったけど、そのあとすぐに、どんな用事ができようと、東京に行く気はないって。東京は嫌いだって、毛利さんが言ったことがあったよ」

そのマンボちゃんの言葉に、

「私、毛利さんに頼まれて、本を二冊送ったことがあったわ」

と知沙は言った。

「どんな本？」

「新古今和歌集と萬葉集なんだけど、それの現代語訳がついてる本。訳者に註文がついてて、この人とこの人のものは駄目だって。もう名前は忘れたけど、この二人はただの学者で、歌なんかわかりゃしないのって」

「俺も、本を捜してほしいって頼まれたことがあったけど、絶版になってて、図書館にもなかったんだ」

「へえ、どんな本なの？」

「イギリス人が書いた園芸の本なんだけど、昭和三十二年に出版されてた。だけど、その出版社はつぶれちゃって。仕方なくて神田の古本屋を捜し歩いたら、その本のことを知ってる親父がいてね。もしみつかったら連絡しますって言ってくれたけど、それっきり音沙汰はないね」

ほんのわずかな酒が胃に沁みて、希美子は自分の精神のどこかが朦朧《もうろう》としていくのを感じながら、風が吹くたびに、人の足音かと顔をあげた。

知沙とマンボちゃんが、自分に気を使い、何か話題を捜しながら話していることは知っていたが、希美子は二人の会話から外れて、湯呑み茶碗を両の掌に載せ、それを無言で見つめ、風が吹いたときだけ顔をあげた。

夫は遠くにあった。気味が悪いくらい、遠い人になっていた。哀しみも、嫉妬も、遠いものになっていることに気づき、希美子は、自分は夫を好きではなかったのだと思った。負け惜しみではなく、自分を納得させるためでもなく、ごく自然にそんな思いが湧きあがったのだった。

そして、なによりもそのことを知っていたのは夫ではなかったのかと思った。

「兎《うさぎ》だ」

マンボちゃんは言って、窓に近づき、雪の上に目を凝らした。

「風で枝が音をたてたのよ」

「いや、兎だ。足跡があるよ」

「兎は冬眠しないの？」

「しないと思うな。だって、スキー場に行くと、雪の上に兎の足跡があるだろう？」

「あったかくなったら芽を出そうとしてる栗の実を全部食べちゃうのかしら」

「さあ、それだと兎は俺たちの敵だな」

マンボちゃんが暖炉の前に戻り、自分で作ったフグの三日干しを出した瞬間、希美子は顔をあげ、

「私、子供たちとここで暮らす。私、決めたわ」

と言って、湯呑み茶碗の酒を飲んだ。

「そうね、やりたいようにやってみたらいいわ。いやになったら、逃げ出したらいいんだから。ただ、おチビさんたちは、大都会からこんな山のなかに引っ越して、新しい学校になじむのに時間がかかるかもしれないけど」

その知沙の言葉に、

「子供って、おとなが考えてるよりもしたたかだよ。ただ、地方の町とか村とかってのは、想像以上に閉鎖的だから、その点は覚悟しといたほうがいいと思うな」

とマンボちゃんは言い、自分が小学生のときに九州の小さな町に転校した際の話を始めた。

「最初は都会からの転校生だってことで、珍しがられて親切にしてくれるんだけど、そういう時期が過ぎると、こんどはやたらと仲間外れにしようとするんだ。たぶん、自分たちの周りのおとなのやり方を無意識に真似するんだろうな。うわべはつき合っても、本心はよそ者だって思いがあって、どうしてもなかに入れてくれない。そのくせ、こっちが相手を受け容れると、際限もなく入りこんでくる。こっちがそれに気づいて距離を取ろうとすると、相手も敏感に反応して、徹底的に仲間外れにしようとするんだ」

毛利カナ江は、地域に順応する気はなく、自分だけの世界に閉じ籠っていたから、それはそれで独自の暮らし方ができたが、二人の子供の母親としてはそうもいかない、とマンボちゃんは言うのだった。

「俺は、人見知りしない性格で、腕白だったから、わけもなく仲間外れされても、あんまり気にしなくて、別の友だちを作ろうとしたけど、それでも子供心に窮屈なものは感じたよ」

つい何日か前まで親切だった人間が、ある日ふいに掌を返して意地悪になるのは、おとなの世界のほうが顕著で、母親はそれでひたすら東京に帰れる日を待ち望んでいたとマンボちゃんは言った。

「いなかって、水や空気がきれいで、緑が多くて、静かでなんて、いいことばっかりじゃないんだ。希美子さん、そのことは頭に入れとかなきゃいけないよ」

「そうね、こっちが距離を取ろうとしても、周りが取らせてくれなくて、いつのまにか、相手の図々しさに攪乱《かくらん》されるってことを知っとかなきゃあ」

と知沙も言った。

希美子は自分の決意に水を差された気がして黙っていた。

「退屈で死にそうになるかもしれないわよ」

と知沙は言い、新しい線香に火をつけるために遺体を安置してある部屋に行った。

マンボちゃんは暖炉の火を見つめて考え込むような表情をつづけてから、

「ただここで暮らすっていうんじゃなくて、この広い土地を使って、希美子さんに何かできることはないかな」

と言った。

「私にできること？　私には何の才もないわ」

「いまは思いつかなくても、ここで暮らしてるうちに、やってみたいことができるかもしれないよね」

「もし、マンボちゃんがここを譲り受けたら、何をする？」

と希美子は訊いた。

「寺子屋を作るね」

「寺子屋？」

「うん、いまの学校では教えない、だけど人間にとって大切なものを教える寺子屋をね」

自分の店には、それぞれの分野の専門家たちが客として訪れる。そのなかでも、人間として尊敬できる人たちが共通して嘆くのは、いまの日本の教育制度だとマンボちゃんは言った。

「このままだと日本は民族的にも文化的にも、世界の劣悪国になるっていう心配は、その人たちに共通してるよ。俺は、俺の周りの子供たちを見てて、たしかにそのとおりだと思ってね。じゃあ、どうしたらいいんですかって何人かの人に訊いたら、もう自分たちで学校を作るしかないって。だけど、学校なんて簡単に作れやしないし、学校っていうひとつの形に絞るよりも、昔の寺子屋みたいな制度のほうがいいって」

「でも、寺子屋をどんなにいい成績で卒業しても、大学の入試を受ける資格も貰えないし、社会に通用する学歴にはならないわ」

戻って来た知沙はそう言って、暖炉に薪をくべた。

「そうなんだ、そこが大きな問題でね。寺子屋の授業に没頭してたら、先生たちは食っていけない。夏休みの時期だけ開校しても、ほとんどの生徒は入試のための勉強のほうを優先するだろうしね」

「そんなの、マンボちゃんのお店でお酒を飲みながらの理想論よ。実現不可能だわ」

知沙にそう言われて、マンボちゃんは立てた両膝を両腕でかかえこみ、

「そうなんだよ、いつも、実現不可能だなって結論になって、その話は終わっちゃうんだ」

とつぶやいた。

「だけど、教育あって教養なしの、この日本はどうなるんだ？」

マンボちゃんらしくない苦渋の表情がどこかおかしくて、希美子は笑った。夫との短い話し合いのあと、笑いというものを忘れていたことに希美子は気づいた。それで、希美子は、何か楽しい話をしてくれと二人に頼んだ。

「毛利さんの暮らしに、大声で笑うようなことってなかったと思うわ。ねェ、私たちの笑い声を毛利さんに聞かせるお通夜にしましょうよ」

希美子の提案に、知沙もマンボちゃんも賛同したが、どちらも暖炉の火に見入ったままで、口を開かなかった。

希美子は、毛利カナ江が愛用していた揺り椅子に移り、全身の力を抜いて背を凭せかけた。

「こないだ、週刊誌に、あの大地震の直後のいろんなエピソードが載ってたわ」

と知沙が言った。

「高校を出たばっかりのＯＬが、女子寮の自分の部屋で寝てたの。そのとき、地震が起こって、彼女はてっきりガス爆発だと思い込んで、自分がガスの元栓を閉め忘れたせいだと思って、こんな大事故を起こした自分は、もう死んでお詫びするしかないと思って、蒲団を頭からかぶって泣きつづけてたんだって……」

「それって、笑える話じゃないな」

とマンボちゃんは言った。

「うん、そうなんだけど、私、こんな女の子、好きだなと思って、ちょっと笑っちゃったの。だって、逃げ出さないで蒲団のなかにもぐってたってことは、そのまま焼け死んでしまうつもりだったからでしょう？」

「ジェット機が近くで落ちたと思い込んで、カメラを持って二階の部屋から走り出たら、階段が失くなってて、そのまま自分が落ちちゃって腰の骨を折ったっておじさんがいたそうだよ」

とマンボちゃんは言った。

希美子は目を閉じて、二人の会話を聞いていた。そうしながら、あえて、夫への思いを呼び戻そうとこころみたが、夫の姿はさらに遠くにあった。

夫は資産家の女と再婚し、有名料亭の女将のご亭主として新しい生活を始めるのだ。ことしの夏あたりに、二人のあいだに子供が生まれる。

夫がどんな人生をおくるのか、私は見ていよう……。

そんな思いは、希美子自身が不思議に感じるくらいに強かったが、依然として、憎悪も嫉妬も悲哀もなかった。

希美子は、自分の心境を知沙とマンボちゃんに言った。

すると知沙は、ハンドバッグから手帳とボールペンを出し、〈天網恢恢疎《てんもうかいかいそ》にして漏《も》らさず〉

と書き、それを希美子の膝に載せた。

「こないだ、自分の書くものにその言葉を引用したから、字を覚えてるの。辞書にはこう説明してあった。天の法網は広大で目が粗いようだが、漏らさず悪人を捕縛する。つまり、天道は厳正で悪事には早晩必ず悪報があるってことなのよ」

「その言葉を信じたいけど、世の中を見てると、天の網には大きな破れ穴があるんじゃないかって気がするな」

とマンボちゃんは言った。

「猛司は悪い人じゃないわ。いいところもたくさんある。ただ、すごく見栄っ張りで自尊心が強いの。私は、いつもそこのところが好きになれなかった。自分を自分以上のものに見せようとするところが、私は嫌いだったわ」

カシワの巨木から雪の塊が落ち、粉雪が飛び散って、庭の一角に霧のような膜を作った。

希美子はそこに夫の姿を思い描いたが、それは小さな点と化して消えた。

第四章

三月二十五日に、二人の息子をつれて奥飛騨の家に引っ越すまで、希美子はかつてなかったほどの忙しい日々をおくった。

毛利カナ江の納骨を済ませて下関から帰ると、夫側の弁護士と、希美子側の白石弁護士との交渉の席に立ち会う回数は多かったし、山奥での生活のための準備は思いのほかはかどらなかった。

息子たちの入学手続きのために、希美子は三回奥飛騨へ行き、住民票を移したり、二階に子供部屋を作るための幾分かの改築作業を工務店に依頼したりした。そして、そのつど、親しくなった雑貨屋の夫婦の忠告で、玄関から道へと通じるところに積もっている雪を取り除くことに没頭した。

根雪を凍らせてしまうと、取り除くのは厄介で、思わぬところで滑って転倒する危険があったのだ。

毛利カナ江が寝室に使っていた部屋は和室だったが、希美子は畳を新しいのに替え、障子も襖も張り替えて、そこにベッドを置いた。

冬、暖炉の火が尽きるころには、室内の暖気は天井や二階へとのぼって、畳の上に蒲団を敷いて寝ていると、顔の冷たさで目が醒めてしまうからだった。

毛利カナ江はそのために電気毛布を使っていたが、希美子の体にそれは合わなくて、目醒めたあとのだるさは異常なほどだったので、ベッドを購入したほうがいいと考えたのである。

それらの費用は、すべて父から借りた金を使った。毛利カナ江が遺した金を、希美子は自分のために使いたくなかった。さして広くはないが頑丈な造りの山荘と、広すぎる土地を生かせる何等かの名案が浮上したときのために、その金は生かしたかった。

希美子が子供たちと移り住んで三日目、まだ引っ越し荷物の整理に追われている希美子に両親から電話がかかってきて、これからそっちへ向かうという。

「いま松本だ。車を運転するのは七年ぶりで、隣に坐ってるお母さんがうるさくてね。希美子よりもはるかに俺のほうがうまいってことがわかってないんだから」

と父は言った。

「車？　車なんてどうしたの？」

「マンボちゃんの友だちが乗って来て、新しい車がきのう届いたから、どうか使ってくれって。あの人、希美子はまだ俺の家にいると思ったんだな」

「四輪駆動車をお父さんが運転して来たの？」

「俺は運転歴三十年の優良運転者なんだぞ。希美子みたいに大学生のときに免許を取ったきり一度も運転してない危険なドライバーとはちがうんだ」

父は、道順を確認するために電話をかけてきたのだった。

朝からいい天気で、うぐいすが鳴き、遅咲きの梅が、屋根から落ちる水滴に打たれていた。屋根に残っていた雪も、きのうの夕刻の雨ときょうの好天ですべて溶けてしまいそうだった。

マンボちゃんの友人が乗っていた小型の四輪駆動車を希美子のもとに届けがてら、父と母は、離婚した娘と二人の孫が暮らすことになった地を見に来たのである。

父と母は、到着すると、慰謝料や子供の養育費に関する希美子側の要求に、猛司側がほとんど応じる形で交渉は終わったと伝えた。

「とにかく、再婚相手は金持だからな」

そう言ってベランダの向こうを見ていた父が、

「あれは片栗《かたくり》だよ」

と指差した。

小さな葉と茎が建物の右前方に群生していた。

「片栗？　カタクリ粉の、あの片栗ですか？」

と母が訊いた。

「そうだよ。地下茎のデンプンでカタクリ粉を作るんだ。きれいな花が咲くんだ。濃いピンク色の花だ。若葉をゆでてもうまいぞ」

父は玄関から靴を持って来て、ベランダの窓をあけ、さまざまな植物が芽ぶいている敷地に出て行った。

「こりゃすごいね。フキノトウもある。一番食べ頃のフキノトウだよ」

手を泥だらけにして帰って来た父は、ハンカチに十五、六個のフキノトウを包んでいた。

「牡丹の芽なんか、かなり大きくなってる。猫柳もあるし、イタドリもある。ワラビもゼンマイもある。ここは花と山菜の宝庫だね。まだ咲いてないけど、あそこの栗の木の下に頭を出してる芽は一人静だよ」

「ヒトリシズカって？」

母が買って来てくれたハムや鮭の切り身を冷蔵庫にしまいながら、希美子は笑顔で訊いた。

父がはしゃいでいることが嬉しかったし、弁護士を介したわずらわしい交渉が終わり、夫と完全に縁が切れたことも嬉しかったのだった。

「静御前《しずかごぜん》にたとえた花だよ。ひっそりと、日陰にひとつだけ花をつけるから、一人静だ」

「よく知ってるんですねェ。あなたがこんなに草花にくわしいなんて知りませんでしたよ」

母はなんとなく機嫌が悪そうに言った。

「どこで、そんなにお勉強なさったの？」

「昔の人間は、こういうことはよく知ってるんだ」

「私も昔の人間ですけど」

「お前は都会育ちだから。俺は、親父の仕事で、十二、三歳のときから六年間、いなか暮らしをしたからね」

母は、子供たちはどこに行ったのかと訊いた。

「津田屋旅館の息子さんと友だちになって、毎日、一緒に遊んでるの。そこも男の子が二人で、どっちもうちの子とおない歳なの」

「そこまでどうやって行くの？」

「歩いてよ。四十分かかるって」

「四十分の山道を往復して遊びに行くの？」

「山道って言っても、ほとんど舗装してあるわ。自転車は、のぼりくだりがきつくて帰りはへとへとになるらしいわ」

希美子の言葉に、

「いいねェ。子供はそうやって育つべきだよ」

と父は言い、フキノトウを自分で洗った。

夜になっても、父と母は希美子の今後についてはいっさい口にしなかった。ここの生活に慣れるまでは余計なことに神経を使わないほうがいいとお互い思っているらしい。

父はすっかり山の生活が気にいったみたいで、とりわけ栗とカシワの木が土地を囲むように育ちつつあることに感心していた。

「木ってのは、不思議な力があるんだ。木の多いところにはきれいな水が集まるし、いろんな山菜もできるし、空気にも不思議な力が混じって、人間を健康にするよ」

「ここに住みたいなんて言わないで下さいよ」

母はしつこいくらい何度も父に言った。

「毛利さんは、きっと木の凄さを知ってて、育つかどうかは別として、せっせと栗やドングリを植えてたんだな」

父は母の言葉を意に介さず、誰に言うともなく言った。

五月の連休には、両親と知沙、それにマンボちゃんもやって来た。

そのころには、希美子は四輪駆動車の運転に慣れ、山荘の内部も自分が使いやすいように少しずつ手直しを進めて、我ながら感心するほど大工仕事が上手になった。

山桜が峰々を薄桃色にさせるころ、毛利カナ江の植えた栗やカシワの芽が、たしかに所有地を囲む形で整然と並んだ。

そこには、リスが捜し当てて掘ってしまい、芽吹くまでに至らなかったものもあるが、それとは反対に、リスが冬のために土に埋めたくせにそのまま放置されて芽を出したものもあった。

父は、山歩きのためのトレッキング・シューズとリュックサック、それにチロル帽まで買って、リュックのなかには小さなスコップや固形燃料や非常食まで入れていた。

「とりあえず、三千六百坪の探検だ」

そう言って、父は二人の孫と一緒に小川のほうに行った。

「会社から手を引いてからはゴルフもやめてしまって、家のなかに閉じ籠って、詰め将棋ばっかりやってる生活だったから、お父さんの健康にはいいわよ。ここに来て、あっちこっち歩き廻ってたら、足腰も丈夫になるわ」

日の当たるベランダの長椅子に寝そべり、知沙は胸のあたりまで毛布を掛けて目を閉じたまま、そう言った。

マンボちゃんの店は、やっと四月の中ごろから以前の活況を取り戻したという。得意客には、関西から出張してきた人たちが多かったので、大地震のあとは客足が半減したのだった。

「でも、お客さんのなかには、自分の家を失くした人もいるし、家族を亡くしたり大怪我をして、まだ入院してるなんて人もいるんだ。余震もまだつづいてるって。四月二十七日に自衛隊が全面撤収したけど、現場の自衛官にはいくら感謝してもしきれないって言うお客さんもいるよ」

マンボちゃんは、持参したクーラー・ボックスから一尾の鯛を出し、うろこを取る作業をしながら言った。

「私、まだときどき、地震が起こった瞬間の夢を見て、びっくりして目を醒ますのよ」

と希美子は言った。

大地震の渦中にいた人は、精神的なものだけではなく、何か強い後遺症をもたらす物理的あるいは化学的障害を身体に与えられたのではないかと、希美子は思うのだった。

夫の思いもよらない不貞と、それに伴う離婚という事態に遭遇したにしても、体の不調のしつこさは、いささか長すぎるのだった。

「揺れる前の地鳴りはすごかったわ。私には何百頭もの馬が走って来る音に聞こえたけど、乱気流に巻き込まれて上がったり下がったりしたみたいな気がしたって言う人もいるし、自分の体から青い火花が出たのを確かに見たっていう人もいるのよね。そう新聞に書いてあった」

「静電気かな。地の底でとんでもない静電気が発生して、それが被災地の人たちの体調を狂わせたのかもしれない」

マンボちゃんは鯛のうろこを取ると、それを三枚におろし、ラップに包んでクーラー・ボックスに入れた。

「さばいたばかりの魚って、味がないんだ。肉とおんなじで、少し寝かせたほうがいいんだけど、冷蔵庫に入れると身が乾いちゃうからね。頭はアラ煮にするよ。お父さんの好物だから。秋田県からタケノコが届いたから、それも料理するよ」

「こんな山奥で、贅沢ね」

「五日間もお世話になるんだからね」

希美子は、両親と自分は一階の寝室で寝るが、マンボちゃんと知沙はどうするのかと訊いた。

「二階の一部屋は子供たちが使うから、あと一部屋しかないわ。マンボちゃんと知沙が一緒に寝るのは、ちょっとまずいでしょう？　お父さんとお母さんがいないんなら、私はいっこうにかまわないんだけど」

「そんなに気にしないでよ。知沙は二階の部屋を使ったらいい。俺は、この三千六百坪の土地のどこかにテントを張るんだ。テントも寝袋もカンテラも、みんな持って来たんだ」

「テント？　まだ朝晩寒いわよ。零下になるときもあるわ」

「大丈夫。テント生活は慣れてるんだ。釣り仲間と山奥でテントを張ることは多いから」

マンボちゃんは、希美子を見つめ、少し顔をしかめて、

「黙ってようかと思ったんだけど」

と言った。

「何を？」

「あさって、猛司さんと桑原朋子の結婚式と披露宴だよ」

希美子の感情は動かなかった。ずいぶん急いでいるのだなと思っただけである。

「花嫁が臨月のお腹だから、内輪だけでやるんだけど、とにかく関西だけじゃなくて、日本でも有数の大店《おおだな》の跡取り娘だから、各方面に挨拶状だけは届いたんだな。うちの店に来るお客のあいだでもちょっと話題になってるよ」

「話題って？」

「お客さんたちは、俺と希美子さんのことを知らないからね」

「私とは、もう関係のないことだから」

希美子の言葉にうなずき返し、マンボちゃんは口をつぐんだ。

「話題って、どんなこと？」

せっかく喋ろうとしていたマンボちゃんの気持に水をさしたような気がして、希美子は訊いた。

「あの店も、娘の代で終わりだろうって。料亭ってのは料理だけじゃなくて、女将の存在が大きいんだ。女将の人柄とか教養とかってのが店を成り立たせるっていうのかな。どんなに箝口令《かんこうれい》を敷いてても、次の女将になる娘が臨月のお腹で慌てて結婚式をするってことはすぐにひろまるし、店の格式からすれば、そういうのは最も恥ずべきことだからね」

桑原朋子は長女ではあったが、とかくの問題があり、女将の跡を継ぐのは次女だと暗黙のうちに決まっていたのだが、次女は地震で亡くなってしまい、現在の女将も腰に重傷を負って引退せざるをえない状態だということも多くの人が知っているとマンボちゃんは言った。

「ああいう店は、娘のしつけや教育には細心の注意を払うんだ。跡取りが男の場合は、嫁になる女を厳選する。だって、座敷に出て行くのは女将だからね。客も、政界や財界の大物が多いから、見るべきところはちゃんと見てて、ああ、この女将は駄目だと思ったらもう行かない。そこが、ほかの二流の料亭やクラブとはちがうところだよ」

父が帰って来たので、マンボちゃんは話をやめた。父は、子供たち用のゴム長はないかとベランダのところから訊いた。

「マムシがいるよ。沢のところに」

「えっ？　マムシ？」

「熊笹や草のしげみに手を突っ込まないほうがいいな。そんなところには、棒でつついてから、踏み込むんだ。そしたらマムシは逃げて行くから、子供たちには、そのやり方を教えといた」

「たくさんいるの？」

「見たのは一匹だけだけど、いることは間違いない。そりゃそうだろう。こんな山のなかなんだから」

父の声は大きかったが、ベランダの長椅子で昼寝をしている知沙は目を醒まさなかった。

「毛利さんが植えた栗の木には、もう五メートルほどの丈になってるのが何十本もある。秋には立派に実をつけるよ」

父はそう言って、ゴム長を履いた孫たちと沢とは反対のほうへ向かった。

玄関への林道のところで誰かの声がした。希美子が玄関から顔を出すと、頰髭《ほおひげ》の男が立っていた。男は鎌田元気だった。白いポロシャツを着て、セーターを手に持ち、額に汗をかいている。

「ここの生活には慣れましたか」

と鎌田は言い、警察を辞職してから一ヵ月ほど旅行してきたのだと笑った。

「おととい、米田さんと逢って、仙田さんがここで生活を始めたって聞いて。ああ、仙田さんじゃなくて、進藤さんに戻られたんですね」

お友だちがいらっしゃるようだから、自分はここで失礼すると言ったが、希美子に勧められて鎌田元気は居間にあがり、希美子の母とマンボちゃんに挨拶した。

「旅行って、どちらに?」

茶をいれながら希美子は訊いた。

「社会性を身につけてこようと思って、ベトナム、カンボジア、タイに行って来たんです。貧乏旅行だったから、いいホテルになんか泊まれなくて、南京虫とかダニとかにさんざん血を吸われて、いかさま師の口車に乗せられて、金とパスポートを盗まれて、ひどい目に遭いました。元警察官がなさけない話です」

と鎌田は言い、風情の変わった居間を見やった。知沙はまだ眠りつづけていた。

「いつ日本にお帰りになりましたの？」

「おとといです。あわただしく辞職しましたし、署のほうも面倒な事件の捜査で忙しくて、先輩や同僚にちゃんと挨拶もできなかったもんですから、さっき、署に寄ってきたんです」

「社会性を身につけるって、どういうことなんですか？」

マンボちゃんが笑顔で訊いた。

「大学を卒業してからずっと警察勤めで、他の企業に就職した連中に、お前みたいなポリ公あがりは社会で頭を下げたことがないから、警察を辞めても使い物にならねェんだって言われて。ぼくもそう思ってましたから、人間修業をしてこようと決心して」

「修業になりましたか？」

マンボちゃんの問いに、

「さあ、どうでしょうか。世の中には悪いやつが多いってことだけは思い知りました」

と鎌田は言って笑った。

「親父は、自分ができなかったから、息子のぼくに警察で出世してもらいたかったらしくて、ぼくが辞めたあと、ずっと機嫌が悪くて。まあ、でもいちおうは親父の希望どおり警察官になりましたから、少しは親孝行をしたってとこです。でも、寄り道は長かったかな。警察官を十五年ですから」

マンボちゃんがテントを運んで来て、山荘の東側に置くと、鎌田はそこに行き、慣れた手順でテントを張る作業を手伝い始めた。

「その手つき、本格的だなァ」

とマンボちゃんは言った。

「大学で山岳部だったんです」

と鎌田は言った。幾つかの山に登り、パキスタンのウルタル登頂隊のメンバーに選ばれたが、悪天候が四日つづき、第二キャンプから上には登れず断念したという。

「ひゃあ、そりゃプロじゃないですか」

「いや、いつもぼくはお荷物じゃないかって思って……。ぼくは根性がないんです。撤退する勇気だけは、いつもチームのなかで一番でしたけど」

鎌田は、沢のところにマムシがいたらしいというマンボちゃんの言葉で居間に戻って来て、どこかに電話をかけた。マムシ獲りの名人が、ここから二十キロほど北の村に住んでいるという。

「マムシを獲って、漢方薬屋に売るんです。あした、来てくれるそうです。このあたりでマムシに嚙まれたって話は聞かないけど」

鎌田は言って、テントのところに戻った。マンボちゃんと鎌田は、逢って三十分もたたないのに意気投合してしまっていた。

毛利カナ江が一人住まいだったころは、彼女の敷地内での行動範囲は狭かったであろうから、熊笹や雑草の茂みも自然のままに放っておいて支障はなかっただろうが、遊び盛りの子供が住むようになったとあっては、それらはかなりの範囲にわたって刈り取ったほうがいい。

テント張りを終えると、鎌田元気はそう言った。

「マムシとかヤマカガシとかの毒のある蛇は日の当たらない湿ったところを好みますからね」

鎌田は、納戸や家の外の、薪を積みあげる場所を捜して、草刈り用の鎌をみつけ出すと、錆びているので石で研いだ。

そしてそれを持って、沢のほうに向かった。

「あの人、誰？」

やっと起きて、ベランダから居間に入って来た知沙が訊いた。

「よくそれだけ眠れるわねェ。こんなに大きな声でみんなが喋ってるのに」

と希美子は言って、知沙にコーヒーを持って来てやった。

「だって、この十日間、ほとんど寝てないんだもの」

まだ寝足りないといった表情で知沙は言った。出版社の依頼で、知沙は神戸の被災地を取材し、十日間、大学生のボランティア・チームの拠点となっている小学校の教室で寝泊まりしていたのだった。

知沙は三日前、神戸から横浜に帰って来て、二晩徹夜して被災地でのレポートを原稿用紙五十枚にまとめ、それを出版社に渡して、奥飛驒へ向かうマンボちゃんの車に乗ったと言う。

希美子が鎌田元気と知り合ったいきさつを話したあと、

「そんなに無理したら、体をこわしちゃうわよ」

と言うと、知沙は心底疲れたといった顔でコーヒー・カップのなかに見入った。

「私は右翼でも左翼でもないけど、この日本て国は、これから先、衰退の一途を辿って、滅びてしまうような気がする……」

知沙は垂れ落ちた前髪をすきあげようともしないで、そうつぶやいた。

「上《かみ》は大臣から下《しも》は町会議員、村会議員に至るまで、そのほとんどが金の亡者《もうじゃ》。公務員は事《こと》勿《なか》れ主義。国民は、人間としての行儀とか教養を積まないままおとなになって、自分たちよりもさらにレベルの低い子供を産んで、その子たちはおとなになって、さらにレベルの低い子供を産むの……。この日本て国は、もうおしまいね」

「そんな天下国家のことより、そろそろ自分の身を固めたらどうなの」

母にそう返されて、知沙は大きく溜息をつき、

「滅亡の道を突き進んでる日本で、私は自分の子供を産みたくないわ」

と言った。

希美子は、この山荘に何日いるつもりなのかと知沙に訊いた。

「あさってまで」

「じゃあ、とにかくあさってまで、きれいな森の空気を吸って、寝たいときに寝て、起きたいときに起きて、気が向いたら津田屋さんとこの露天風呂につかって、うんとのんびりしたらいい。マンボちゃんと、あのテントのなかでケンカしてるってのも、体にいいかもしれないわよ」

希美子は母の顔を盗み見ながら言った。

「ケンカってのは、別の意味を含んでるの?」

知沙は声を忍ばせて訊き返した。

「そうよ」

「へえ、お姉さんの口からそんな含みのある言葉が出るなんて……。よし、今夜、テントのなかに夜這いしてやろう」

そのつもりだったくせにと思いながら、

「そっと朝帰りできるように、ベランダの大窓に鍵をかけないでおいといたげる」

希美子は知沙の耳元で言って、台所で米を洗った。

それから、思いついたときにやっておかなければ忘れてしまうと考え、毛利カナ江の寝室の和机の上に置かれてあった丸い石を丁寧に洗った。

おそらく、その石を生前、毛利カナ江は文鎮として使っていたのであろう。ほとんど歪みのない円型でひらべったくて、円型のところのあるかなきかの窪みが、あきらかに翼を拡げている鳥の形を成していた。

その形は、どう見ても人工的に彫られたものではなかった。自然の力が偶然に、直径七センチほどの丸い石の表面に鳥の姿を穿《うが》ったとしか思えず、誰かに貰ったか、あるいはどこかでみつけた毛利カナ江が、その幾分抽象的で剽軽《ひょうきん》な鳥の形を気に入って、机の上に置いていたのではないのかと希美子は思った。

滑らかな石を洗いながら、希美子は下関の墓苑にあった毛利カナ江の小さな墓のたたずまいを思い浮かべた。

毛利カナ江がその墓を買ったのは、二十年前で、管理する会社に永代供養料を支払い、〈鳥〉という一字を小さく墓石に彫ってくれるよう頼んだ。

応対した係員は、もう亡くなっていたが、話を聞いた人によれば、

「鳥ですか？」

と何度も念を押したという。墓石の裏に建立者の名を彫るのが常だが、毛利カナ江はそれも必要ないと言った。表面の縦四十センチ、横三十センチの黒御影石《くろみかげいし》に〈鳥〉という字を小

さく草書体で彫ってくれればそれでいいと言うのだった。

それで、墓苑を造った会社はそのとおりにして、できあがった墓石を撮った写真を毛利カナ江に郵送した。

〈鳥〉と一字だけ彫られた墓石は、海に面した墓苑のなかの西端の最も高台にあって、係員が案内してくれなかったら、すぐにはみつからないほど小さくて、他の墓石から離れて背を向けるようなたたずまいだった。

すでに二十年前に、自分の墓までをこうまで世間から隔離させようとした毛利カナ江の覚悟とは何であったのか……。

希美子は墓石の下に納骨しながら、そう思ったし、帰りの新幹線のなかでも、墓石が海からの西陽を受けていた風景が脳裏から去らなかった。

希美子は、事前に墓石に彫られた字のことを知っていたら、この丸い石もお骨と一緒に納めたのにと思った。

夕刻、沢のほうから父と子供たちに混じって、鎌田元気とマンボちゃんも戻って来た。

「とんでもない楠《くすのき》と藤蔓《ふじづる》があるよ。いつまで見てても溜息が出てくる。どうも、他の木も一緒に縄みたいに絡み合って大きくなったらしいんだ」

と父は言った。

おそらく何十年も昔に、若い楠に若い藤の蔓が巻きついた。そしてさらに他の若木も蔓に巻きつかれ、そのまま生長しつづけた。巻きついた蔓が太く、頑丈になり、他の木を締め殺すほどになると、木たちはその自分に食い込んだ藤蔓を体内に呑み込むようにして生長した。藤蔓も負けじと、自分を包んで大きくなった木たちを新たな蔓で巻いたが、木たちはそれをも再び太く生長した幹と樹皮とで包み込んだ。そうやってお互いを呑み込み合いながら、どちらも生長しつづけて、もはや何という木か特定できない奇妙でおごそかな巨木と化してしまった……。

父は興奮ぎみにそう語り、鎌田元気とマンボちゃんに同意を求めた。

「ねェ、ゲンキさん、マンボちゃん、私の言い方に誇張はないよね」

父は鎌田をゲンキさんと呼んだ。

「いや、まったくそのとおりですよ」

と鎌田は言い、

「感動しますね。ただ感動という言い方しかないですね」

そうマンボちゃんも言った。

気がつくと、いつのまにか、全員が鎌田をゲンキさんと呼んでいたので、希美子も何の抵抗もなく、

「ゲンキさん、夕食をご一緒にいかがですか」

と誘った。

「いや、せっかくご家族お揃いの団欒ですから」

ゲンキさんは洗面所で手を洗い、あの絡み合った木たちと藤蔓の周辺二、三十メートルの雑草と熊笹を刈り取るのにこんなに手間取ったのだから、小川の周辺にマムシが来ないようにするには十日ほどかかりそうだと言った。

「この鎌、ぼくが研いできますよ。やっぱり、ちゃんと砥石《といし》で研がないと」

と言った。

希美子は、納骨の際にカメラで写した毛利カナ江の墓をゲンキさんに見せた。

「これ、何て字です？」

とゲンキさんは訊いた。

「鳥です」

「鳥？　これだけ？　墓石の裏には？」

「なんにも彫ってありません。ただこの〈鳥〉だけ」

「日が落ちると冷えてくるわね」

知沙がそう言ったので、希美子は暖炉の薪に火をつけてから、父とゲンキさんとマンボちゃんのためにコーヒーをいれた。

こつを覚えてしまって、希美子は新聞紙一枚で薪を燃やせるようになっていた。

「どうして、鳥なんだろう」

ゲンキさんは写真を見つめてそう言った。

「よほどの精神力がないと、こんな生き方はできませんねェ」

と母が写真をのぞき込んで言った。

「長いこと警察官をしてらしたら、武道全般をいちおう修得なさってるんでしょう？」

知沙の問いに、

「いや、そりゃあ大学の授業にたとえると、逮捕術とか射撃とかは必修科目ですけど、ぼくは下手でしたねェ。勤務中、拳銃を実際に使ったことは一度もありませんし、逃げようとしてるコソ泥を取り押さえてるときも、早く同僚が駆けつけてくれないかって思ってたくらいで。暴力団の組事務所に捜査で入るときなんか、怖くて怖くて」

とゲンキさんが言ったので、みんな笑った。

「最近は、おとなしそうな勤め人風のやつが、サバイバル・ナイフをポケットに隠し持ってたりするし、中学生や高校生のつっぱってる連中は、加減てものを知りませんから、どんな相手でも油断するなってことになってて。だけど、ぼくは油断ばっかりで、ドジな警官だったんです」

絶対的な権力を持っているということが、人間をいつのまにか不遜にさせてしまい、仕事を離れた一介の私人のときでも、傲慢な目で人を見てしまうようになっていく自分がいやだったと、ゲンキさんは言った。

　おととしの春、いやな事件があった。詳しくは語れないが、そのとき自分は警察を辞める決心がついた。ゲンキさんはそう言って、毛利カナ江の墓の写真に視線を落とした。

　ある夜、県道で轢《ひ》き逃げ事件が発生し、被害者の女性は死んだ。被害者の靴もサンダルも周辺にはなかったが、現場から五十メートル離れた歩道に、革靴が一足きちんと揃えて置いてあった。

　事故の瞬間、三百メートルほど後方を軽自動車で走っていた主婦の証言によると、自分の前方にいた車はブルーの四輪駆動車だけで、男が運転していたという。

　現場には轢いた車の車種を特定できるものはなかったが、被害者の衣服に付いたタイヤの跡から、四輪駆動車だと判明した。

　的を絞っていくと、ひとりの男が浮かびあがった。それで自分ともう一人の捜査員は、その男のところに行き、当日の行動を訊いた。

　男はたしかに轢き逃げ事故のとき、その道を通ったが、人など轢いた覚えはないと言った。男の車は署に移され、自分は男の供述の裏を取るため、聞き込み捜査を始めた。

　隣人が、事件の翌朝、男が車を洗っていたと証言した。あの人が車を洗うなんて珍しいなと思った、と。

　しかし、自分には、揃えてあった被害者の靴のことがどうにも腑《ふ》に落ちなかった。

捜査を担当する上司から連絡があり、男の四輪駆動車のフェンダーにストッキングの一部が付着していて、それは被害者の物と一致したので即刻連行せよ、逮捕状は用意しておく、と。

自分はいっそう腑に落ちないまま、男を署に連行した。なぜなら、被害者のストッキングは破れていなかったという確かな記憶があったからだ。

その日のうちに、被害者の女性が、二年前、名古屋で自殺をくわだて、深夜、道に横たわっていたという前歴があったことがわかった。

しかし、自殺しようとして見通しの悪い深夜の道に横たわっていたとしても、その女性を轢いてしまい、あまつさえ逃げ去った罪は問われなければならない。

新聞は、男の逮捕を写真入りで報じ、事件発生からわずかの時間で犯人を突きとめた警察の迅速な捜査力を称える記事まで載った。

男は一週間の勾留中、身に覚えのないことだと犯行を否認しつづけ、全財産を投じてでも弁護士を雇って闘うと言った。それがあの米田弁護士だ。

自分は、疑問に思っている点を上司に言ったが、もう事件は解決したのと同じなのだから、お前が余計なことを喋るなと釘を刺された。

「ストッキングは破れてなかったんです。それなのに、どうしてストッキングの一部がフェンダーに付着するんです？」

と言うと、

「お前がちゃんと見なかったんだよ」

と怒鳴られた。

米田弁護士は、そのストッキングの付着場所に疑問を持ち、捜査責任者を問い詰めた。現場の状態、被害者の状態から考えると、四輪駆動車のフェンダーにストッキングの一部が付着するのは物理的に不可能だと言うのだった。

男は証拠不充分で釈放された。自分は、腑に落ちない点は別の問題として、なぜ証拠不充分なのかと上司に訊いた。被害者がはいていたストッキングの一部が、車のフェンダーに付着していたというくらい充分な物証はないのではないか、と。

上司は迷惑そうに見つめ、済んだことを掘り返す暇があったら、他の未解決の事件のホシをあげてこいと怒鳴った……。

ゲンキさんの話を聞き終えると、

「それって、どういうことなんですか？」

知沙は首をかしげて訊いた。

「ストッキングは、どうしてその車のフェンダーに付いたんですか？」

ゲンキさんはそれには答えず、

「出世が約束されてるやつが捜査の責任者になると、現場の刑事は暗い気持になるんです。

そんなエリートは、三十歳そこそこで署長になり、二年ほどで県警の本部長を務めて、すぐに桜田門に転勤になり、現場で靴をすりへらして、夜中まで捜査にあたってる連中にとったら雲の上の人になっていくんです。現場の刑事たちのなかには、人の痛みがわかる、大岡裁きができる立派な者たちがいますが、そんな人たちは出世とは無縁です」

と言った。

「やっぱり、この日本て国はもうおしまいね。教養のある侍みたいな男はいなくなったし、かしこくて品のある女もいなくなる。マンボちゃんの人間学の寺子屋がほんとに必要なんだろうけど、この国の未来を憂うなんて声高に叫んでる評論家や大学教授たちだって、銀座のクラブで酒臭い息をしてホステスのお尻をさわってるんだもの」

知沙は腕組みをして、暖炉の薪を眺めながら言った。

「ぼくは上手に言えないんだけど、この国を動かしている人たちは、いろんなことに対して畏敬《いけい》の念がないんだと思うよ。宇宙ってものに対する畏敬、大自然への畏敬、優れた芸術への畏敬、学問に対する畏敬。それがないから、民衆をいつも小馬鹿にしてるんじゃないかな。政治家だけじゃなくて、教育者たちもおんなじさ」

とマンボちゃんは長箸を持ったまま台所から顔を出して話に加わった。

ゲンキさんは、パキスタンの北東部にフンザという村があって、そこはいまでも〈世界最後の桃源郷〉と呼ばれているのだと言った。

「ぼくは大学生のとき、ウルタル登頂隊の一員としてフンザで三日すごしたんです。フンザは標高三千メートルほどの高地で、そこからウルタルって山を見ると、もう目と鼻の先の、手が届きそうなところにあって、山頂まではっきり見えます。フンザは長寿の村で、百五十歳だなんて老人がたくさんいて、畑仕事をしてます。いろんな花がいつも咲き乱れて、あんずや桑の実が豊富で、カラコルム渓谷のなかの、まさに桃源郷です。村人たちは穏やかで、生まれたときから世界の名峰・ウルタルやラカポシやディランをあおぎ見て育って……。だけど、ここ五、六年で、世界中からの観光客が急増して、百歳以上の老人はかぞえるほどに減りました。渓谷めぐりのためのジープがひっきりなしに走って排気ガスをまきちらして、衛星放送を観るためのテレビが集会所や小さなホテルの食堂に置かれて、そんなストレスが急速に村を包んだせいなんです。フンザに住む人たちの平均寿命は見事に下降しました。若者たちは、観光客相手の金儲けに血まなこになって……」

ゲンキさんは、何かを考え込んでしまって、そのまま話をやめ、腕時計を見ると立ちあがった。

希美子も知沙も引き止め、ぜひ夕食を一緒にと勧めた。マンボちゃんは、もうゲンキさんの分も作り始めたと言ったので、ゲンキさんは、

「じゃあ、お言葉に甘えて」

と居間の椅子に坐り直した。

希美子は、ベランダの大窓の近くの揺り椅子に坐っている母が気持よさそうな寝息をたてているのに気づき、そっと近づいて毛布を掛けた。

母は若いころから不眠症ぎみで、誰かの話し声が聞こえるところでは決して寝ることができないのだった。そんな母が、日が落ちて冷えてきたというのに、固い揺り椅子の上で眠っているのを、希美子は不思議な思いで見やった。

すると、いまゲンキさんから聞かされたばかりの、見たこともないフンザの風景が、心のなかに拡がった。

希美子のなかの〈桃源郷〉という言葉の概念は、いつも花々が咲き、鳥たちの囀《さえず》りが聞こえ、樹木には絶えず果実が実り、人々のあいだに争い事はなく、病気も死もないといった架空の世界といったところであった。

しかし、現実に、この地球のどこかに、それに近い村があるというのをゲンキから初めて聞かされて、なぜかふいに、自分が毛利カナ江から譲り受けた土地を、そのような小さな世界にしてみたいと思った。

「フンザって村は、どのくらいの面積なんですか？」

希美子は、父につき合って飛驒の地酒を飲み始めたゲンキに訊き、もっとフンザの話をしてくれと頼んだ。

「写真集がありますから、こんど持って来ますよ。面積か……。どのくらいかな。どこからどこまでフンザって村なのかわかりませんが」

そう言いながら、鎌田元気は新聞のチラシの裏にパキスタンとその周辺の国々の地図を描き、東側が中国、南東側がインド、西がアフガニスタンと説明した。

それから、記憶を辿ってフンザの地図を描き始めた。

「ここにフンザ川があります。インダス河の支流です。この川を下って行くとギルギットって町に出ます。ぼくたちは、イスラマバードからプロペラ機でギルギットまで行って、あとはジープで北上して、この川の手前でフンザの村を目にしました」

折れ曲がった大渓谷のなかに、そこだけ別の世界のような緑の繁りがあり、その繁りを取り巻く形で、南にラカポシとディラン、北にウルタルの高峰がそびえている。

フンザの村に入る手前に長い橋が架かっていて、そのあたりから民家が点在しはじめ、羊や山羊が放し飼いにされ、男たちはフンザ独特の帽子をかぶり、女たちは顔を長いショールで包んで、家畜を追ったり野良仕事をしている。

「みんなイスラム教徒ですから、豚肉とアルコールは口にしません。いろんな野菜スープ、チキン・スープ、それから、香りだけであまり辛くないカレーで煮込んだチキンや羊の肉とナンを手で食べます。ナンは小麦粉を練って土の竈《かまど》で焼いたもので、これが主食です。イースト菌を入れてないから、パンみたいにふくれないんです。知ってるでしょう、ナンのことは。インド料理屋に行ったことのある人なら知ってると思うんです。ナンは、中国のウイグル自治区でも、中近東でも主食です。桃で作るスープはうまいですよ」

しかし、チキン・スープや、その他の煮込み料理を口にするのは、お祭りのときか、よほどのお祝い事か。大切な客をもてなすとき以外は食卓に出たりはしない。

村人たちは、ナンと、山羊のミルク、あるいは山羊のミルクから作ったヨーグルトが日常の食べ物で、ときに野菜の煮込みを食べる程度の、きわめて粗食の日々をおくっている。

「この橋を渡って、道をのぼって行くと、だんだん急勾配になって曲がりくねってきて」

とゲンキは地図に道を描いた。

「石垣の上に土壁の民家が増えてきて、このあたりに小さな雑貨屋に郵便局があって、ここに桑畑が拡がってて……」

一枚のチラシでは足りなくなり、ゲンキは別のチラシに曲がりくねった道を延ばした。

「道の左側に高台というか、小さな丘があって、そこにフンザ・ミールの家があるんです」

「フンザ・ミールって？」

と希美子は訊いた。

「先祖はフンザ王国の王様でしたが、いまは藩主とか名主とか、まあ、そんな意味でしょうね。昔は、フンザっていう小さな小さな国の王様だったってとこですね。いまでも、フンザ・ミールは村人の尊敬の対象ですが、フンザ・ミールが金を出して、村の一等地に近代的なホテル建設を始めたので、尊敬の念はかなり薄らいだって話です」

この道をさらにのぼって行くと、観光客のための小さなペンションとおみやげ屋があり、その少し向こうにヒルトップ・ホテルがある。

「このホテルは、欧米人の垂涎《すいぜん》の的でした。二階のテラスからは、ウルタル、ラカポシ、ディランがすべて見えて、そのロケーションは最高で、従業員たちも親切で、食事がうまくて、シャワーと水洗トイレがどの部屋にもついてるんです。だけど、フンザ・ミール経営のホテルが完成したら、客はそっちを選ぶようになるでしょうね。たぶん、もう完成したはずです」

ヒルトップ・ホテルの食堂で頼むと、バターと蜂蜜入りのナンを焼いてくれる。自分はその味が忘れられない、とゲンキは言った。

「ミルクのたくさん入った紅茶とそのナンで朝食をとったら、あとは何にもいらないって感じですね。もし、もう一度、フンザに行ける機会があったとしたら、ぼくはフンザ・ミール経営の新しいホテルよりも、昔からのヒルトップ・ホテルに泊まりたいですね」

フンザもまたシルクロードの要衝《ようしょう》であって、フンザ・ミールの先祖は約千年近く前にイランからやって来て、フンザ王国を作った。

王制を廃止したのは一九七四年で、その後、パキスタン中央政府の統治下に入った。

しかし、フンザ人が、どのような民族なのか、よくわかっていない。いちおうブルジョ族と呼ばれているが、ギリシャの血も入っているかもしれない。

トルコ系、アーリア系、モンゴル系、漢民族……。いろんな民族が、カラコルム渓谷のシルクロードで出逢って混ざり合い、フンザという民族と国がいつのまにかできあがった。

「ここは、西洋でもなければ東洋でもないって形容した人がいますが、たしかに、そういう言い方以外ないんです。夜の静けさは、なんか他の土地の静けさにはない特殊なものがあるような気がしましたね」

そのゲンキの言葉に、知沙は、特殊なものとは、具体的にいかなるものかと訊いた。

台所で料理を作っていたマンボちゃんもいつのまにか居間にやって来て、地酒を飲んでいた。

「この世のものとは思えない、不思議な深さのある静けさって言ったらいいのかな。ぼくには詩の才能なんてないので、そういう言い方以外にありませんね。ときおり、遠くで雪崩《なだれ》の音が響いたり、山羊やロバの鳴き声が聞こえたり……でも、それがまた不思議な静けさを深めるんです」

とゲンキは言った。

「そんな小さな王国が、何百年もの昔にはあのあたりに幾つかあったんだろうな」

と父は言った。

「三千六百坪じゃあ王国は作れないわね」

希美子はそうつぶやきながら、フンザという村を心に描いた。

たとえ、どれほど小さくても、あるいは、小さければ小さいほど、そのような王国がかつて存在していたという歴史的事実への憧れが強まって、希美子を奇妙な陶酔にひたらせた。

「フンザって、阪神間よりも小さいんでしょう？」

希美子の問いに、ゲンキは勿論だと答え、

「神戸市のなかのひとつの区よりも、はるかに小さいですよ」

と笑いながら言った。

「たぶん、フンザの夜の静けさってのは、宇宙だとか大自然だとかへの畏敬の念から生じてたんじゃないかって気がして、それでフンザの話をしたんです」

マンボちゃんと知沙がテーブルに料理を運んできたので、ゲンキは自分も手伝おうとして、いちおう話を打ち切るかのように言い、チラシの裏に描いた地図を片づけた。

軽く湯引きした鯛の刺身を氷水で引き締め、それにゴマ油と醬油をかけて大皿に盛ったものが前菜だった。

マンボちゃんはそれとは別に、子供たちのために鯛ご飯を炊いてくれていた。

「このあとは、但馬《たじま》牛のヒレ肉の和風ミニ・ステーキ、大根の煮物に味噌をあえたやつ、最後に鯛ご飯です」

とマンボちゃんは言った。

二人の子供に先に食事をさせながら、希美子も地酒を少し飲んだ。

元警察官が飲酒運転で捕まったりしたらまずいことになるからと、ゲンキは湯呑み茶碗に半分ほど地酒を飲んだだけで、それきり口をつけず、食事のあとコーヒーを飲んで帰って行った。

「ウルタル登頂隊のメンバーか……。謙遜《けんそん》してるけど立派な登山家だよ。生半可な技量じゃあ、そんな隊員に選ばれないからね」

マンボちゃんは、ゲンキが結んだテントのロープを見せるために、希美子と知沙を誘った。ロープの結び目を見ても、希美子にはそれが素人とどこが違うのかわからなかった。

夕日はほとんど沈み、あたりは薄墨色《うすずみいろ》が濃さを増して、野鳥の声も少なかった。

希美子は、テントのところにマンボちゃんと知沙を残し、ひとりで沢のほうへ歩いて行った。五、六種の大木と太い藤蔓が絡み合っているさまを見ようと思ったのだった。

父たちが雑草や熊笹を刈ったあとには、植物の匂いが満ちていて、その範囲は思いのほか広かった。

沢のほうに下り、そんなものはどこにあるのかと周りを見ているうちに、希美子は感嘆とも溜息ともつかない声が喉から湧き出てくるのを感じた。

巨木はねじ曲がり、太い幹のなかから藤蔓を伸ばし、藤蔓はもはや蔓とは呼べないなにか巨大な瘤《こぶ》と化して巨木に巻きつき、それらはもはや別々のものではなく、見たこともないひとつの生き物として融合しあっていた。

どうしてこのようなものが沢の横手にあることに気づかなかったのかと希美子は思った。

それは樹木という概念から遠く離れた、なにかしら得体の知れない岩の柱のようだったので、そして、周りには丈の長い雑草や熊笹が繁っていたので、自分の目には樹木として映らなかったのであろうか……。

希美子はそう思いながら、幾つかの異なるものがひとつに化した、おごそかな存在を見つめた。

お互いがお互いを包み込んで、そこにはもう生存の争いはなく、足らないものを補い合って悠然と生きている……。

若木のころは、どちらもが自分の敵であったのに、いつのまにか同化し、あるいは同化する以外に生きる術はないままに今日に至って、どこが木々で、どこが藤蔓なのかわからないまでになってしまった……。

希美子はそんな思いだった。樹木を見て、これほど厳粛な気持にひたったのは初めてのことだった。

蔓の最も太いところは直径三十センチほどにもなり、巨木の直径は一メートル以上あった。

希美子は、自分のなかから満ち溢れてくるものがあることに気づき、二、三歩あとずさりした。

それは、粘りつくほどに性的でもあるし、清潔で無垢《むく》な生命力のかたまりでもあったが、そのどちらもが、希美子に希望を与えた。

希望というものを、具体的に体内に感じたのも、希美子には初めてのことであった。

毛利カナ江の墓が脳裏に浮かび、黒い御影石に刻まれた〈鳥〉という文字から寂しさは消えた。

毛利カナ江が、この不思議な樹木の存在を知らなかったはずはないと希美子は思った。

彼女もまたこの樹木の前にたたずみ、幾度となく茫然と見つめた瞬間があったに違いない……。

毛利カナ江は、この樹木に何を感じたであろう。

私は、いまこの不思議な樹木によって癒され、生き返っている。音をたてて生き返っている自分を感じる……。

希美子は、胸の内でそんなことをつぶやきながら立ちつくしていたが、急速に闇が拡がり、足元に冷気と湿りが押し寄せてきたので、家へと引き返した。

テントのなかに明かりが灯っていた。知沙とマンボちゃんの声が聞こえた。二人は、これから温泉につかりに行く行かないで言い合っていた。

希美子がテントの入口からなかをのぞくと、

「俺は、ここで本を読みたいんですよ。行きたければひとりで行ってこいって言うんだけど、知沙は温泉につかったら疲れが取れるからって、しつこくて」

とマンボちゃんが言った。

「好きなようにさせてあげたらいいじゃないの。マンボちゃんも、地震のあと、何度も被災地にリュックを背負って出かけて、避難所にいる人たちのためにお寿司を握ったり、友だちを見舞ったりして、疲れてるんだから」

と希美子は知沙に言った。

「だって、ここで寝っ転がって、本ばっかり読んで、私の話にうわの空なんだもの」

知沙は寝袋についている紐でマンボちゃんの背を叩きながら言った。

「すぐに人を支配しようとするんだ。自分がしたいことは、人もしたいと思ってるって信じてる」

マンボちゃんの言葉に、

「支配？　言い方が大袈裟だわ」

と知沙は言い返した。

「そんなことよりも、私のこれからについて知恵を貸してよ」

希美子の言葉で、二人は顔をあげた。

「そうだよ、そのことについて話し合わなきゃいけないんだよ」

マンボちゃんはあぐらをかいて坐り、テントのなかに希美子が坐れる場所を作った。

「私もいろいろ考えたけど、どれもこれも現実性がなくて……」

と知沙は言った。

「ここで畑仕事をしたって、儲かるとは思えないし、ペンション経営ってのも大変らしいし。例の寺子屋も、あんまりいい案じゃないし。だって、お姉さんには得意なものとか、趣味とかって、なんにもないんだから」

「そうねェ、趣味って、私にはないわねェ。得意なものもないし。これをやってみたいってものが、もともとないのよ。学生のころ、私、何を考えて生きてたのかしら」

「上昇志向ってのが、お姉さんにはまったくないのよ」

「それって、ただの能無しだって遠廻しに言ってるんじゃないの？」

希美子の言葉で、マンボちゃんがまた知沙をなじった。

「自分の言葉がどう伝わるかを考えてから喋るって自己訓練をしろよ」

「自己訓練？　それはそっちの課題でしょう」

知沙が言い返したとき、母がやって来て、テントの外から希美子を呼んだ。

さっきから家の近くまで歩を運んでは引き返す人がいるというのだった。

気のせいかと思ったが、たしかに人の足音で、玄関横の窓から見ると、人間が立っているようにも見えるし、樹木のような気もする、と。

マンボちゃんはテントから出て、ベランダの前を横切り、玄関のほうへ行った。

話し声が聞こえ、しばらくしてマンボちゃんだけが戻って来て、

「栗の実を蜂蜜で煮たお菓子を売ってくれって」

と言った。

「去年、たまたまこの近くで毛利さんと言葉を交わして、そのとき、あのお菓子を御馳走になって、あんまりおいしかったから無理を言って壜詰めのを十個譲ってもらったんだって」

「どんな人？」

と知沙が訊いた。

マンボちゃんは貰った名刺に懐中電灯の明かりを向けた。〈オーツカ・ベーカリー　大塚喜雄《よしお》〉と印刷されてあり、住所は東京都目黒区になっていた。

「こっちへ廻っていただいたらどうかしら」

知沙の言葉で、マンボちゃんは懐中電灯を持って玄関の向こうの山道へ行き、六十歳近い男を案内して戻って来た。

「お亡くなりになったとは知りませんでしたもので」

と大塚は言った。

「あの栗のお菓子、まだたくさん壜詰めのまま残ってますけど……」

見知らぬ人間に譲ってしまうのは惜しい気がして、希美子は迷った。

自分は目黒で父の代からパン屋を営んでいる。去年、いちおう毛利さんの許可を得て、あの菓子を店の隅に置いた。自分のつけた値が高すぎたのか、まるで売れないままだったので、自分や家族が少しずつ食べて、三壜だけになってしまった。

ところが、ことしの四月に、一壜が売れた。それを買った客は、父親の代からの常連で、戦前、これとまったく同じものをベルリンで食べたと言って、再び来店した。

その人の話によれば、昭和十六年に、ベルリンに住んでいた西岡《にしおか》カナ江という婦人の手作りの菓子を御馳走になり、そのおいしさに驚き、日本に帰ってから、それに似た菓子を幾種類も求めたが、到底、西岡カナ江さんのものに及ぶ菓子はなかった。

しかし、この菓子は、まぎれもなくあのときの味だ。これはあなたの店で作ったのか、それとも他のところから仕入れたのか、というのだった。

大塚喜雄は、奥飛驒にお住まいの毛利カナ江という高齢の女性から譲ってもらったと答えた。

姓は違うが、カナ江という名は同じなので、ひょっとしたら同一人物かもしれない。この菓子を売ってもらいに行ったとき、そのこともたしかめてはいただけないか……。

昔からの常連客にそう頼まれていたのだが、きょうやっと時間が取れて、訪れることができた次第だ。

大塚喜雄はそう言った。

「西岡カナ江……」

希美子は小さく声に出してから、知沙とマンボちゃんを見やった。

その人はきっと毛利カナ江だと思ったのだった。西岡というのは嫁いだ家の姓で、離婚して毛利という旧姓に戻ったのであろう、と。

希美子は二階にあがり、栗の実の壜を並べてある棚の前に立ち、作った日なのか、壜に詰めた日なのかわからないものの、毛利カナ江が小さくて丁寧な字で日付を書いて貼ってあるラベルを見つめた。

栗の実を蜜で煮込んだと思われる菓子は、通称マロン・グラッセと呼ばれるもので、毛利カナ江手製のそれも、つまりはマロン・グラッセであったが、これまで希美子が口にしたものよりも水気が多くて柔らかかった。

何かのスパイスが使われているが、それがいかなるもので、一種類なのか二種類なのか、あるいは複雑な香辛料の混合であるのか、希美子にはわからなかった。

壜に貼られたラベルの日付は、最も古いものが十二年前で、それ以後毎年作りつづけられて、それぞれが二十五、六壜ある。

合計二百六十個強の壜が並んでいることになるのだが、ひとつの壜には十二個の栗の実が入っているので、合計三千個のマロン・グラッセが、天井も壁も床も木ばかりの部屋で、蜜を吸いながら息づいているように感じられる。

希美子は最も古い十二年前のものはなんだか得難い貴重品のような気がして、十年前の日付の壜を五つ持つと居間に降りた。

大塚喜雄は恐縮した面持で暖炉の横のソファに坐っていたが、希美子が持って来た壜を見ると、二十壜ほど売っていただければありがたいのだがと言った。

「毛利さんがお作りになったものですし、売るつもりでお作りになったとは思えませんから。それに、これをお売りした代金を私が頂戴するのはどうかと思うんです」

と希美子は言った。しかし、そのためにわざわざ東京からやって来て、たった五壜を買って帰るのは、大塚にとっては子供の使いに等しいであろうと思い、希美子は十壜でいかがかと言った。

「私も商売柄、いろんな菓子を試食しますが、このマロン・グラッセはとびきりの味です。ああ、栗の実とはこんなに香ばしくて、しかも清純な木の実の生命力を感じさせるものなのかって、うっとりするくらいです。ほんとは五十壜ほどお売りいただけないかと思って、東京から車を飛ばしてきたんですよ」

大塚はそう言ってから、マロン・グラッセの基本的な作り方を説明した。

大粒の栗の鬼皮をむき、灰汁《あく》を取りながらゆっくり柔らかくなるまで茹で、形を崩さないように気をつけて渋皮を除く。これをバニラの風味をつけたシロップに漬け込み、一日おいて取り出し、シロップの濃度を少し上げて、また漬ける……。

「だいたい糖度十八度くらいのシロップから始めて、この作業を一週間ほど繰り返しまして、最後は糖度三十二度のものに漬けたあと乾燥させてから、表面に砂糖の薄い膜をはらせるんです」

だが、毛利カナ江の作り方は、どうも彼女だけの独自な隠し味、もしくは漬け込み方がなされているうえに、乾燥という工程が省かれている、と大塚は言った。

「毛利さんがお遺しになったもののなかに、この菓子のレシピのようなものはありませんでしたか？」

大塚喜雄にそう訊かれ、希美子は、毛利カナ江の意思を守って、ノート類はすべて焼却したので、そのようなものがあったのかなかったのかもわからないと答えた。

「マロン・グラッセというのは、いまや古典的な菓子でして、つまり、流行《はや》り廃《すた》りで言えば、流行らない菓子なんです。ですが、私の店の若い職人が、このマロン・グラッセを薄くスライスして、それをクレープに挟んでみたら、じつにうまかったもんですから、これを商品化して店に出したらどうかと思いましてね」

大塚は、店の馴染み客にそれを試食してもらったところ、そのおいしさが口づてで伝わり、予想外の註文が殺到したのだと言った。

どうやら大塚は、十壜や二十壜どころではなく、すべての壜を買うつもりで訪れたらしいということが希美子にもわかってきた。

あわよくば、このマロン・グラッセの作り方も、毛利カナ江から教わるつもりだったのであろう。希美子はそう思った。

「毛利さんのお墓はどちらに？」

と大塚は訊いた。

希美子は、毛利カナ江の晩年の生き方を簡略に説明し、

「ご自分のお墓も、人には知られたくないと思ってらっしゃったと思います」

と言った。

「ベルリンでお知り合いだった方が、ひょっとしたらお墓がどこかを知りたがるんじゃないかって気がしたもんですから」

大塚はそう言ったが、希美子は微笑して首を横に振り、二階に上がると、もう五壜を持って居間に戻った。

大塚は千円札を五枚出し、

「去年、一壜五百円でお譲りいただいたんです」

と言って、どこか不満気な、釈然としない顔つきで帰って行った。

「一壜五百円か……。高いのか安いのか、見当もつかないわね」

そう知沙が言うと、

「毛利さんも、売ってくれって頼まれて、幾ら値段をつけたらいいのかわからなかったんじゃないかしら。だって、栗の実は、秋になったら勝手に落ちて、つまり、ただなんだから」

と母は言い、着換えとパジャマを持って風呂場に行った。

二階に上がって、マロン・グラッセの一壜を持って降りて来たマンボちゃんは、ラベルを見ながら、

「これはおととし作ったもんだけど、ちょっと試食してもいいかな」

と希美子に同意を求めてから蓋《ふた》をあけ、一粒を取り出し、半分ほど前歯で噛んで、首をかしげた。

「俺、マロン・グラッセなんて作ったことないけど、さっき大塚さんは、糖度の異なるシロップに何段階か分けて漬け込むって言ったよね。でも、これはシロップじゃなくて、蜂蜜なんだよ。レンゲの蜂蜜でもないし、ミカンでもない。菜の花でもないんだ」

日本や中国では、レンゲ、ミカン、菜の花から採った蜂蜜がほとんどだが、ヨーロッパではクローバーとアカシアが好まれるとマンボちゃんは言った。

「蜂蜜だけだと、こんなに淡い甘さに漬け込めないし、火を加えたら、栗の実の香りが消えるし……」

知沙も一粒を口に入れて味わっていたが、製法よりも、大塚が支払った代金にこだわって、

「こんなに手の込んだお菓子を、一壜五百円でせしめていくなんて、あの人、きっと見かけよりも腹黒だわ」

と言った。

「クレープ、焼いてみようか」

マンボちゃんは、壜を片手に台所に行き、平底の小さなフライパンを出し、小麦粉をおおざっぱにボウルに入れると、別の器に卵を一個割った。

「クレープなんて作れるの？」

と知沙に訊かれ、

「料理の名人は、何でも作れるんだよ」

と言い返し、居間で待っているよう促した。

生地を寝かす時間が少なかったので、クレープの歯ざわりは良くないがと言いながら、マンボちゃんはスライスしたマロン・グラッセを二枚のクレープに挟んで居間に運んだ。

「毛利さんの作ったマロン・グラッセ以外は何にも使ってないんだ。小麦粉に卵と牛乳、それにほんの少し溶かしバターを混ぜただけ。砂糖はあえて使わなかったんだけど……」

どうしてこんなに薄く、むらなく焼けるのかと希美子は感心しながら、マンボちゃんが切り分けてくれたクレープの一片を食べた。

「おいしい……」

希美子も知沙も同時に言った。

「どうおいしいのか、言葉を尽くしてもらいたいな。ただおいしいだけじゃあ、ソムリエは失格だぜ」

マンボちゃんの言葉に、

「口のなかにねェ、森の幸福が拡がるって感じ」

と希美子は表現した。

「マロン・グラッセの繊細さが、このクレープの無骨さと融合して、おいしい」

その知沙の感想に苦笑し、

「知沙の表現力は奥深くないなァ」

と言った。

「このクレープのお菓子は、毛利さんが作ったマロン・グラッセでなきゃあ成立しないわね。普通のマロン・グラッセだったら素朴すぎて、お菓子じゃなくてスナックになっちゃいそう。栗って、下手をするとサツマイモと区別がつかなくなるんだもの」

残ったクレープを、二階で遊んでいる子供たちに持って行った知沙は、居間に戻って来るとそう言った。

「戦前のベルリンか……」

暖炉の前であぐらをかいて坐り、火かき棒で薪の位置を変えながら、マンボちゃんは言った。

「そのころは、西岡カナ江って名前だったんだな。たぶん、あの大塚さんの店の常連客が昭和十六年にベルリンで逢った西岡カナ江って人は、毛利カナ江さんに間違いないんじゃないかな。昭和十六年ていうと、お幾つだったんだろう」

「昭和十六年は、えーと、一九四一年で……」

知沙は新聞紙のどこかにボールペンで数字を書いて計算し、

「いまから五十四年前だから、毛利さんは三十二歳だったってことね」

と言った。

「昭和十六年ごろに、ベルリンで生活してた日本人て、どんなクラスの人たちだったのかしら。たとえば大使館関係者とか、貿易関係の仕事とか、学術か音楽を勉強するために留学してたとか……」

そのような詮索は、亡くなってしまったとはいえ、毛利カナ江にとっては迷惑であろうと思いながらも、希美子は言った。

「昭和十六年の十二月に、日本軍は真珠湾を攻撃して、太平洋戦争に突入したのよね。ドイツがロンドンを爆撃したのはその前の年の八月」

知沙の言葉に、

「さすがに、そういうことはよく知ってるんだな」

とマンボちゃんは言った。

世界大戦が始まったころ、毛利カナ江はベルリンで暮らしていたのだ。西岡という姓だったのだから、夫と一緒だったであろうし、当然、娘もいた。

娘は毛利カナ江が二十三歳のときに産んだということだから、昭和十六年には九歳になっている……。

「やめましょうよ」

希美子は自分に言い聞かせるつもりで言ったが、

「そうね。毛利さんは、そんなことには触れられたくなかったのよね」

と知沙は応じ返し、大きな欠伸《あくび》をしてから立ちあがった。

奥飛驒に移り住んでから、希美子はどんなに遅く眠りについても、必ず朝の五時に目を醒ますようになっていた。

その時間に決まって風が吹くのか、それとも何かの動物が周辺に出没するのか、胸騒ぎをもたらす物音で起こされるのだった。

ときに、それは屋根から落ちる雪だったり、風が揺らす樹木だったり、実際に走り去る野兎の類の小動物だったりしたが、春になると、何十種類もの野鳥のさえずりに変わった。

自然現象であろうが生き物であろうが、それらが動くことに不思議はないにしても、静まり返った早朝の寝床で希美子を驚かすのは、動かない、あるいは目に見えない生命体の息吹だった。

木々のささやき。腐葉土の下の虫の卵やバクテリアのうごめき。大気にひそむ酵母の声……。

それらは、都会で生まれ育った希美子にとっては感受する機会のない、極めて縁遠い存在だったので、感じ取っている自分の精神に恐怖を抱くことさえあった。

けれども、ベッドに横になったまま心を澄まして、それらを感じつづける時間は、いつのまにか希美子にとってはなくてはならないものへと変わった。

希美子は、空想する長い静寂の時間の楽しみを初めて知ったのだったが、その空想が、別れた夫のことに及ぶのを恐れて〈森〉に関する書物を読みふけった。

近郊の本屋では手に入らないものが多かったので、知沙に頼んで送ってもらうことがほとんどだったが、それらはこの二、三ヵ月で十八冊にもなっていた。

希美子は、たくさんの木の種類を知ったし、それらの日本における分布や特徴も覚え、森や樹木についての、さまざまな学者や詩人の言葉にも触れた。

『昆虫記』で知られるファーブルが、子供たちのために『薪の話——植物の生命の物語』を書き、それが日本では『ファーブル植物記』と題をつけられて出版されていたことを教えてくれたのはマンボちゃんだった。

マンボちゃんは、あちこちの古書店を捜して、やっとそれを手に入れてくれた。

希美子は、五時に目を醒ますと、顔を洗って歯を磨き、コーヒーに同じ分量のミルクを混ぜた大きなカップをベッドに運び、子供たちを起こす時間まで、その本を読むのを最近の楽しみにしていた。

――年月をへて中心部を破壊されても、新しい世代によって年ごとに若返りながら、樹木は死ぬことなく数世紀を生きつづける。世代をつぎつぎと重ねるという、矛盾をはらんだ性格を持つ樹木は、若いと同時に老いており、死んでいると同時に生きているのだ。――

希美子はこの一節が気に入った。木の年輪の意味を解説した箇所で、年齢の異なる材層のうちで、もっとも必要なのはいちばん外側のものであり、これが現役の芽を土と連結させていて、この層が破壊されたら、一本の木という共同体が死に至るとファーブルは書いているのだった。

一本の樹木における若い世代とはいちばん外側の層のことで、中心部の層は老いて、活動は停止しているという。

――このように、木の活動力は表面から中央へ向かって減少していく。表面は若さ、力、労働であり、中央は老い、衰退、無為である。――

また希美子は、アール・ヌーヴォーの芸術運動のさきがけでガラス工芸家であったというエミール・ガレの短い言葉も好きだった。

Ma racine est au fond des bois

——私の根っこは森の奥底にある。——

希美子は、ときに本を読むのをやめて、朝霧のなかを静かに歩くのだが、シダや苔や笹に太い幹の根元を覆われたダケカンバやミヤマザクラやカラマツや栗のなかに、生と死が共存しているのだと思うと、おごそかな心持になって、この森のなかの生活を得たことを毛利カナ江に感謝せずにはいられなくなり、ここで自分にできることが必ずあるにちがいないと思ってしまうのだった。

昨夜、早く床についた父が起きたようで、居間の暖炉のところで動く音がした。

希美子はカーテンを薄くあけて外を見た。霧が深かった。

これだけの霧だと、居間はかなり冷えていることだろうと思い、希美子はセーターを着て居間に行った。

「お前がやると簡単そうだけど、薪に火をおこすのは難しいな」

と父は声をひそめ、テントを見つめた。

「マンボちゃん、風邪をひかないかな」

テントのなかには知沙もいることを父は知らないと思い、希美子は薪に火をつけると、父を散歩に誘った。

「いいねェ。霧が木の匂いを強くさせてるだろうからな」

靴を履き、セーターを着て表に出た父が、テントのなかをのぞきに行きかけたので、希美子はあえて不必要な大声で、

「ねェ、お父さん、あっちの沢のほうに行きましょうよ」

と言った。

霧の底で、つがいの雉《きじ》が歩いていた。

「雉のオスってのは、なんともきれいなもんだな。それに比べて、メスはただ茶色いだけで、貧相なもんだ」

父はテントの近くで踵《きびす》を返し、そう言いながら、希美子と並んで歩きだした。

「あいつら、どうして結婚しないのかね」

と言って、父がテントを指差したので、希美子は笑った。

「何がおかしい？」

「だって、二人が一緒にテントのなかですごしたってこと、お父さんにばれちゃいけないと

思ってたから……。ちゃんとお見通しだったのね」

父は苦笑し、

「あいつら、結婚式の日取りまで決めてたのに婚約を解消して、それでも夫婦同然みたいにつき合ってる。俺には、あいつらの考え方がよくわからん。いっそ子供でもできちまったら結婚するしかないんだけどね」

「知沙とマンボちゃんの結婚を、お父さんは望んでるのね」

「ああ、俺はマンボちゃんをいい男だと思ってるからね」

そして父は、二メートルほどの栗の木を指差し、これが毛利さんの植えた栗だと言った。同じ丈の栗の木が、そのあたりに五メートル間隔で整然と並んでいた。

希美子は、ここに住むようになって以来の、朝の習慣を父に話して聞かせた。

「ファーブルは、若いころ、夢中になって読んだよ。いつ兵隊に召集されて死ぬかもしれないって状況だったんだけど、かえって、そういう精神状態だから、あの書物のすごさがわかったのかもしれんな。読みながら、戦争が、どれほど愚かなことかと思って、人間てものに絶望したりしたよ」

希美子と父は、いつのまにか、巨木と藤蔓が絡み合っているところで立ちつくしていた。

「この沢の反対側の、家から見えないあたりに、小さな丸太小屋を建てさせてもらえないかな」

と父が言った。

「台所と寝室だけのログ・ハウスを建てて、そこで週末をすごせたらと思うんだ。カナダから職人が来て建ててくれる会社があるんだよ」

希美子に異存はなかった。承諾の言葉を聞くと、父は礼を言い、

「森ってのは、なんとありがたいもんだろうなァ」

とつぶやいた。

第五章

夏が過ぎ、深い秋を迎えたが、栗の木に実はつかなかった。

小粒な青いイガは無数に落ちたが、棒の先でつついても手ごたえはなく、なかに栗の実はつけていない。

敷地内にある最も太い栗の木だけでなく、他の若い木もすべて実をつけず、希美子は、本からの知識として知ってはいたものの、理由もなく実をつけない年が確かにあることを学んだ。

長男の幸司は小学校の五年生に、次男の靖司は三年生になり、希美子はあと数日で三十七歳になる。

父のログ・ハウスは七月の末に完成したが、会社の経営権をすべて譲渡したあと、請われて役員として名を連ねていた会社の社長が夏に急死し、そのあとの、いわゆる「お家騒動」

のまとめ役にかつがれてしまって、忙しい日々がつづき、父の義朗はまだ一度も自分の木の家に泊まってはいなかった。

後継者となるはずだった社長の息子は、融資先の銀行からの信頼も評価もなく、他の役員もそれぞれの思惑と事情が複雑に絡んで、結局、父が中継ぎの社長として就任するはめになった。

母の郁江は、そんな成り行きに口では文句を言ったが、夫が経営難の厄介なお家事情を持つ会社の立て直しに奔走しはじめたことを、内心喜んでいるふしがあった。

このまま好々爺《こうこうや》になっていくのは、妻としてはありがたいような、しかし、なんだか寂しいような思いだったのだと、母は希美子に洩らし、実際、父の表情にも身のこなしにも覇気がみなぎっているのを見ると、希美子はログ・ハウスが当分使われなくても、勿体ないという思いは抱かなかった。

希美子は、雨の日以外は、木の香りに満ちたログ・ハウスの戸も窓も毎日あけて、内部に風を通した。

「おじいちゃまの家だから、ここで勝手に遊んじゃ駄目なのよ」

と子供たちにも言い聞かせた。

ログ・ハウスは、ユニット型のバス・トイレと小さな台所があり、それらは十畳ほどの部屋とドアで区切られていた。

部屋には、机と椅子、それにベッドが置いてあった。

ベッドの上に大窓があり、そこからは秋になると、遠くの山々が見えたが、夏には樹木の葉が視界をさえぎり、午後の日差しを涼しくしてくれる。

机と椅子を置いたところにも窓があり、それは方向的には希美子たちのいる山荘を向いてはいるが、斜面と三本のブナの木が、山荘の屋根の一部しか見せないのだった。

おそらく二、三年は誰も使わないであろうログ・ハウスに、希美子は自分からのプレゼントとして薪ストーブを註文して作ってもらい、部屋の北側に置いた。

さほど遠くない町に、薪ストーブだけを作っている職人がいて、かなり割高だったが、父が気に入りそうな型を考え、それに職人の意見も取り入れて六月に発注し、十月の半ばにできあがったのだった。

栗の実は不作だったが、他の木の実はリスや野鳥の冬ごもりの役に立っているようで、夜明けごろには、山荘の屋根を走るリスの足音に驚かされる時期がつづき、ここ二、三日は苔や腐葉土の夥《おびただ》しい層の表面に霜がおりた。

平穏過ぎる日々だったが、晩秋というよりも初冬と言ったほうがよさそうな季節に入って、希美子はふいに孤独感に包まれたり、漠然とした焦燥感に取りつかれるようになった。

二人の息子の将来のことや、自分のこれからの生き方に何ひとつ指標がないと思うと、こんな山のなかでいつまでも生きられないという不安に駆られ、希美子は休日を待って、子供たちと東京に出て、買い物に熱中した。

熱中するといっても、元来、浪費に罪悪感を持つ性格だったので、予算の半分も使うことはなく、子供たちの求める食べ物を食べ、実家に立ち寄って両親の様子を見て帰ってしまう。たまにマンボちゃんの店・すみ弥で夕食をとったりもしたが、小学生の子供づれで行く店ではないので気疲れして、早々に店から出るはめになった。

子供たちも、奥飛騨での生活に慣れて、東京の人混みに疲れるのか、帰りの車のなかですぐに眠り込んでしまうのだった。

秋口にしばしば霜がおりたせいか、紅葉するはずの葉は、少し黄色に変わっただけで落ちてしまい、希美子は期待していた赤い錦の世界もことしは空振りだったと思いながら、滅多に自分からはスイッチを入れないテレビをつけた。

阪神大震災の記録が、一切のナレーションを排して、映像と音とわずかな字幕だけで構成された番組が始まったばかりだった。

地震当日、二日目、三日目、四日目……。

五日目に入って、見覚えのある街並が、まったくたたずまいを変えて映し出され、字幕の「西宮市T町」という文字を目にした瞬間、希美子は我知らずテレビに近づき、カーペットに正座した。

石の鳥居が民家の屋根に飛び、道にも倒れていた。

ああ、この鳥居の下敷きになって、江坂さんの奥さんが死んだのだ……。カメラがもう少し右側を映せば、そこに自分と夫が住んでいた家がある。

希美子がそう思ったとき、テレビの映像は、希美子の家の裏側を映した。

倒壊した三軒のアパートだった。自衛隊員たちが何体かの遺体を運んでいる。字幕は、「だが、三人の姉妹は生きていた」と流れて、避難所で暮らす姉妹の姿が映し出された。

「香須美《かすみ》ちゃん」

希美子は思わず声を出した。

「愛香《あいか》ちゃんも美千香《みちか》ちゃんも」

さらに字幕は、両親と兄は死亡。同じアパートに住んでいた叔父一家も全員死亡とつづいた。

姉妹の父である塩谷市造《しおやいちぞう》は、会社が希美子夫婦のために借りた借家の壁を塗り替えたり、古くなって傷んだ洗面所の床などを修繕した大工だった。

その縁で、希美子はT町に引っ越して以来、裏庭越しに姉妹の母親とよく言葉を交わし、耳に入ってくる快活な姉妹の、会話がそのまま漫才になるような、頭の回転の速い会話に笑ったものだった。

この番組がいつ収録されたのかはわからないが、情景から考えて、それほど前のものではなさそうで、大震災から約十ヵ月がたつのに、姉妹がまだ避難所で暮らしているのは、引き取ろうとする親戚がいないからではなかろうかと希美子は思った。

テレビの場面は変わり、希美子の知らない商店街の焼け跡が映った。

希美子は電話局の番号案内係に電話をかけ、テレビ局の電話番号を訊いた。

それからテレビ局に電話をかけ、番組の制作担当者に代わっていただきたいと頼み、その理由を説明した。

随分長く待たされ、最初に出て来た担当者が別の者と代わり、また待たされ、それから声の太い男に代わった。男は田辺と名乗った。

「あの子たち、天涯孤独になったんですわ。宮崎県に親戚はおるんですけど、三人を引き取れる状態やのうて……。とにかく、叔父さん一家も全員死にましたから。お母さんのほうの親戚も、経済的にとても引き取るのは無理ですね。お母さんの妹、つまり、あの子らの叔母さん一家も長田区に住んでて、全員死んだんです」

希美子は避難所となっている小学校の場所と電話番号を教えてもらい、何度も礼を述べて、電話を切った。

その次に、希美子は知沙に電話をかけて、姉妹のことを説明し、

「ねェ、あの子たちを、ここに引き取れないかしら」

と言った。

「引き取る？　引き取って、どうするの？」

「学校に行かせてあげて、それぞれが独り立ちできるまで面倒を見るのよ」

「そんな……。犬や猫の里親になるようなわけにはいかないわよ」

「だって、塩谷さんのお父さんもお母さんも、住み慣れない私にすごく親切にして下さったのよ。あの子たち、とてもいい子なんだから。あの子たちがここで暮らして、それぞれが独り立ちできたら、毛利さんが遺したお金も生きたお金として使えるでしょう？　みんなが力を合わせて、壊れた家から必死で助け出そうとしてるとき、私たちはさっさと逃げたのよ」

「猛司さんが自分の都合でそうしろって、お姉さんに命令したからよ」

「私、あした神戸に行くわ。今夜中に、こっちへ来てね。子供たち、学校があるし、二人きりで放っておけないでしょう」

「私の予定はどうなるの」

「あした、キャンセルできない予定があるの？」

「原稿の締め切りに追われてるのよ」

「こっちで書けばいいでしょう」

「お姉さん、どうしたの？　ひとりで勝手に決めちゃって。その三人の姉妹の意思も確認しないで」

「とにかく来てね。私、子供たちを学校に送ったら、その足で西宮の避難所に行くから」

電話を切り、少し落ち着かなければと思い、希美子はコーヒーをいれた。コーヒーを飲んでいるうちに、そうだ、ゲンキさんに相談してみようと思った。

あれ以来、月に一、二度、鎌田元気は山荘を訪ねて来て、放っておけばぬかるんでしまう日当たりの悪い場所の草刈りをしてくれる。新しい勤め先はまだ決まらず、地元の山岳会の手伝いをしながら、穂高《ほたか》を中心に登山のコーチと案内役をして少しばかりの収入を得ていた。他の用事がないかぎりは、山岳会の事務所にいるというゲンキの言葉を思い出し、希美子はそこに電話をかけた。

希美子の説明を聞いたゲンキは、

「避難所の係員も、ああ、そうですか、それではどうぞ引き取って下さいってわけにはいかんでしょう」

と言った。

「身寄りを失った子供たちのための対策室みたいなものが設置されてるでしょうからね。その中枢が県なのか市なのか、それも調べて、あらかじめ希美子さんの意向を伝えとかないと、手続きが円滑にいかないんじゃないかな。心当たりに当たってみますから、ちょっと待って下さい」

ゲンキはそう言って電話を切ったが、彼から電話がかかってくるのに二時間近くかかった。

「あっちへかけろ、こっちへかけろ、ここはその担当じゃないって……。まったく役人てのは、セクト主義のかたまりですよ」

ゲンキは怒ったあと、いまならまだ役所も銀行もあいているから、とりあえず住民票と納税証明書、もしくは預金残高証明書を用意してくれと言った。

「もし話が早く決まって、何度も行ったり来たりしないですむ場合を考えて、車で行ったほうがいいんじゃないかな」

「車で?」

「だって、たぶん着の身着のままで助け出されたにしても、家は焼けなかったんだから、その子たちの思い出の品なんかもあるだろうし、ご両親や兄さんのお骨もあるでしょう。叔父さん一家のものも入れたら、やっぱりかなりの荷物になると思うなァ」

「それだったら、私の車では無理だわ。小さすぎて」

「あしたの夜七時までに帰って来られるんだったら、八人乗りのマイクロバスがあるんだけど」

ゲンキはしばらく考えてから、

「さっき言った書類を揃えて、息子さんと一緒に、この山岳会の事務所まで来てくれますか?」

と訊いた。

「準備が整ったら出発しましょう。ぼくが運転しますよ」

「でも、子供たち、学校が……」

「一日くらい休ませたらいいじゃないですか。ぼくは希美子さんがこっちに到着するまでに、現地の担当者と何とか連絡を取ってみます。避難所に電話しておくのが早道でしょう」

希美子は慌てて、出発の用意をした。何から手をつけていいのかわからなかったが、まず知沙に電話して、もう来てもらう必要はなくなったと伝えなければならない。

しかし、マンションの電話には出てこなかったので、希美子は携帯電話の番号を押した。

「いま、そっちへ向かってる最中よ」

と知沙は言った。

「珍しくお父さんが家にいたから、お姉さんからの相談を話したら、とにかく奥飛騨まで行ってやれって。あのログ・ハウス、私が原稿を書くのに使ってもいいってお許しが出たのよ。だから、あの快適な丸太小屋で仕事をさせてもらうわ」

夜の七時に穂高町を出発した希美子と鎌田元気が、名神高速道路の吹田《すいた》インターに着いたのは夜中の二時だった。

途中で食事をとったり、自動販売機のウーロン茶を飲みながら休憩したので、予定よりも時間がかかったが、やはり神戸に近づくにつれて復旧工事用の荷物を積んだトラックの数が増えたためでもあった。

「国道二号線に入ってからが混むんだろうね」

車を停め、地図を見ながら、ゲンキは言った。

ゲンキは、希美子が書類を揃えているあいだに、姉妹のいるS小学校の避難所係員に電話をかけ、希美子の考えを伝えた。

身寄りを失った子供たちは一般の避難所から離れ、そのような子供たちばかりが収容される建物に移っていたが、塩谷姉妹の次女が夏ごろから精神的に不安定になり、同じ避難所にいる姉妹の傍から離れるのをいやがったために、特例として三人ともS小学校の講堂で暮らしつづけていた。

救出されたとき、長女の香須美は肩の打撲がひどく、三女の美千香は足の甲にひびが入っていた。次女の愛香だけが、頰に軽いかすり傷を負っただけだった。だが、あとになって、体の内部に問題が生じてきた。

三人とも地震の当日はすでに起きていて、ふざけ合って二段ベッドの下でプロレスの真似をしていた。

その二段ベッドは、彼女たちが小学生だったころに父親が鉄パイプを溶接して作ったものだったので、見た目は悪いが頑丈で、落ちてきた天井や二階の住人や屋根などの致命傷に至る重みから奇跡的に三人を守ったのだった。

救出されるまでの三日間、三人の命を支えたのは、外界へのほんのわずかな隙間と、飲みかけのコーラが入ったペット・ボトルだった。

　折れ曲がった二段ベッドの鉄パイプを、三人は交代で金属製の栓抜きで叩きつづけ、自分たちの生存を知らせつづけたという。

「三人が、希美子さんの勧めに応じるかどうかはわからないよ」

　とゲンキは言った。

「それほど深いおつき合いでもなかったし、私が塩谷さんのアパートの裏に住んだ期間も短いし……」

　突然の思いつきのまま行動したが、事はそんなに簡単なものではないと、希美子は車が名神高速道路に入ったあたりで考え始めたのだった。

　香須美は高校二年生、愛香が中学三年生、美千香は中学二年生。

　死んだお兄さんは何という名前だったかしら。そうだ、淳一《じゅんいち》くんだ。去年、国立大学に合格して、週に三回家庭教師のアルバイトをしながら、ときどきお父さんの仕事を手伝っていた。

　お父さんは神戸の工務店に勤めていたのだが、会社が倒産して、請け負いの大工仕事をしながら、臨時雇いのタクシーの運転手をしていた。

　お母さんは長田区の革靴製造工場で一日五時間だけのパートをして働いていた。どちらも生活の苦しさを感じさせない朗らかな人だった。

希美子はそんなことを考えながら、

「私、簡単に考え過ぎたかもしれない」

と言った。

「三人の女の子の気持をあとまわしにして、勝手に決めて……。もっと順序を踏んでから避難所に行くべきよね。たとえば、まず三人に手紙を書くとか……」

「でも、とにかく来てしまったんだから」

とゲンキは言って、舌打ちをした。武庫川の手前から車が混み始めたのだった。

「ぼくと電話で話をした避難所の係員は、とにかく進藤希美子って方からの申し出を三人に伝えておきますって言ってくれたから、もう三人はこの話を知ってるはずだよ」

「えっ、進藤希美子じゃわからないわ。私、あそこに住んでたときは仙田希美子だったの」

「そのへんの事情も言っときました」

道路は全線にわたって工事中のようで、武庫川を渡ると、片側通行のところが増え、国道二号線の手前からは街並の趣きが変わった。

壁にひびの入ったビルや、壊れた建物はとりあえず住める程度に修理してあったが、ブロック塀や植え込みは崩れたままになっている民家や、建物の撤去作業をしただけで空地と化した土地が予想外に多かったのだった。

歩道も、まだ盛り上がって亀裂を見せたままのところも多く、それは西宮市T町に近づくにつれて増えていった。

「この信号を右だな」

ゲンキはそうつぶやいて道を右折し、坂道を速度を落としてのぼった。

「私が住んでたところは、もう少し神戸寄りなの」

坂道の両側は、ほとんど空地といってよかった。

このあたりは、比較的立派なお屋敷が多かったが、多くは古い日本建築だったから、壊れやすかったのであろうと希美子が言うと、

「何が復興だよ。復興なんてしてないじゃないか」

とゲンキは溜息混じりに言った。

S小学校の校庭には、避難所暮らしの人々があちこちで丸い輪になって話し込み、ボランティアの学生たちのテントだけが活気を放っていた。

講堂を利用した避難所には二百三十人が住んでいた。

地震から半年間は三百六十人の避難家族が生活していたが、親戚を頼って他府県に移ったり、仮設住宅の抽選に当たって、そこに移る人たちが増えたので、ひとりあたりの居住空間は広くなったが、生活が長くなると、所持品も増えて、避難所内での人間関係にも摩擦が生じ、かえって暮らしにくくなっているようだと、係員は説明してくれた。

その横沢《よこざわ》という係員は区役所の職員で、ズボンのポケットに携帯電話を突っ込み、首には

紐をつけたノートをぶらさげていた。

「禁煙てことになってるんですけど、最近は守られんようになりました」

と横沢は言って、講堂内に碁盤の目のように板で区切られた避難者たちの生活スペースを見つめ、段ボール箱が積みあげられた場所を歩いて、三人姉妹のいるところに案内した。

事前に連絡を受けていた姉妹たちは、希美子を見ると立ちあがり、当惑顔で小さく会釈をした。

三人とも太ったようだったが、運動不足とストレスでむくんでいるようにも見えた。

「もう寝てる人もいてますから、話はあっちで」

と横沢は言って、一階の教室を利用した事務所へ、希美子とゲンキと三人の姉妹を移らせ、紙コップに茶をいれてくれた。

精神的に不安定な状態がつづいているという次女の愛香は、外見上では最も落ち着いていて、

「仙田さんも、きっと死んだんやて、私らみんな思い込んでたんです」

と言った。

「もう仙田さんとちがうんやで」

と長女の香須美が言い、

「私らのこと、心配していただいて、わざわざ来て下さって」

と礼を述べ、ぎごちなく頭を下げた。

「ご両親もお兄さんも亡くされて……。私には、どんな慰めの言葉も浮かばなくて。きっと、ご両親やお兄さんの分も生きろってことよね」

と希美子は言った。

そして、希美子は、自分が奥飛騨の山荘で暮らすようになったいきさつを、可能なかぎり詳細に説明し、自分の意思を三人に伝えた。

三十歳くらいかと思える横沢は、希美子の説明をノートにひかえていた。

「山のなかだけど、地元の中学や高校までは車で三十分ほどなの。温泉口のバス停からバスに乗れば四十分くらいかな。三人が自分の力で生きていけるようになるまで、私にまかせてくれたら……」

簡単に決心はつかないであろうと予測していたが、末っ子の美千香は、希美子の言葉が終わらないうちに、二人の姉を見つめ、

「行こうって決めたやろ？　なァ、行こう」

と言った。

横沢はノートから顔をあげ、

「三人で相談して決めたんか？」

と訊いた。

「ここにいてても、展望はひらけへんのです。進藤さんのご好意に甘えようって、さっき三人で決めたんです」

長女の香須美は横沢にそう言った。

「そうか、決めたか。そしたら、三人はちょっと席を外してくれるか」

横沢は言って、三人が自分たちに与えられた場所に足音を忍ばせて戻って行くのをたしかめてから、机の引き出しから何枚かの書類を出した。

「連絡をいただいたときから、三人が決心したらええのにって思てたんです。三人とも、いい子ですよ。周りの年寄りや体の弱い人の面倒を骨惜しみせずに看てくれるし。怪我の回復が意外に長引いて、本来なら三人とも学校へ戻らなあかん時期をとうに過ぎてるんですけど、焦らずにリハビリをさせたほうがええというのが医者の意見で」

「そんなにひどい怪我だったんですか？」

とゲンキは訊いた。

何日間も、かなりの重みを全身に受けていたので、とりわけ腎臓の機能が弱り、それぞれ半年近く治療を受けなければならなかったのだと横沢は言った。

「愛香ちゃんの精神的損傷は重症でした。精神科医は入院させることも考えたんですけど、お姉さんと妹さんと一緒にいることが一番の治療かもしれんということで。三人で暮らせる環境をあえて作ったんです。それで、避難所生活がきょうまでつづきましてねェ。ほんとなら、施設に収容されてます。そうなると、三人一緒っていうわけにはいかん場合もありますから」

ゲンキが事前に調べておいた必要書類は、そのほとんどが必要なもので、さらに役所に提出する書類に必要事項を書いて、希美子は、いつ三人を奥飛驒につれて行くことができるだろうかと訊いた。

「あした、この書類を県庁の係に提出します。県庁の者は、あらためて書類の審査をして、進藤さんと個人面談の時間をとりますから、早くても三日か四日はかかるでしょう」

その三、四日のあいだに、姉妹たちも身辺を片づけなければならない。両親や兄の遺骨、それに引き取り手のない叔父一家の遺骨のこともある。

横沢はそう言って、充血した目を手の甲でこすった。もう夜中の三時を廻っていた。

「こんなに遅くまで、ありがとうございました」

と希美子が礼を言うと、横沢は初めて笑顔を見せ、

「ぼくの弟夫婦も死んだんです。五月には初めての子供が生まれる予定でした。ぼくは、地震の前の日、弟夫婦のマンションですき焼きをご馳走になりましてね。泊まっていけって勧められたんですけど、ぼくと一緒に暮らしてるお袋が風邪で少し熱があったもんですから家に帰ったんです。夙川の上のほうで、そこは被害が少なくて……。もし、弟夫婦のマンションに泊まってたら、ぼくも間違いなく死んでました。古いマンションで、八所帯の住人二十

人のうち、助かったのは最上階の三人だけでした」

と言った。

「あの三人を救出するとき、ぼくも現場にいたんです。三人が生きてたのがわかったとき、ぼくは声をあげて泣きました。自衛隊員の何人かも泣いてました」

車のなかで寝るつもりで、小学校の玄関を出ようとすると、横沢は、死んだお兄さんもとても勉強がよくできたが、あの三人も学業優秀なのだと希美子に言った。


すべての手続きを終え、姉妹たちが両親と兄と叔父一家の遺骨を受け取って、車に乗ったのは五日後だった。

八人乗りのマイクロバスは、一日だけの約束でゲンキが借りたのだが、持主に電話で事情を説明し、承諾してもらったのだった。

車のなかで五泊することになってしまって、希美子は熟睡できた日はほとんどなく、体を伸ばして横になれなかったので、首筋も背筋も腰も痛かった。

ゲンキも疲れているはずなのに、姉妹が避難所を出て車に乗り込む際、見送ってくれた人たちにひとりずつ挨拶し、姉妹たちの思い出の品や、両親と兄の遺品が入った幾つかの段ボール箱を自分で積み込み、名神高速道路に入ってからも、姉妹たちの気持をなごませようとして語りかけつづけた。

「どんな事件が、一番思い出がありますか？」

ゲンキが警察官だったことを車中で知って、三女の美千香が訊いた。訊きながら、もう見えなくなった阪神間の景色を追うように振り返った。

「岐阜市の西地区の派出所勤務をしてたときに起こった殺人事件が忘れられないね」

とゲンキは言った。

「最初に現場に行ったぼくと先輩は、首を吊った若い女が、もう頭から自殺だと思って、ほとんど疑わなかったんだ。遺書もあったし、部屋にも衣服にも乱れはなかったし。でも本署のベテランの刑事が、これはおかしいって。検死のとき、ひと目で、殺しだぜ、これはって言ったんだ」

「へえ、なんで？」

と十四歳の美千香は身を乗り出した。

「死ぬ前に、彼女はマニキュアを丁寧に塗ったらしかったんだけど、左の親指だけが塗ってなかったんだ。すぐに鑑識でマニキュアを調べたら、死亡推定時刻と同じころに塗られたってわかってね。これから覚悟の自殺をしようって女が、マニキュアを塗るだろうか。親指だけ塗り忘れるってことがあるだろうか。そのベテラン刑事は、そう思ったんだよ」

自分は、警察官になって、現場勤務についたばかりの新米だったが、マニキュアだけで自殺ではなく他殺だって確信した刑事の眼力に敬服したのだとゲンキは言った。

「かなりの酒を飲んでたことは司法解剖でわかって、結婚の約束をしてた男が犯人だったよ。周到な準備をしたわりには、すぐに泥を吐いたけどね」

「でも、どうやって首を吊ったように見せたんですか？」

その美千香の質問に、

「子供には言えないな。刺激が強すぎる」

とゲンキは笑みを浮かべて言った。

「刺激……。そうかァ、かなり性的なやり口なんやなァ」

「美千香、アホなこと言わんとき。すぐに調子にのるんやから」

長女の香須美が叱った。

「美千香は昔から耳年増《みみどしま》やねん」

と次女の愛香が言ったので、ゲンキは笑った。

「昔からって、いつからなんだ？　だって、いま十四歳なんだから、昔って、いつごろなのかって笑っちゃうよ」

「幼稚園のころから耳年増なんです」

と香須美が言った。

希美子は、この五日間で、三人の姉妹の性格をおおまかに把握していた。

長女の香須美は思慮深く、のんびりした性格で、関西弁で言うところの「たんわり」した娘だった。顔立ちは父親似で眉が濃く、鼻筋が通っている。

次女の愛香は几帳面で、身辺が整頓されていないと気になって仕方がないようで、なにかにつけて涙もろいが、機知に富んでいる。背が高くて、バレーボール部ではセッターだった。三女の美千香は剽軽で、わざと三枚目ぶっているところがあるが、姉妹のなかでは最も器量がよくて度胸もいい。手先が器用で、震災前は母親の家事を率先して手伝っていた。

希美子は三人三様ではあっても、姉妹が揃って屈折したところがなく、清潔な心根《こころね》の持主であることが嬉しかった。きっと、円満な家庭のなかで束縛されずに、両親の愛情を受けて育ったのであろうと思った。

経済的に豊かだった時期はほとんどないが、そのために姉妹は環境に不平を抱くことはなく、年齢に比して世事をわきまえていた。

けれども、そのような姉妹の内面に、突然の大きな不幸がいかなる傷を与えたのかは、まだ希美子にはわからなかった。

愛香の精神的問題は、カウンセラーによれば突発性の情緒不安定と鬱症状ということだったが、あのような不幸に遭遇すれば、多かれ少なかれ、誰でも精神の均衡は崩れるはずだった。

「ご両親とお兄さんの分も、生きて、しあわせになれっていうことだよね」

それまで、とりとめのない雑談で姉妹の気持をやわらげようとしてきたゲンキが、中央自動車道に入ったとき、そう言った。

姉妹は何も応じ返さなかった。

「名神高速から中央自動車道に入ると、景色が変わるだろう？　急に緑が多くなって。ぼくは、いつも山を見て育ったから、山の緑が近づくと、ほっとして、生き返るんだ」

とゲンキは取りつくろうように言った。

「傑作な事件て、ありました？」

と美千香が話題を変えるかのように問いかけた。

「傑作な事件かァ……。考えようによっては、この世の中、傑作な事件だらけだよね。新聞やテレビで取り上げられるのは、詐欺とか殺人や傷害とかだけど、警察に持ち込まれるのは、取るに足らないことのほうが多いからな。派出所にいると、酔っ払いの世話が五割、交通事故が五割でね」

傑作な事件かァ……。ゲンキはしばらく考えていたが、

「結婚式の披露宴の最中に、新郎が逃げ出して、警察に助けを求めてきたことがあったなァ」

と言った。

「どうして？」

と希美子は訊いた。

「怖くなったんだよ」

「結婚が？」

「たぶん、そうなんだろうな。羽織袴を着た青年が汗びっしょりになって派出所に駆け込んできて、助けてほしいって言うんだ。わけを訊いたら、自分は結婚したくないんだって。そんなことは警察が関与する問題じゃないって言っても、派出所の床に坐って動こうとしないんだよ。披露宴の会場は大騒ぎでね。新郎が突然いなくなって帰って来ないんだから。力ずくで派出所から放り出すわけにもいかないし、事を大きくさせるのも具合が悪いから、ぼくは結婚式場に行って、そっと新郎の両親を呼んでもらって事情を説明したんだ」

「そしたら？」

と希美子は訊きながら、さりげなく姉妹を見た。香須美はうたたねをして、愛香は遠くの山並を見つめ、美千香はうなだれて自分の爪に視線を落としていた。

長い避難所生活の疲れが出たのであろうと希美子は思った。

「新郎側は、なんとか新婦側にわからないようにして新郎をつれ戻そうとしたんだけど、新婦の親父さんに知られちまって。新婦の親父さんは青ざめた表情で式服のまま派出所に来て、新郎をぶん殴った。新郎は、『この人はいまぼくを殴った。見てたでしょう？　傷害の現行犯なんだから逮捕してくれ』って、わめくんだよ。有名大学を出て、大手の銀行に勤めてる二十六歳の男なんだ」

「逮捕したの？」

「たしかに警察官の見てる前で殴ったんだけどね。ぼくも先輩も、新婦の親父さんを注意するだけで帰したよ。そしたら、あとでそれが問題になってね。あれ？　これは傑作な事件じゃないな。哀しい事件だね」

恵那《えな》トンネルを抜けたあたりで、姉妹はみな寝てしまった。

希美子は、疲れているであろうゲンキに休憩してもらうためにサービス・エリアで缶コーヒーを買い、父のログ・ハウスで仕事をしているはずの知沙に電話をかけた。

山荘の電話の音はログ・ハウスには聞こえないので、知沙の携帯電話の番号を押した。

「あと三時間てとこかしら」

と希美子は言った。

知沙は、きのうもきょうも、姉妹が通うことになるであろう地元の高校と中学に行って、受け入れを依頼してきたと言った。

「震災の被害を受けた生徒には特例措置を取ってくれるって。ただ学校に行ってなかった期間が長いから、その点をどうするか、教育委員会の判断を待つらしいわ」

なんでもかんでも規則、規則、規則で動きが鈍いと知沙は怒った。

「臨機応変てことを自分たちの裁量でできないのかしら」

そうまくしたててから、今夜は鍋物にするので、いまから買い物に出かけると知沙は言った。

公衆電話のボックスから出て、車に戻ると、ゲンキも姉妹たちもいなかった。

トイレに行ったのであろうと思い、ベンチに腰かけていると、ゲンキだけが戻って来た。

「トイレにしちゃあ、ちょっと長いな」

姉妹を待って十五分ほどたつと、ゲンキはそう言った。

二十分たっても姉妹は戻って来なかった。

希美子はトイレに行き、三人がいないことをたしかめると、小走りでゲンキのいるところに行った。

そのサービス・エリアには小さな展望台があった。三人がトイレにもいないという希美子の言葉を聞くと、ゲンキはその展望台に走った。希美子もあとを追った。

「なんで捨てたん？」

愛香の声が聞こえ、

「取りに行くくらいやったら、捨てへんかったらええのに」

という美千香の言葉がつづいた。

三人は展望台の手すりを乗り越え、山の斜面に立って下のほうを見ていた。

やがて長女の香須美が斜面をのぼって来て、

「こんなとこに捨てたら、誰かに読まれるかもしれへんやろ？」

と言いながら、何通かの手紙の束を片方の手で振った。

「早《は》よ車に戻らな、心配してはるで」

と愛香は言った。

「一通だけみつかれへんかってん。下のほうの木の根っこにひっかかってたから、降りるのに時間がかかってん」

希美子とゲンキは、三人に気づかれないよう車のところに戻り、

「どこ行ってたの？」

と展望台に姿を見せた三人に言った。

避難所を出たら、どこか景色の美しいところに埋めようと思っていたものがあったのだが、思いのほか風が強くて、それが吹き飛ばされてしまい、取りに行くのに時間がかかったのだと美千香は言った。

「奥飛騨に行ったら、もっと景色のいいところがいっぱいあるよ」

車を発進させてから、ゲンキはそう言った。

「香須美ちゃん、どこにも埋めんと、持っとき」

と愛香は言い、

「そうや、どこかに埋めてしまうなんて、寂しいやんか」

と美千香が言った。

香須美は何も言わず、何通かの手紙を小さなリュックサックにしまったあと、首をねじって対向車線を走る車ばかり見つめつづけた。

奥飛騨の家に着くと、姉妹は、とりあえず三人の部屋ということになった二階の洋間に、両親と兄と叔父一家のお骨の入った小さな壺を並べ、そこに線香を立てた。

マロン・グラッセの壜は、知沙が部屋の隅に並べ替えておいてくれたのだが、その数の多さと、電灯に照らされた大粒の栗の実の光沢の美しさに、三人ともひどく魅かれたようで、何か美しい標本を見るように、長い間、その前から動かなかった。

持ち物の整理はあとまわしにして、これまでの長い避難所生活の疲れを取るために、ゆっくりお風呂につかってはどうかと希美子に勧められ、姉妹は長女の香須美から先に風呂に入った。

三人のための寝具は、夕刻、寝具屋が届けてくれたし、二階の洋間は冷えるので、八畳用のホット・カーペットを買おうと思ったが、地元の電器屋には六畳用かそれよりも小さいものしか在庫がなかったので、石油ストーブだけを先に届けてもらい、ホット・カーペットは註文しておいたと知沙は言った。

「机と椅子は、あした買いに行きましょうね。ほかにも必要なものがあったら、遠慮なく言ってね。私たち、家族なんだから、遠慮は御法度《ごはっと》よ」

知沙の屈託のない言い方が、姉妹の緊張をほぐしたようで、暖炉の薪の火に珍しそうに見入って、

「まだ十月やのに、暖炉で薪を燃やさなあかんのですか？」

と美千香が訊いた。

真夏でも天気が悪い日は暖炉に火が必要だと説明し、

「冬は零下二十度にもなる日もあるのよ」

と希美子は言った。

姉妹がそれぞれ風呂に入ると、そのあとで希美子も風呂につかり、髪も体も丁寧に洗った。避難所になっている学校のグラウンドに車を停め、そこに寝起きしたが、ゲンキが尼崎市内に銭湯をみつけてきてくれて、三日前に一度風呂に入っただけだった。

鶏の水炊きにしようと思ったが、いい鴨肉が入っていると肉屋に勧められ、鴨鍋に変更したと言って、知沙がテーブルに大きな土鍋とコンロを運んだ。

「鴨にはやっぱりネギよねェ。鴨鍋のだし汁の作り方は電話でマンボちゃんに教えてもらったから、おいしいぞ」

知沙は、こんなに食べられるのかと思うほどの野菜や豆腐を切って、すでに大皿五枚に盛っていた。

テーブルにつくと、幸司と靖司は、三人の姉妹に挨拶をした。事前に知沙に練習させられ

たのだという。

「間違えると、尻を蹴るんだよ」

と幸司と靖司は言った。

「初対面の人に挨拶がきちんとできるってのはすごく大切なことなのよ。人間教育は、まずそこから始まるの」

と希美子は言い、三姉妹への歓迎の言葉を述べた。

ゲンキは、鴨鍋に少し手をつけただけで、車を十時までに返さなければならないからと言って立ちあがった。外まで送りに出ようとした希美子たちを制し、

「また来るよ。あさってから三日間、東京の山歩きの会の人たちに、山歩きの初歩的レクチャーをしなきゃいけなくて。みんな六十歳代のおばさんたちで、山歩きは初めてって人ばっかりなんだ」

と言った。

それでも車を置いてあるところまで送りに出た姉妹たちに、いつ地元の学校に入学できるか、まだわからないが、それまでは森の空気を吸って、のんびりすることが肝腎だとゲンキは言って帰って行った。

今夜はゆっくりしていればいいと希美子や知沙に言われたのに、姉妹たちは食事を終えると、率先してあと片づけを始めた。

そのやり方は手際が良くて、たちまち終わった。

姉妹たちがそれぞれの持ち物を整理して居間に降りて来たのは十一時で、それからヤッケを着てベランダに出ると、椅子に腰掛けて森の冷気を楽しみ始めた。

三人の同居人との新しい生活が始まって興奮している幸司と靖司が、蒲団に入って明かりを消すのを確かめると、希美子は暖炉の近くで本を読んでいる知沙の横に坐り、予定よりも長くなった留守番の礼を言った。

「ここにいると気が散らないから仕事は進むけど、そのぶん、お酒も進んじゃう。昼寝のときにビールを二缶、仕事を終えて日本酒をコップに一杯か二杯、それから寝る前にこの暖炉の前でウィスキーの水割り。アル中になっちゃいそう。さっき体重をはかったら、三キロ太ってたの。三キロよ」

と知沙は言って、ガラスの大窓越しに姉妹たちを見やった。

「お姉さん、これから大変よ。三十七歳にして五人の子供の母になっちゃった」

「私は、あの子たちの母親になんかなれないわ。歳の離れたお姉さんよ」

「そうね、そういう立場でありつづけるほうが、お姉さんもあの子たちもらくかもね」

「あの子たち、いまは自分の地を出してないけど、どこでみつけてきたのかわからない関西の若いお笑いタレントたちよりも、よっぽど面白いのよ。あの子たちの会話を聞いてると、いまテレビに出まくってる関西系のお笑いタレントの芸なんて、日常の会話にしかすぎないんだってことがわかるわ」

「いまは、笑いを忘れたカナリヤなんだ」

「とにかく、あの子たち、明るいのよ。悲惨な、どうにも笑えない状況を、自分のギャグで笑い飛ばして……。そうやって、自分で浄化するのね。関西人の特質なのかしら。それとも、あの子たちの持って生まれたものなのかしら。お父さんが川柳が好きで、どこかの川柳の会に入って、月に一回、句会に参加してたんだって。その影響かしら。家の下敷きになってたとき〈恐竜も勝てない地震かかってこい〉って愛香ちゃんが作ったら、美千香ちゃんが〈地震かな下手な大工の普請《ふしん》かな〉って返したの」

「下手な大工って、お父さんのこと?」

知沙の問いに希美子はうなずき、

「〈親の恥責めてる場合か死にそうや〉って、香須美ちゃんが叱ったんだって」

と言って笑った。

知沙は指を折ってかぞえながら、どれも五七五になっていると感心したあと、

「どの子が愛香ちゃんで美千香ちゃんで香須美ちゃんなのかわからないわねェ。ご両親やお兄さんは三人をどう呼んでたのかしら」

と言い、立ちあがると窓をあけて、そのことを三人に訊いた。

「一番、二番、三番って呼ばれてたんです」

と長女の香須美が真顔で言った。

「嘘でしょう?」

知沙の笑いながらの問いに、香須美がまた真顔で、

「はい、嘘です」

と答えたので、希美子はカーペットの上にあお向けに倒れて笑った。

「あのお父さんなら、ほんとにそう呼びかねないって思っちゃった」

「うーん、曲者《くせもの》だな、こやつらは」

そう言いながら暖炉のところに戻って、知沙は〈親の恥責めてる場合か死にそうや〉とまた指を折ってかぞえた。

「そんな川柳のかけあいで助けを待ってるとき、両親やお兄さんや、叔父さん一家がどうなったかが心配でたまらなかったでしょうね。ひょっとしたら、最悪の事態になってるんじゃないかって。そう思いながらも、川柳を作ってたのかしら」

知沙が言ったとき、姉妹たちがベランダから戻って来た。

「叔母さんが、私たちのことを、上《かみ》、中《なか》、後《あと》って呼んでたんです。私のことをカミちゃん、愛香のことをナカちゃん、美千香は一番あとから生まれたからアトちゃん、て」

と長女の香須美は言い、

「小さいころ、叔母さんとこも家族が多くて、しょっちゅう名前を間違えて、ややこしいか

らって」

と愛香が言った。

「そやけど、そのうち、上中下で区別するようになったから、私が抗議したんです。私は下《げ》とちがうって。そしたら叔母ちゃんは、それはもっともや、親子丼を註文してるわけやあらへんさかいって。それから本名で呼ぶようになりはって」

美千香は言ったあと、

「叔母ちゃん、ときどきややこしいなると、松竹梅やったら、かめへんかなァって」

とつづけたので、希美子も知沙もまた笑った。

「松っちゃん、竹ちゃん、梅ちゃんでどうですか？」

香須美が真顔で言った。

「梅松桜でもええし、猪鹿蝶《いのしかちょう》でもええし。……私ら花札かいな」

その美千香の言葉で、

「そういうのを、ひとりでぼけて、ひとりでつっこむっていうのよねェ」

と知沙は感心したように姉妹たちを見つめた。

翌朝の五時に、居間で物音がするので希美子は起きた。

知沙が横浜へ帰る準備をしながら、パンにハムを挟んで食べていた。

「寒いわねェ。ことしの秋一番の冷えこみね。ベランダの寒暖計見てごらんなさいよ。零下二度よ。道が凍ってなきゃいいけど」

それから知沙は、二階の洋間はとりわけ冷えるから、あの三人が風邪をひかなければいいがと言った。

「こんなに早くに出なきゃあいけないの？」

「十時に港区で人と逢うの」

希美子は、パジャマの上にアノラックを着て、ログ・ハウスへ行き、知沙が持って来た仕事用の書籍を車に運んだ。

「あっ、アカゲラ」

荷物を運びながら、知沙はトチノキを指差した。赤い毛の部分が鮮やかな、目つきの鋭い鳥が二人を見ていた。

「あのふてぶてしい目……。あいつ、しょっちゅうあの枝に止まって、私にケンカを売るのよ。この行かず後家《ごけ》って言われてるような気がして仕方がないの」

たしかに、アカゲラはからかい半分で挑んでいるといった表情だった。

「でも、きれいな鳥ね。勇ましい目をしてて」

と希美子は言った。

「ぐれて意気がってる中学生の男の子って感じよね」

父のログ・ハウスは、きのう隅から隅まで掃除をして、シーツも枕カバーも洗っておいたと言って、知沙は霜で光っている道へと消えた。

戻りかけると、二階の窓があき、三女の美千香が顔を出した。

「声がうるさかった？」

と希美子が訊くと、美千香は首を横に振り、何かが屋根の上を走ったのでびっくりしたのだと言った。

「リスよ。その部屋の上はリスの通り道なの。寒くない？　もっとゆっくりお休みなさい」

「マツもタケも、いま顔を洗《あろ》てます。暖炉の火のおこし方を覚えるんや言うて」

「マツとタケになったの？　じゃあ、美千香ちゃんは、えーと、ウメ？」

「とりあえず。ほんとは私だけスカーレットって呼ばれたいねんけど」

すると、居間の大窓から顔を出した香須美が、

「マツもタケもウメも、どれが自分なんかわからへんようになる。そやから、私はバンビ」

と言った。

「どこがバンビやのん。バンビにスカーレットやて……。あつかましい。二人が自分をそう呼ぶんなら、私はマドンナ。あっ、マライアでもええわ。好きなほうで呼んで」

すでにアノラックを着こんだ愛香がそう言いながら出て来た。

希美子は、美千香が居間に来るのを待って、三人に暖炉の火のおこし方を教えた。

新聞紙を丸めて火をつけ、そこに白樺の枝とか木切れを載せる。そこから炎があがったら、太い薪を入れる……。

「これだけ。簡単に見えるでしょう？　でも、これがなかなか難しいのよ。慣れないと、新聞紙を何枚も使っちゃって、暖炉のなかが紙の燃えかすばかりになっちゃうの」

希美子はコーヒーをいれ、ミルクを沸かし、パンを切った。自分のなかに新しい活気が生まれたのを感じた。

愛香が、自分たちの部屋にたくさん並んでいる壜のなかには栗の実が入っているようだが、あれは希美子さんが作ったのかと訊いた。

希美子は愛香に、マロン・グラッセの由来を説明し、一壜持って来るようにと頼んだ。

「ラベルに作った日付が書いてあるの。一番古いのを持って来て」

冷蔵庫に知沙が作ったポテト・サラダがあったので、それと目玉焼きとパンで朝食をとってから、壜の封を切って三人に食べてみるよう勧めた。

香須美も美千香も、そのおいしさをそれぞれの表現で賞《ほ》めたが、愛香だけは、壜を見つめて何も言わず、首をかしげたり溜息をついたりした。

「どうしたの？　愛香ちゃんの口には合わない？」

と希美子は訊いた。

それでも一分ほど黙り込んでいたあと、

「うまい」

と愛香は言った。

「うますぎる」

希美子は、頰杖をつき、三人の顔を交互に見つめ、

「あなたたちって、天才的におもしろいわねェ」

と言った。

「お兄ちゃんもそう言うてた。私ら三人は天才的におもしろい。おもしろい種がおもしろい畑に蒔《ま》かれて、おもしろい大根と小芋とかぼちゃができたって。そやけど、お兄ちゃん、蓮《れん》さんのことを天才的に美しいって感動してたんや。天才的に美しいなんて、そんな言い方が日本語にあるやろか」

そう愛香が言ったので、蓮さんとは誰かと希美子は訊いた。

「お兄ちゃんの片思いの人。朴蓮姫《ぼくれんき》さん。ハングル語で、蓮姫をどう発音するのかわかれへんかったから、みんなは蓮さんて呼んでたんです」

と香須美は言った。

「天才的に美しい、か……。どんな美しさなのかしら。ちょっと見てみたいわね」

希美子の言葉で三人は一瞬顔を見合わせたが、

「あの地震で死にはったんです」

としばらくして香須美が言った。

「蓮さんは、お兄ちゃんのこと、どう思てたんやろ。ちょっとは脈があったんやろか」

愛香の言葉に、美千香は即座に答えた。

「洟《はな》もひっかけてなかったわ」

「ぜんぜん？」

「うん、まったく脈はなし。あそこまで無視されたら、同情もでけへん。どうにもこうにも奇跡は起こりそうにないとわかって、お兄ちゃん、高校の近くにおった野良犬に、レンて名前をつけて呼んでたんやで。おい、レン、レン、て。そういう卑屈な根性やからふられたんやて言うたら、すごい怒って、私、殺されるかて思たわ」

「そやけど、お兄ちゃんは、小学三年生のときから、蓮さん一筋やったんやで。そやけど、蓮さんは日本人の男の子にしょっちゅういじめられて、それで日本人を嫌いになって。そのいじめっ子の先頭に立ってたのが岡崎のアホボンや」

そう香須美が言うと、

「えっ？　あのパン屋のアホが？　チンパンジーが背広を着てポルシェに乗ってるような、あのアホが？　あれほどポルシェの似合わん男もいてへんと思うわ」

と美千香が言ったので、希美子はコーヒーを口から噴き出しそうになった。

その岡崎という大きなパン屋の息子の家も壊れたが怪我ひとつしなかった。自分のパン工場で製造したパンを各避難所に配ったが、こんなやつの施しは受けないと言う人は多かった。けれども、おいしそうだったので、パンを貰う列に並んでしまった。

その愛香の言葉で、香須美と美千香は驚きの目を向け、

「愛香、あのパン、食べたん？」

と口を揃えて訊いた。

「困ってるときは、お互いさまと思て……」

「愛香のいまの日本語の使い方はおかしい」

「そうや、どこかおかしい。裏切り者め」

希美子は、幸司と靖司を起こすにはまだ時間があったので、三人を誘って沢のほうへと行った。

森というものが、どんな働きをしているかを、これまで読んだ幾つかの本から得た知識と、実際に自分の目で見て知った事柄とともに教えたくなったのだった。

しかし、愛香が岡崎というパン屋のパンを貰って食べたことに、香須美も美千香も憤懣《ふんまん》やるかたないらしく、森の樹木に目をやらず愛香にいやみを言いつづけた。

「あのチンパンジーが、高校生のとき、どんな悪いことをしてたか知ってるのん？」

「そうや、あの一家は全員悪人や」

「蓮さんを車に力ずくで引きずりこんで、ひどいことをしようとしたんやで」

「裏切り者。私かて、ほんまは食べたかったけど、これを食べたら女がすたると思て、歯を食いしばって我慢したんや」

「クルミ入りのパンと、チョコレート・パンを貰《もろ》たんやけど、クルミ入りのパンだけ食べて、もうひとつは今崎のおばあちゃんにあげたんや。そんなに怒らんといてェな。それにしても香須美姉ちゃん……」

「なんやのん」

「美千香……」

「なんやのん」

「悪いやつて、なんで死ねへんねんやろ」

そんな三人が、巨大な数種類の巨木と藤蔓が絡み合って、それはもう別種の、この世にひとつしかないおごそかな生命体とも言うべき存在の前に来たとき、それぞれ口を閉ざして歩を停めたのだった。

だが、その場所に歩を運んでいるとき、希美子は三人がそれぞれ違う形の、ぎごちない歩き方をしていることに初めて気づき、ああこれが地震で受けた肉体的な後遺症なのかと思ったのだが、それは口にしなかった。

三人は、助けられるまでに下半身を落ちて来た二階の天井とか家具に圧迫されていて、クラッシュ症候群にかかり、手術を受けたのだった。

壊死《えし》した筋肉は、三人とも範囲が小さかったが、その筋肉から出る毒素は、心臓や腎臓に強い負担を与え、心不全もしくは腎不全を起こして死に至らしめるので、手術で壊死した部分を切り取らねばならなかった。

長女の香須美と三女の美千香はふくらはぎの筋肉を二十グラム摘出し、次女の愛香は大腿部とふくらはぎの部分を合わせて四十二グラム切り取ったという。

長いリハビリで歩行はできるようになったが、たとえ多くても少なくても、筋肉を摘出したのだから、歩き方がぎごちなくなるのは当然だった。

これまで三人はとりわけ自分たちの歩き方に神経を使って、正常な歩き方を維持していたのだが、起き抜けの体はそうはいかず、それぞれ足をひきずって歩いてしまったのだった。

三人ともジーンズをはいていたので、手術跡は見えなかった。

「足が悪いこと、ここでは隠さなくてもいいのよ」

と希美子は三人のうしろに立って言った。

「悪いほうの足を無理してかばってると、悪くないほうの足まで痛めるわ」

香須美と美千香は、ときおり手術の跡がひきつるみたいなときがあるが、リハビリのお陰でほとんど正常に歩けると答えたが、愛香は、摘出した筋組織が多かったので、どうしても右足をひきずるようにしなければならないと答えたあと、じつは父も母も、自分たちを子供のころから、イッチャン、ニチャン、サンチャンと呼んでいたのだと言った。

「長女は一番目やから、イッチャン。次女は二番目やから、ニチャン、三番目はサンチャンや」

避難所でも、三人はそれぞれをそう呼んでいたのだが、いつのまにか、本名で呼ぶようになった。たぶん、自分たちをそう呼んでいた両親や兄や叔父一家のことを思い出してしまうので、三人のうち、誰が言い出すともなく、本名で呼び始めたのだと思う……。

そう長女の香須美は言った。

「イッチャン、ニチャン、サンチャン……。そう呼んで下さい。なんか、そのほうが呼ばれやすいし」

と愛香が言った。

「いいの？　ほんとにそう呼ぶわよ」

希美子は念を押してから、絡み合って朝霧のなかで逞しい力を放っている不思議な巨木を見つめながら、自分がこの奥飛騨に住むようになったいきさつを、できるだけ詳しく説明した。毛利カナ江のことも、夫との離婚のいきさつも……。

三人は、希美子の話を聞いていただけで、そのことに関してはいかなる感想も述べなかった。

まだ自分の感じたことをうまく口にできる年齢に達していないわけではなく、三人があえて何も語らないのだとわかったので、希美子は、あらためて三人の姉妹を信頼できる気がした。

朝日がさしてくると、霧は消えて、不屈の生命力そのもののような巨木に陰影が深まった。

「これに名前をつけよか」

とニチャンが言い、

「私がつける」

とイッチャンが言った。

「どんな名前？」

希美子は、この奇妙で巨大な、生きている塊のような存在に、イッチャンこと長女の香須美が、どんな命名をするのかと思って訊いた。

まるで考えるまでもないといった表情で、

「ターハイ」

とイッチャンは言った。

「ターハイ？　何、それ」

とサンチャンが訊いた。イッチャンは、小枝をひろい、それで足元の腐葉土に「大海」と書いた。

「中国語でターハイ」

「へえ、大海か……」

希美子はひどく感心してしまい、ターハイ、ターハイと心のなかで何度もつぶやいた。

「イッチャンは中国語ができるの？」

その希美子の問いに、イッチャンは、自分の友だちが、祖父をそう呼んでいたのだと言った。

その友だちは神戸に住む華僑《かきょう》で、戦後すぐに両親は台湾から日本に移り住んだのだった。だから、友だちは祖父を一度も見たことはない。けれども、祖父を知る人たちの話から、友だちはいつのまにか祖父を大海《ターハイ》と呼ぶようになり、悩んだり迷ったりしたときは、心のなかでターハイに相談するのが癖になってしまった。

清《しん》王朝の時代に福建《ふっけん》に生まれ、大学を卒業したあと二年間フランスに留学した祖父は、毛《もう》沢東《たくとう》の紅軍《こうぐん》が政権を握るであろうと確信し、香港《ホンコン》へ渡って事業の基礎を築いたあと、台湾という国家建設の中枢として活動中に暗殺されたのだという。

「海のような人だった」

祖父を知る人は、まるで口を合わせたかのようにそう表現した。イッチャンの友だちは、祖父を誇りにしていて、ひそかに大きな海と名づけたのだった。

「自分もターハイみたいになりたいって、しょっちゅう言うてた。ほれ、この幹の上にあるねじれたみたいなとこが、私の友だちの横顔に似てるんです」

イッチャンは、そう言って、ねじれとも瘤ともつかない部分を指差した。そのイッチャンの、どこか熱を帯びた顔を、二人の妹は無言で見ていた。

希美子は、イッチャンの中国人の友だちは、きっと地震で死んだのだろうと思ったが、そうではなかった。自分も祖父と同じように外国の大学で学びたいと幼少のときから決めていて、中学を卒業後、アメリカの高校に入ったのだった。

だから、両親も弟も死んだが、イッチャンの友だちはアメリカにいて災いをまぬがれた。いまは、香港で手広く商売をしている叔父さんの援助で、アメリカ生活をつづけている。

「その友だちって、男の人？」

と希美子は訊いた。

「薄情な男や。イタリア系アメリカ人のめまいがするほどのナイス・バディーのガールフレンドができて、勉強が手につかへんて、手紙が届いたんです。この大きな木のなかに閉じ込めて、毎日呪ってやる」

イッチャンはそう言って、友だちの横顔に似ているという部分を殴る真似をした。

「そやそや、殴ったり。ミンピンは、正面から見たら亀みたいな変な顔や」

とサンチャンが言い、漢字で明平、日本語ではミンペイだが本名はミンピンなのだと希美子に言ってから、ターハイに近づき、人間の胴体の倍近い根のところにしゃがんで、何かに見入った。

その根のところから、長さ三センチほどの芽が出ていて、小さな蕾《つぼみ》をつけていたのだ。

「別の植物がここで咲きかけてる……」

とサンチャンは言った。

それから、ターハイの周りを目を凝らして廻り始めた。

サンチャンのターハイ観察は毎日つづいた。それは偏執的とも言えるほどだったので、希美子は地震の精神的後遺症が、別の形で顕在化したのかと案じて、イッチャンとニチャンに相談したが、二人ともさして気に留めた様子もなく、あの子は何かに熱中すると寝食を忘れて没頭するのだと言った。

それで希美子は、電話で知沙に頼んで、折り畳み式の精度の高い虫眼鏡を買って送ってもらい、それをサンチャンに贈った。

いったいどんな興味に取りつかれたのか、サンチャンは、ターハイの周辺十メートル以内に自生する植物や苔や菌類やシダの分布図を作り始め、そのためのノートの最初のページに、インドの詩人、ラビンドラナート・タゴールの詩を書き写した。

静かに、私のこころよ。

これら大きな木は祈りを捧げているのだ。

これは希美子から貸してもらった本に載っていたのだとサンチャンは説明したが、見せてくれたのはそのページだけだった。

地元の中学と高校は、三姉妹を来年の春から迎えることに決めた。地震は一月十七日に起こったので、その年度の必要な単位は取得したことにして、イッチャンは高校三年生、ニチャンは高校一年生、サンチャンは中学三年生に進級、もしくは進学が認められたことになるのだった。

十一月に入ると、屋根にリスの足音が聞こえなくなり、日中でも暖炉に火が必要になった。イッチャンは、来年の四月までの期間を利用して、中学校の教材から基礎をやり直すことに決め、とりわけ英語と数学を中心に勉強を始めた。

ニチャンも、ノートに何か書いてばかりの日々を開始して、それが何なのかは口にしなかったが、希美子がひやかし気味に、

「小説でも書いてるの？」

と訊くと、漫才の台本だと教えてくれた。

「このごろの漫才て、程度が低いやろ？　下ネタばっかりで、品がなくて、あんなん、ほんまの漫才やあらへん。私が漫才界にカツを入れるねん」

しかし、こうやって台本を書いてみると、人を笑わせるというのは難しいと頬杖をついた。

「私は理論的すぎるんかなァ」

「あれは文章で読むもんじゃなくて、語りを聴くもんだから、実際に掛け合いで試してみたら？」

その希美子の案に頷き返すだけで、ニチャンは、しかめっつらをしながら、ノートを睨むばかりだった。

サンチャンのノートは、三冊目が終わろうとしていたが、自分の目で発見したことのひとつを希美子に話して聞かせてくれた。

「木や花の種は、風だけが運ぶのとは違うねん。動物や昆虫が、あっちこっちに運ぶねん。鳥も運ぶねん」

「どうやって？」

「食べた種は消化されずに、糞《ふん》と一緒にあちこちに蒔《ま》かれるねん」

サンチャンはそう言って、希美子をターハイの近くにつれて行き、野鳥が落としていった糞をピンセットで差し示した。

「この黒い粒、何の種かはわかれへんけど、来年になったら芽を出すねん。芽を出せへんまま土のなかで死んでしまう種も多いけど、この種は、こうやって鳥に運ばれて、何百キロも先に移動するねん」

それからサンチャンは、ターハイのうしろ側に行き、希美子にはただの土くれにしか見えない小さな塊をピンセットの先でほぐした。ターハイの周辺にあるすべてのものは、サンチャンの頭のなかの地図に完璧に入ってしまっていた。

「これはリスの糞。ほら、黄土色の種がある。リスの歯でも割れへんほどの固い殻やから、糞と混じって出てきたんや。これが何の種か、私にはわからへんけど、芽を出したら、図鑑で調べられるやろ?」

サンチャンは、夢のなかにしょっちゅうターハイが出てくるのだと言った。

「ターハイが喋るねん」

「なんて喋るの?」

タゴールの詩を思い浮かべながら、希美子は訊いた。

「じっとしとき、動いたらあかん……。お父ちゃんの声のときもあるし、女の子がそんなに足を拡げて坐らんときって、お母ちゃんの声のときもある」

「お兄さんのときは?」

サンチャンは首を振り、

「お兄ちゃんの声で喋ったことはあらへん、なんでやろ……」

そう言ったあと、

「お兄ちゃん、生き返ってほしいなァ」

と聞こえるか聞こえないかの声でつぶやいた。

希美子は言葉を失くし、この奥飛騨に来てから急速に女らしくなってきたサンチャンこと美千香の横顔や体の線を見やった。

同じ歳の女の子と比べるとまだまだ晩生《おくて》だが、血色が良くて、胸のふくらみをわざと隠すかのように着ている大きめのトレーナーが、かえって幼い色香を引き出していた。

「避難所で不倫が起こるねん」

とサンチャンは落ち葉をピンセットでつまみ、その裏側を見つめながら言った。

「それで、その不倫をしてる人の奥さん同士と旦那さん同士が怒鳴り合いのケンカをするねん。私、人間て最低やなァて思った……。私、不倫ていう言葉、大嫌いや。ただの浮気を、なんで不倫ていうのかわからへん。広辞苑で調べたら、不倫ていうのは、人倫に外れたり、人道にそむくことって書いてあった。人道にそむくことが、なんでそんなもてはやされて、流行みたいになんねやろって思う……」

そんなことを二人の姉と冗談めかして話していたら、同じ避難所で生活していた男性が、この日本という国自体がすでに人倫に外れ、人道にそむく政治をしているのだと、あきらめきったようにつぶやいたと、サンチャンは言った。

「虫眼鏡で、こうやって木の根っこを見てたら、元気が出てくるねん」

「川柳はどうなってるの？」

「川柳？」

サンチャンは不思議そうに訊いた。

「ほら、〈恐竜も勝てない地震かかってこい〉とか〈親の恥責めてる場合か死にそうや〉とか……」

「ああ、あれ川柳？」

「えっ？　サンチャン、知らないで作ってたの？」

「お父ちゃん、なんでも五七五にしてしまうから、私らもいつのまにかその真似をするようになってん。五七五やったら、どんなもんでも川柳なん？」

そう訊かれると、希美子は自信をもって、そうだとは答えられなかった。

「〈われ勝ちぬ愚息の解きし試験見て〉。お父ちゃんの作った川柳やけど、私はこれを読んで、お兄ちゃんが大学の入試に合格したとき、お父ちゃんがどんなに嬉しかったかがわかって、そうや、あんなに勉強のできる息子を持ったお父ちゃんの勝ちやって言うたら、お母ちゃんが、この『われ』というのは私のことやて言い返して、みんなで大笑いしてん」

俺には、この試験の問題の意味もわからん、よくも俺の息子が、こんな難しい問題を解いて国立大学に入ったものだ。そんな息子の父であることが嬉しい。俺は名もない大工だが、俺は勝った……。

この川柳の意味を、父は何度も子供たちに説明したのだとサンチャンは言った。

遠くで風が笛に似た音を立てた。初冬に、そのような風が吹くと、夜の気温は予想を超えて下がるのだった。

希美子とサンチャンは家に戻った。

イッチャンが、

「希美子さんのお父さんから電話があったよ。ここにいるから電話をくれって」

と言った。

メモ用紙には、松本市の局番が書かれてあった。

父は、取り引き先の工場を視察するために、社員の運転する車で松本に来たのだが、用件が早く片づいたし、あしたは休みを取れそうなので、いまから行こうかと思うと言った。

「三人の娘さんたちと、まだお逢いしてないしね。もし行くんだったら、車で送ってやるって言ってくれてるんだ」

「ありあわせのおかずで晩ご飯を済ますつもりだったの。せっかく久しぶりに来るのに、申し訳ないわ」

「そんなの、ありあわせのものでいいよ。気を使ったりするなよ」

父との電話を切ると、希美子は三人にそのことを伝え、冷蔵庫の中身を調べた。肉やハムなどはあるが、父はあまり肉類は好まなかった。

「私、自転車で、何か魚を買ってくる」

とニチャンが言った。

「サンマかブリか……。私のお父さんは、サンマの塩焼きがあれば、他はどうでもいいって人なの」

と希美子が言うと、ニチャンは速足で居間から玄関へ向かった。その歩きようが、これまでになくぎごちなかったので、希美子はあとを追い、傷が痛むのかと訊いた。

「急に寒くなったからやて思う。イッチャンも、足の筋が引っ張る感じで、朝から痛いって」

とニチャンは言い、自転車にまたがって林道へ向かった。

「あかん、もう歳や、冷えると古傷が痛む」

イッチャンは笑いながら言い、サンチャンに、

「ニチャンの傷は大きいから、今晩、マッサージしてあげ」

と言った。

「リハビリの先生から、特別のコーチを受けた私や。ニチャンのマッサージならまかしといて」

サンチャンはそう言ったので、

「私も心に傷があるのよ。マッサージしてもらいたいわ。あんなつまらない男と結婚して、あげく女ができて捨てられて、心が痛い」

そう希美子は笑って言ったが、そのとき、何の飾りもなく冗談が言える自分に驚き、きっ

とこの三人のお陰なのだと思った。

「姐御《あねご》、どこをマッサージしたらよろしおまっしゃろ」

とサンチャンが言い、希美子の胸のあたりで両手の指を気味悪くくねらせた。

「全身ね。局部的な傷じゃないの」

「合点《がってん》だい」

そう言ったくせに、サンチャンは暖炉の前に坐ると、自分のふくらはぎをもみ始めた。


父がやって来たのは八時前で、食べきれないほどの鮎《あゆ》ご飯が入っている大きな重箱を手に持っていた。


工場を出発しようとすると、元工場長で、父とは旧知の男が、冷凍物の鮎で作ったのだが、いい出来だと自慢できそうに炊き上がったのでと言って、持参してくれたという。

「炊き込みご飯を作らしたら名人だって噂は聞いたことがあったんだけど、まさか俺のために鮎ご飯を作ってくれるとはね。去年の春に停年になったけど、辞めてもらいたくはない工場長だったらしいよ」

張りのある声でそう言ってから、父は希美子に四段の重箱を渡した。それは危うく落としそうになるくらい重かった。

「どんな言葉も役に立たないほどのご不幸に遭われたけど、ご両親やお兄さんの分までもしあわせになって下さい」

父は、イッチャン、ニチャン、サンチャンにそれぞれ同じ言葉で励まし、初対面の挨拶に代えた。

三人に対して、一字一句変わらない言葉を使ったことに、希美子は父という人の大きさを感じた。

社会的な訓練を十全に受けていればこその芸当だと思えたのだった。

「重いはずよ。四段のうちの二段には、松茸ご飯がぎっしり詰まってるわ」

風呂敷包みを解き、重箱の中身を見て、希美子は言った。

「そうか、あいつ、俺を遠慮させたくなくて、松茸ご飯のことは黙ってたんだな。でも、鮎ご飯も豪勢なもんだ。彼の鮎ご飯は絶品だって噂だからね。鮎ご飯は手間がかかるそうなんだ」

暖炉横の食卓について、鮎ご飯と松茸ご飯を食べ始めると、ニチャンは箸を手にしたまま眉根を寄せ、長いあいだ黙り込んだ。

希美子がどうしたのかと訊くと、

「うまい。うますぎる」

とニチャンは言った。

「うまいってひとこと感想を伝えるために、そんなに難しい顔をせなあかんのん？」

イッチャンの言葉に、

「ほかにもっとすばらしい表現はないもんやろかと考え込んでるうちに、難しい顔になってしまうねん。そやけど結局、うまいという言葉以外にないねん」

とニチャンは言った。

三人の姉妹は、松茸ご飯なんて、生まれて初めて食べたが、鮎ご飯なるものは、その存在すら知らなかったと言った。

「私も鮎ご飯は、初めて食べた」

と希美子は言った。

「うちは、松茸ご飯を食べるのが夢やってん」

サンチャンはそう言って、ハンバーグのほうがいいと文句を言っている幸司と靖司を叱った。

幸司と靖司は、サンチャンを「師匠」と呼んで、サンチャンの言葉にはたいてい従うのだった。

なぜ「師匠」なのかは、三人だけの秘密だとのことで、希美子には教えてくれなかった。

「松茸ご飯をこれまで食べたことがないなんて本当？」

と訊いてしまってから、希美子は自分が少し浮かれているのに気づいた。奥飛驒に来て以来、二人の息子との生活がつづき、そこに三人の朗らかな姉妹が家族として参加して、それそれの気性にも慣れ、いつのまにか人間としての気遣いを忘れたのだと反省したのだった。

貧富とは無関係に、姉妹たちの母がとりわけつつしみ深い人だったとすれば、高価な松茸などよりも、栄養価の高いものを夫や子供たちに食べさせようとしたであろう、と。

けれども、そんな希美子の思いに気づいたかのように、

「うちのお母ちゃん、松茸だけは日本産でないとあかん言うて、外国産の松茸は買えへんかったんや。外国産でないと高うて買われへんから、うちの家は松茸とは無縁の生活。私らが外国産でもええやんかて文句を言うたら、えらい怒られた。みんなが健康で、家族が仲よう暮らしてて、三度のご飯が食べられて、それ以上の幸福が、ほかのどこにあるんやて」

とイッチャンは言った。

「男の子にもてたいって言うたら、若いうちから男にもてる女は、たいてい幸福にはなられへんて。そやけど、私は、そないに幸福にならんでもええから、男の子にもてたい言うて叱られてん。そんな話をしたのがお正月で、それから二週間ほどたって、あの地震が起こって……」

サンチャンがそう言うと、

「松茸ご飯は食べたことはないわ、男の子にもてたことはないわ、地震でひどい目に遭うわ……。さんざんや」

とニチャンが笑ったので、希美子も父も幸司も靖司も笑った。

「いや、笑うような話じゃなかったな」

父は希美子と二人の孫をたしなめ、自分の額を掌で軽く叩いた。

ニチャンは、鮎ご飯の作り方を知りたがった。鮎の頭とわたは取ってあり、ご飯を炊く前に焼いてあることはわかった。しかし、ご飯を炊いてから鮎を混ぜたのか、それとも最初から一緒に炊いたのかがわからなかった。

鮎ご飯の炊き方について話しているうちに、ニチャンは、マロン・グラッセを一壜、時間をかけて試食しているうちに、あることに気づいたのだと言った。

「栗の実の皮をむいて、蜜で煮るのが、普通のマロン・グラッセの作り方やけど、あの毛利さんが作ったマロン・グラッセは、栗の実を蒸してあるんやと思うねん」

台所の引き出しの奥に天然塩を入れてある壜をみつけた。その壜は、元は蜂蜜用の壜で、ラベルにはフランス語らしきものが印刷されてあったと、ニチャンは言った。

「蒸してから、その蜜に漬け込んだのかなァ」

イッチャンの言葉にニチャンは首を振り、

「漬け込むくらいでは、栗全体に蜜が沁み込めへんと思うけど」

と言った。

「それに、木の実はあくが強いから、蒸しただけではあくが抜けへんし。どこかにレシピはないかなァ。その毛利さんがレシピをどこかに残してたら、これから毎年、私が作るのに。

毎年、毎年、すごい量の栗の実が音を立てて落ちて来るのに」

食事を終え、姉妹が台所で洗い物を始めると、希美子は父とログ・ハウスに行った。自分のために建てた木の家に、父は今夜初めて泊まるのだった。

「いい子たちだねェ。生まれつきの気だてってものもあるんだろうけど、ご両親がまっとうな精神の持主で、じつに立派なしつけをなさったんだねェ。あの子たちは、これから何があっても大丈夫だよ。安心して財布をあずけられる人たち、ってのは変な表現だけど、つまり、心根がいいんだな。心根がいいってのは、じつにすばらしいことだよ」

父は背広を脱いだ。希美子は、父の替えのズボンとセーターを出し、薪ストーブに薪を入れ、

「火入れ式ね」

と言って、マッチ箱を渡した。

「うまく火がつくかな」

希美子が註文して作らせた薪ストーブの大きさも、簡素な模様の彫刻も気に入ったようで、父は希美子に教えられたとおりに、丸めた新聞紙に火をつけ、その上に三本の薪を組んで立てた。

「薪を組んで立てといてから、丸めた新聞紙をその下に置くのよ」

希美子は父のセーターの袖が燃えないかと案じたが、新聞紙の火はうまく薪に移って、木

のはぜる音が聞こえた。

「いやあ、不思議だなァ。マッチ一本で、こんなに太い薪に火がつくなんて」

「お父さんが上手なのよ」

「このストーブがいいんだな。名人の手造りだから、どんな下手なやつでも火がおこせるようになってる」

「火入れ式は大成功ね」

会社の経営権を手放し、蟄居《ちっきょ》していたころとはあきらかに異なる何か颯爽《さっそう》としたものが、父の顔や身のこなしにあった。

まかされた会社の再建はうまくいっているのかと、希美子は父と一緒に薪ストーブの火に見入りながら訊いた。

「債務が百三十億だからな。俺が立て直し役に入ったといっても、銀行はおいそれと新しい融資はしないさ。でも優良な含み資産がある。それを餌にどう金を作るか。必要のない、給料の高い社員をどう切るか。いずれにしても憎まれ役だ。必要のない社員は八十人。その八十人の給与は、賞与も含めて年に幾らになると思う？」

希美子には見当もつかなかった。

「ざっと六億だ。十年で債務の約半分を返済できる。その体制を作れば、銀行はテコ入れしてくる。ぎりぎりの線まで資産を処分したら、三年で再建のめどが立つんだけど、こっちの描いた画《え》のとおりには物事は動かないからな。でも企業ってのは、三年で再建のめどが立たなかったら、立て直し役は失格だ」

「じゃあ、三年間、お父さんは戦争ね」

「会社を大事に思う社員たちも戦争だよ。会社は自分や家族たちの生活の基盤だからな。ところが、それがわかってない社員が多いんだ。いい大学を出て、いい歳をした社員が、出勤さえしてれば給料が貰えると思ってる。社会に出て何年もたち、女房子供もいるのに、学生気分が抜けてないって連中がたくさんいるのには驚くよ」

希美子は、ここにウィスキー、ここにコーヒー、冷蔵庫には氷とブルー・チーズ、下着はここ、タオル類はここ、と父に教えて、自分の住まいに戻った。

居間には誰もいなかった。

二階で幸司と靖司の声がしたので、希美子は階段をのぼった。

「アホ、なんべん教えたらわかるんや。まず作戦を立てなあかんやろ。幸ちゃんは、さっきの問題をもういっぺん解いてみる。靖ちゃんは、その漢字を声に出しながら二十回書く。そうやって勉強したら、その字をつぶやくだけで手が勝手に動いて、漢字が書けるようになんねんで」

サンチャンは、細長い木の枝で、靖司の頭を叩いた。

「師匠、そんなに叩いたら、頭が悪くなっちゃうよ」

靖司は甲高い声で抗議したが、言葉の最後は笑っていた。

ドアの隙間からのぞいていた希美子の目と、サンチャンの目が合った。サンチャンは細長い棒を背のほうに隠しながら、困惑の表情でかすかに微笑んだ。

希美子は、息子たちがなぜサンチャンを師匠と呼んでいたのかを知った。二人は毎夜、宿題を手伝ってもらっていたのだった。

幸司も靖司も、いつのまにか勉強の仕方とかこつのようなものを覚えて、宿題以外の、自主的な勉強までもサンチャンに教えてもらっていたのだった。

部屋に入ると、

「暴力教師なんだぜ」

と幸司が笑顔でサンチャンを指差し、サンチャンに教えてもらうと、これまでまるで手に負えなかった算数の応用問題が自分ひとりで解けるのだと言った。

「だから、師匠なのね」

いやそうではない。勉強が終わると、サンチャンは将棋を教えてくれるのだと靖司は言い、きのう、やっと飛車角落ちでサンチャンに勝てたとはしゃいで、小さな折り畳み式の将棋盤を持って来た。

サンチャンは、棒で希美子の息子の頭を叩いていたところを見られたことで気まずそうに目をそらしつづけた。

「カナヅチで叩いてもいいわよ。この子たち、石頭だから」

その希美子の言葉で、サンチャンの顔に笑みが戻った。

折り畳み式の手垢のついた将棋盤も、駒も、サンチャンが倒壊した家から持ち出せた数少ない思い出の品であった。

サンチャンは、小学校一年生のときに父親から将棋を教えてもらい、強くなりたくて、アマチュア三段という近所の老人に習ったのだった。その老人は地震の前の年に亡くなったが、サンチャンはそのころには老人と対等に将棋をさして、五回に一回は勝てるようになったという。

希美子はサンチャンに小声で礼を言った。どんなにやかましく言っても、勉強嫌いで、宿題もまともにやったことのない幸司と靖司が勉強に意欲を持ったのは、おそらくサンチャンの教え方が巧みだったからであろうと思った。

希美子は、嫌いなものを無理強いするのはかえってよくないと思い、勉強のことでは口やかましくしないようにしてきたが、このままではやはり困ると案じていた矢先だったのだ。

階段を降りる音がして、しばらくしたころ、ログ・ハウスから山荘の居間へ戻って来た父が誰かと電話で話す声が聞こえた。

希美子が居間に行くと、父は、炊き込みご飯の名人という元工場長に鮎ご飯の作り方を教えてもらっていて、その横でニチャンが父の言葉をノートに書き写していた。

「ご飯が炊き上がる十分前に、焼いておいて頭とわたを取った鮎を三等分に切って、炊飯器に入れる。なるほど。頭とわたは、焼いてから取るの？　焼く前に取るの？　うん、なるほど。でも、ご飯の味つけが難しいわけだ。そんな秘密だなんて言わないで、教えてくれよ。俺とお前の仲だろう」

穴子ご飯、ハモご飯、鶏ご飯……。

父はニチャンのノートをのぞき込みながら一語一語大きな声で言った。

「いいねェ、俺はハモご飯が好きだなァ。ハモの時期に京都や大阪へ行くと、必ず食べるんだ。だけど、ハモは骨切りが難しいからな。あさりご飯？　ああ、それもいいなァ。お前、そんないろんな炊き込みご飯の秘伝を誰にも伝授しないで墓に入るつもりか？　そんな勿体ないことしないで、教えろよ」

元工場長は頑固に拒否しているようで、希美子は、父には珍しいしつこさがおかしくて、ニチャンを手招きすると、台所に呼んだ。

「側にニチャンがいると、お父さんは元工場長さんを説得しにくいかもしれないわよ。なだめたりすかしたりするのを横で聞いてられるのって、なんだか恥ずかしいような気がするわ」

「まさか、ほんまに電話をかけて訊いてくれるて思えへんかった……」

ノートとボールペンを持ったまま、父の様子を見ているニチャンに、希美子はサンチャンのことを話して聞かせた。

「サンチャンは、勉強を教えるのがうまいねん。西宮におったとき、近所の小学校四年生の子に算数と国語を教えるアルバイトをして、おこづかいを稼いでたから」

ニチャンはそう言ってから、どういうこつがあるのかわからないが、問題を解く歓びのようなものを与える教え方をするのがサンチャンの特技なのだと説明した。

「じゃあ、サンチャン自身も、勉強はよくできるのね」

「イッチャンほどではないけど……」

「イッチャンも勉強が得意なの？」

「得意どころか、イッチャンの頭は普通やあらへん」

神戸のアメリカン・スクールに通っていた日系ドイツ人の女子高生が、父親の仕事の関係でミュンヘンに引っ越した。その女子高生とイッチャンとは数学研究会というサークルで親しくなり、ときおり手紙のやりとりをしていた。

地震の前の年に、その女子高生から数学の問題が送られてきた。全ヨーロッパの高校生が競う数学のトーナメントの問題集で、ドイツ語、英語、フランス語、スペイン語の四ヵ国語で問題が作成されているのを、わざわざ日本語に訳してくれていた。

その日系ドイツ人は五位だった。イッチャンは解答をミュンヘンに送った。すぐに返事が届き、「百五十点満点で百四十二点。私よりも三点多い。信じられない。ちなみに一位はドイッ人の女子生徒で百四十七点です」と書かれてあった。

「それ、本当？　じゃあ、イッチャンは数学の成績は全ヨーロッパ中の高校生のなかで四位以内に入ったってこと？」

「そういうことやねん」

「ふーん、ものすごく頭のいい家系なんだ」

希美子は感心して、ニチャンを見つめた。

「そやけど、お父ちゃんもお母ちゃんも、勉強がようできたって話は誰からも聞いたことがあらへん。まあ二人とも、家の事情で中学校しか行かれへんかったから」

「全ヨーロッパで四位以内……」

希美子は茫然として、そうつぶやいた。それは只事ではないと思ったのだった。

「地方の公立高校で勉強するなんて勿体ないわよ。とびきり優秀な子が集まってる進学校に行かないと」

希美子の言葉に、ニチャンは首を横に振り、

「イッチャンは、まるっきり、そんな気はあらへん。イッチャンの夢は、身長が百八十センチ以上の男と結婚して、五人くらいの子供のお母さんになることやねん」

と笑って言った。

「そんな、結婚なんて、勿体ないわよ。男なんて、ろくなもんじゃないわ。日本中で第四位

以内でもすごいことなのよ。それが全ヨーロッパで……。身長が百八十センチ以上の男のどこがいいのよ。そんなの、いまの日本じゃあ掃いて捨てるほどいるわ」

希美子はなんだか興奮してしまい、大きな音をたてて階段をのぼると、イッチャンのいる部屋に行った。

「数学が、全ヨーロッパで四位以内だったって、本当？」

いつもの希美子らしくない口調と階段ののぼり方に驚いたのか、イッチャンはしばらく希美子を見あげてから、CDデッキのスイッチを切った。

「あれは、試験会場で解くのとちごうて、プレッシャーがなかったから」

「どうしてそんなに数学が得意なの？」

「あんなもん、公式の理屈さえわかったら、そんなに難しいことあらへん」

これは大変なことになった、と希美子は思い、坐っているイッチャンの前後左右を歩き廻ったが、何がどう大変なのか、自分でもよくわからなかった。

夜が更けて、二人の息子も三姉妹も自分たちの部屋に入ってしまうと、希美子は懐中電灯を持って、父のログ・ハウスへと行った。

父のために用意したもので、何かを渡し忘れた気がしていたのだが、それがマンボちゃんから父へのプレゼントだったことを思い出したのだった。

希美子は、そのプレゼントの品を父の簞笥のなかにしまっておいたが、中身が何なのかは知らなかった。固い箱を包装紙で包み、マンボちゃんがリボンを掛けて、「山小屋の完成、おめでとうございます」とだけ書かれたグリーティング・カードが添えられていた。

父は、椅子に坐って、ウィスキーの水割りを飲んでいた。

「マンボちゃんからのプレゼントがあるの」

と言って、希美子は簞笥の一番上の引き出しをあけ、リボンの掛かった箱を机に載せた。

薄い紙で丁寧に包まれた木彫りの魚が入っていた。体長二十センチほどの鱒《ます》の親子で、ひれが腕状になって、親子の鱒は笑顔で手をつないでいる。

小さなメモ用紙には、

「ぼくがナイフで彫りました。ちゃんと鱒に見えるでしょうか。ナイフで木を削るのは楽しいですよ。一度、お試しあれ。ナイフの名品一本と彫刻用の木材、おつけしました」

と書かれてあった。

箱の底には、折り畳み式の新品のナイフと、柔らかい長方形の木がそれも紙に包まれて入れてあった。

「へえ、こんな隠し芸があったのか」

と父は言って、木彫りの二尾の鱒を掌に載せたり、机の上に置いたりして眺め、それから、折り畳み式のナイフの刃を出した。

「いい形だな。へえ、ナイフなんて。洒落てるね。このナイフは、かなり高いよ。外国製じゃないな。日本人の職人が手間暇かけて作った逸品てとこだよ。いいねェ、男ってのは幾つになっても、こういうものが好きなんだ。俺にはマンボちゃんみたいに上手に彫れないけど、鉛筆を削るみたいに、ただ木切れを削るだけでも楽しそうだな」

今夜、寝る前に、この机の上でマンボちゃんにお礼状を書こうと父は言った。

希美子が戻りかけると、父は呼び止めて、

「お前が言ったとおり、只事じゃないよ」

と言った。

「イッチャンが、全ヨーロッパの高校生のなかで、数学が第四位以内だなんて、只事じゃないよ。ちゃんと勉強できる環境においてあげたいと思わないか？」

「思うわ。だけど、イッチャンの意思も尊重しないと。いい環境に置いてあげるってことは、やっぱり東京の、それも勉強のよくできる生徒が集まってる高校に入れてあげるってことでしょう？」

と希美子は父に促されるままベッドに腰をおろして言った。

「まあ、つまり、そういうことだな」

「でも、そんな高校に中途入学なんてできるのかしら」

「俺に心当たりがないでもないんだ」

父は学生時代の友人が理事長を務めているという有名進学校の名をあげた。

「融通がきかなければ、私学の意味がないだろう。役人と変わりのない杓子定規の校長や教職員の意見ばかり尊重する公立高校じゃないんだから」

「いまは私立の学校も杓子定規だわ」

「まあ、当たるだけ当たってみよう。あそこの理事長には、俺は貸しがあるんだ」

どんな貸しなのかと希美子は訊いたが、父は微笑むだけで答えなかった。

父は話題を変え、自分の将来について考える時間は持てたかと希美子に訊いた。

「私の将来……。それどころじゃないって感じ。幸司と靖司のこともあるし。あの三人の年頃の女の子たちのこともあるし」

「しかし、希美子という三十七歳の女性の未来も大切だよ」

「未来って、再婚ってこと？」

希美子の言葉に父は首を横に振り、

「それだけがすべてじゃないだろう。好きでもない男を好きになれるはずはないさ。恋愛なんて計画的にできるもんじゃないからね。突然、降って湧いてくるのが恋愛ってもんだ。だけど、これから先、一生、独身で暮らすにしても、のんべんだらりとは生きられないからな」

自分の息子の成長と、新しく家族となった三人の姉妹のこと以外、いまのところ頭にないのだと希美子はあらためて父に言った。

父はうなずき返してこう言った。

「最近読んだ本のなかに、アメリカの心理学者の著作があってね。その人はこう書いてた。『伴侶を捨てて幸福になれた人など私はほとんど知らない。自分だけの幸福は長続きしない』って。その人はカウンセラーとして、何千人もの男女と接してきたうえでの結論だというんだ。非常に重い言葉だと思ったね。アメリカっていう、セックスも恋愛も、結婚も同棲もごちゃまぜの、いやになるとすぐに別居したり離婚したり、不倫なんて日常茶飯事みたいになってる国の、現場の心理学者の言葉だけに、よけいに重いし、きっとそれが真実なんだと思うよ。日本もまったくおんなじような国になったよ。俺は、自分が無責任に捨てたゴミは、いつか必ず自分の頭上に落ちてくると思って、そのことだけは心して生きてきたんだ。煙草を道に捨てた人は、いつか必ずもっと熱いものを頭に受けるってね」

希美子は、父がいまやっと、娘の別れた夫への感情を吐露していることに気づき、

「私、あの人が幸福になってほしいなんて偽善的なことも思わないけど、不幸になればいいっていう憎しみもないの。つまり、もうどうでもいい人で、ほとんど思い出したりもしない。たまに幸司や靖司がお父さんについて話をするときに、仕方がないから思い出すって感じなの」

と言った。

「何を彫ろうかな。この最高のナイフで」

父は、この話はこれで終わりだというふうに微笑み、ナイフを握り、刃に息を吹きかけて、その曇りをシャツの袖で拭いた。


もし転入学が許可されるならば、東京の希美子の実家で生活しながら、都内の進学校に通うとイッチャンが決心したのは十一月も末になってからだった。

イッチャンは、それからは西宮の高校時代の成績証明書を取り寄せたり、あらためて中学三年間の勉強をやり直し、高校一、二年で学んだものを復習するための短い期間を持ったのち、十二月の半ばに、希美子とともに上京し、特別に設けられた転入学試験を受けた。

結果はその五日後に、奥飛驒に直接電話で通知されて、イッチャンは、来年四月から高校三年生のクラスに入れることになった。

その手続きのために、希美子とイッチャンは十二月の末に三回上京した。

みんなで奥飛驒での正月をすごそうと、希美子の父と母がやって来たのは十二月二十九日だった。

「私は希美子と同じ部屋で寝ますよ。お父さんのためだけの大事な山小屋に、こんな古女房は立入り禁止ですから」

母はわざと皮肉混じりに言って、なんとなくすねた表情だったが、本心はベッドが嫌いで、しかもたとえ夫であっても、同じベッドに二人で寝るのが窮屈で耐えられないのだった。

ニチャンは、あれ以来、松本の炊き込みご飯の名人の家に通い、幾種類もの炊き込みご飯の作り方を習い、「免許皆伝」に近いお墨付きを貰った。

近い、というのは、松茸の季節ではなかったので、松茸ご飯の作り方だけは伝授してもらえなかったからだった。元工場長は、松茸だけは日本産以外は認めないという。

「どんなに怖いおっちゃんやろかと思てたら、いっつもにこにこしてて、世話好きのおっちゃんで、奥さんのお尻に敷かれてはった」

ニチャンの言葉が信じられないといった顔つきで、

「あいつが、いつもにこにこ？　俺は、あいつのそんな顔を見たことはないなァ。ニチャンのことが、よっぽど可愛くて気に入ったんじゃないか？」

と父は言った。

「子供のいない夫婦だから、ニチャンが訪ねて来るのが楽しみで仕方がないって、私には電話で言ってらしたわ」

「なにが『免許皆伝に近い』だよ。あいつ、ニチャンとこれっきりになりたくなくて、きっと勿体をつけてるんだぜ」

父は笑って、正月休みのあいだに読むつもりで買ってきた数冊の本をかかえ、四十センチほど積もった雪の上を歩いて、ログ・ハウスに行き、薪ストーブに火をつけて戻って来た。

「案外、雪は少ないのねェ。私、二、三メートルほど積もってる世界を想像してたわ」

母は、ガラス窓越しに外を見つめつづけたあと、暖炉に近いところに坐り、すぐにうたた寝を始めた。

希美子は、三人の姉妹とおせち料理の準備にかかった。幸司と靖司は、山荘の西側の壁のところに積みあげてある薪の束を運び、玄関前の雪除けを不平を言いながらつづけた。

雪かきの現場監督として幸司と靖司に指示を出していたサンチャンの声が聞こえなくなったので、どうしたのかと希美子が玄関先に出ると、サンチャンはスコップを持ったまま沢のほうへと歩いて行き、ブナの木に隠れた。

その動作に不審なものを感じて、希美子は近づきかけ、サンチャンの肩が震えているのを見て歩を停めた。

サンチャンは泣いていたのだった。嗚咽をこらえながら、身を絞るように泣きつづけたあと、雪を手ですくって、それを顔になすりつけた。

希美子はサンチャンに気づかれないよう玄関先に引き返し、幸司と靖司に家に入るようにと言った。

「サンチャンは？」

と幸司に訊かれ、

「ターハイを見に行ったみたいよ」

と希美子は答えた。

イッチャンと別れて暮らすことが寂しいのであろうか。それとも、両親や兄のことを思い出し、たとえようもない哀しみに突如襲われたのだろうか。

ひょっとしたら、サンチャンは、泣いているのを見られたくなくて、巨大なターハイの研究と称し、あのあたりでひとりになる時間を持っていたのかもしれない。

なんといっても、まだ十五歳なのだから。

いや、年齢とは関係がない。愛する人たちと突然の、理不尽な引き裂かれ方をした人間が、ときに身を震わせて慟哭《どうこく》する一瞬があって当然なのだ。

希美子はそう思いながら、台所で黒豆を洗い、蓮根の皮をむいた。

「あのターハイの近くで、サンチャンが泣いてたわ」

今晩の夕食のために鮎ご飯の下ごしらえをしているニチャンに希美子は言った。

「いつ？」

「いま、ブナの木に隠れて。ほっといたほうがいいのかしら。みんなで抱きしめてあげたほうがいいのかしら。イッチャンがいなくなるってこと、サンチャンはどう言ってた？」

「よろこんでたよ。イッチャンが大学へ入れるって」

「お父さまやお母さまや、お兄さまのことを思い出したのね。忘れられるもんじゃないわよね」

ニチャンは、無言でだし昆布からだしを取り、そこに鰹《かつお》の削り節を入れた。

それから、サンチャンはお兄ちゃんととても仲が良かったのだと言った。

「小さいときから、お兄ちゃんのあとばっかり追い廻してた。そのたびに足手まといやってお兄ちゃんに叱られて、泣いてた。あの子泣き虫やねん」

サンチャンが帰って来たので、希美子は話題を変え、

「ニチャンは、ほんとにお料理が上手ね。ここで炊き込みご飯専門のお店を開こうかしら」

希美子は冗談で言ったのだが、

「えっ、ほんま？」

とニチャンが嬉しそうに言ったので、いまのは冗談だとはすぐには答えられなくなった。

「こんなとこまで、お客さんが来るやろうか」

「そうねェ、でも温泉街から車で二十分よ。おいしいものを食べるためだったら、二十分でも三十分でも人は足を運ぶわよ」

「何種類かの炊き込みご飯にお味噌汁とお漬け物を付けて、ご飯はお代わり自由で五百円。うーん、六百円でもええかな」

「お代わり自由だったら、六百円は安すぎるわよ。よく食べる人だったら五杯でもお代わりするわ」

「ほな、七百円。一日に百人のお客さんが来たら、えーと、七万円。三万円が儲けとして月

に九十万円や」

「百人は無理よ」

「そやけど、ラーメンとかお蕎麦《そば》とかカレーの店はあっても、炊き込みご飯専門のお店はあらへんもん」

「でも、場所が場所だから」

「いや、かえってこういう場所だから、客が来るってこともあるよ」

ふいに父の声がうしろから聞こえたので、希美子もニチャンも驚いて振り返った。

「温泉に来る人たちばっかりじゃないからね。高山とか、この前の道を通って峠を越えてドライブする人たちも多くなってる。炊き込みご飯専門の店で、うまい味噌汁も付いてる。うん、上手な広告と、あとは口コミで、商売になるかもしれんな。温泉街の店は、たいてい夜の九時に閉めるだろう。でも、遊びに来た人間てのは、十時ぐらいに腹が減ってくるんだ。あの沢のところに茶店風の店を建てると、客の気持もなごむだろうな」

希美子は、父が本気なのかどうかわからなくて、

「失敗したら大損しちゃうわ」

と言った。

「失敗したら、やめたらいいさ。茶店風に建てた店は、改造して塩谷家の三姉妹の家にしちゃえばいいだろう。この山荘に、希美子と幸司と靖司、それに塩谷家の姉妹が暮らすのは、

少し小さすぎる。幸司も靖司も、もうじき大きくなるんだ」

「お父さん、本気なの？」

「うん、だんだん本気になってきたなァ」

父はそう言って、手をうしろに廻したまま、台所と居間を行ったり来たりした。

「あのマロン・グラッセも、店の名物にしよう」

夕食を終えたころ、父は夕刻の台所での話をむし返して言った。

「名物にするって、毛利のおばさまが作った分が失くなったら、それっきりよ。あの作り方、誰も知らないんだもの」

いったい何の話かと母が訊き、希美子に説明されて、

「冗談じゃないわよ。こんな山のなかで食べ物商売なんて。お父さん、希美子たちにおかしなことをたきつけないで下さいよ。その気になって大損したらどうするんです」

と言った。

「東京のど真ん中でも、つぶれていく店は多いってのに」

「いや、この炊き込みご飯があんまりおいしいもんだから、やり方次第では商売になるんじゃないかと思ってね」

父は、そう言ってから、京都に汁物だけの店があり、そこでは幾種類もの味噌汁がメインで、かやくご飯が付いてくるのだが、忙しいときは店の前に客の行列ができるのだと説明し

た。

「いなか味噌、黒味噌、赤味噌、白味噌……。具も湯葉だったり、きのこだったり、豆腐だったり、バラエティーに富んでる。京都らしい商売だけど、うまくて値段も手頃だから、いつのまにか口コミで評判になったんだ。俺も二度行ったけど、いつも満員だったよ。京都の町外れで、人のひしめく繁華街じゃないんだけど、それがまたかえっていいんだな」

大きめのご飯茶碗に少なめに入れると、普通のご飯茶碗一杯分になる。たいてい二膳は食べるとして、鮎ご飯が一日に六十膳、しめじご飯も鶏ご飯も六十膳。松茸ご飯は季節だけで、当然割高になる。

「三ヵ月、まったく客が来なくて……。うーん、これだけの損や」

イッチャンは、メモ用紙に書いた数字をみんなに見せた。

「おおざっぱな計算やけど、光熱費、水道代、その他諸々の経費も丼勘定で入れてみたんやけど」

「三ヵ月ってのは、何を基準にしてるの？」

と母が訊いた。

「石の上にも三年ていうけど、三年も損をつづけられへんから、三ヵ月を目安にしたんです。三ヵ月の結果で、あかんかったら、きれいさっぱり見切りをつけるって覚悟で」

「じゃあ、愛香ちゃんだったっけ、愛子ちゃん？　うーん、ニチャンよね。ニチャンは、高校に行かなくて、これからずっと炊き込みご飯屋さんをするの？　冗談じゃありませんよ。おあずかりした大切なお嬢さんを、高校もろくに卒業させないで働かすなんて。そんなこと、世間が許しませんよ。希美子には、塩谷家の三人をちゃんと学校で勉強をさせて、一人前にしてっていう責任があるんです」

母の断固とした言葉で、みんな黙り込んでしまった。

「そうか、学校に行かなあかんのか……。私、忘れてた」

とニチャンが言い、わざと剽軽に自分の頭を叩いた。

「私、この三人のなかで、一番勉強がでけへんねんけど……」

「それは、あなたが勉強をしないから」

母は机を叩いて、ニチャンを睨んだ。

「やばい、やばい」

ニチャンは台所に逃げて行き、洗い物を始めた。

知沙やマンボちゃんはどんな意見を述べるだろうと思い、希美子は母が早く風呂に入ってくれないものかと待ちつづけ、夜の十一時に知沙に電話をかけた。

「いくらおいしい炊き込みご飯でも、それだけじゃあ、山奥にまで足を延ばさないわよ。一日に百人のお客を呼ぶってのは、大変なことなのよ。温泉街の旅館全部合わせたって、一日に百人の泊まり客がない日もあるはずだわ」

いま、ことしの最後の仕事を終えて、放心状態でソファに横たわっていたという知沙は言った。

「四月の末から十一月の半ばまでの営業ってのはどうかしら」

その希美子の言葉に、

「すっかりその気になっちゃってるみたいねェ。もし、どうしてもやってみたいんなら、観光客の集まりやすい場所にしなきゃあ。食べ物商売ってのは、絶対に場所が決め手なのよ」

と知沙は仕事疲れを感じさせる口調で言った。

たしかに、知沙の言うことは正しいと思い、希美子のなかの高揚は萎《な》えていった。別の場所に店を建てるには、あまりに費用がかかりすぎて、失敗したときの打撃は大きすぎるのだった。

「旅館も、お客を呼ぶために料理に力を入れてるわ。夕食も朝食も食べきれないほどの量だってのに、それ以外に炊き込みご飯だなんて、食べられやしないわよ」

「そうねェ。やっぱり無茶な思いつきかもね」

「お父さんも何を血迷ったのかしら。奥飛騨に行くと、きっと気分がのびやかになって、いつもの自分らしくない考えが浮かぶのかもね」

希美子は、もうほとんどあきらめたという心境になり、話題を変えた。

「お正月はどうするの？　マンボちゃんのお店も、きのうからお休みでしょう？」

希美子の問いに、知沙は何の予定もないのだと答え、

「寝正月に徹するわ。この一年間の疲れを取らなきゃあ。寝るのが一番よ」

と言った。

こっちに来て、一緒に正月をすごさないかと希美子は誘ったが、もう家のなかは満員状態で、知沙が疲れを癒す場所はないような気がした。

その気になったら突然押しかけるかもしれないが、いまは動く気力もないと言って、知沙は電話を切った。

マンボちゃんの意見も同じだろうと思い、希美子は、暖炉の前に坐って新聞を読んでいる父に、知沙の考えを伝えた。

「うん。ご意見ごもっともだけど、俺は、あきらめるのはまだ早いって気がするな。人と違うことをやる……。常識の盲点をつく……。そういうところに思いも寄らない成功が待ってるもんだよ」

父はそう言ったが、

「でも、たしかにここは、人が足を運びにくいってことだけは間違いないな」

とつぶやき、降ったりやんだりしている雪を見やった。

風呂からあがり、戸締まりを点検してから、希美子は自分の寝室へ行った。母は隣の蒲団

で寝息をたて、子供たちの部屋からも声は聞こえなかった。

カーテンを少しあけて、父のログ・ハウスのほうを見たが、明かりは消えていた。もし小さな明かりがひとつ灯っていても、それは漆黒のどこかにおぼろな光を拡げるので、ああ、まだ父は起きているのだとわかるのだった。父はすべての明かりを消さないと眠れないたちなのである。

どこか黒い穴に落ち込んでいくかのような錯覚を与える夜の静寂にも慣れ、いつも、寝るときは居間に灯したままの豆電球の光以外、他には一点の明かりもない、正真正銘の闇にも慣れ、ことしもあと二日で終わるという奇妙な安堵感にひたって、希美子は目を閉じた。近くで車が停まったような気がしたが、冬、樹木の葉が落ちると、東で生じた音が西から聞こえたり、南の音が東から響いたりするので、希美子は気にもとめず、眠りに落ちかけた。こんどは足音が聞こえた。希美子は目をあけ、耳を澄ました。だが、音はそれきり聞こえなかった。

野兎か、あるいは風か、木の枝が揺れたのかと思い、希美子は再び目を閉じた。少し眠ったかもしれなかったが、それが数分間なのか数時間なのか希美子にはわからなかった。ただ、自分の眠りを破ったものが、人の話し声だったことだけはたしかな気がしたし、それは幸司や靖司ではなく、三人の姉妹でもなく、雪が三十センチほど積もっている戸外からだということにも確信があった。

希美子は、パジャマの上に厚手のセーターを着て、カーテンをそっとあけた。

居間の豆電球の明かりは閉じた雨戸のせいで、雪の上にまで届いていないので、ただ深い闇だけがあって、何も見えなかった。

自分は、きっと夢を見たのだと思い、希美子は再び眠った。

父に揺り起こされ、驚いて置き時計を見ると午前三時だった。

「どうしたの？」

「お客さんだよ。七人」

と父は言った。

「えっ？　お客さんて？」

まあ、とにかく居間に来いというふうに父に手招きされて、希美子はまだ思考能力を取り戻していない頭で蒲団から出た。

十六歳から十八歳くらいと思われる、いささか異様な風体の女の子が七人、暖炉の前で震えていた。

「三人を頼って、ここに来たらしいよ」

と父は言い、暖炉に火をおこしてくれと頼んだ。

希美子は、七人の女の子たちの震えを見て、慌てて暖炉に薪を入れた。

父の話では、ぐっすりと眠り込んでいたのだが、妙な気配で目を醒ますと、若い女の話し声が聞こえた。それも、ログ・ハウスのすぐ近くで。

間違いなく人間の声だとわかるまで少し時間がかかった。

ドアをあけると、女の子たちは慌てて逃げ出そうとしたのだが、寒さで動けない子もいて、仕方なく戻って来た。

泥棒とは思えなかったし、七人という人数で、しかも全員が関西訛りだったので、単に人の家の敷地に迷い込んだとは考えられず、わけを訊くと、塩谷さんに逢いに来たのだという。

最も年長の、十八歳の子の運転する四輪駆動車で大阪を出たのが、きのうの朝で、高速道路代がないので、ずっと一般道を走って、松本からここまでの、凍っているかもしれない道を時速十キロほどで進み、やっと、塩谷三姉妹のいる家をみつけたのが二時間前。

やっぱり帰ろうと言いだす子もいたし、お腹が痛いと動けなくなった子もいて、敷地内を忍び足で、手探りで歩いているうちにログ・ハウスのところに辿り着き、そのドアの前に身を寄せていたそうだ。

父の説明を聞きながら、勢いを増した暖炉の火でやっと震えが消えた七人の、少女というにはいささか不敵な面がまえを希美子は見つめ、そのなかのひとりの様子が尋常ではないことに気づいた。

下腹部の痛みを訴える少女は出血していた。

「あなた、妊娠してるんじゃないの？」

希美子の問いに、少女は頷き返した。希美子は救急車に来てもらうために電話をかけ、三人の姉妹を起こした。

イッチャンは、居間に並んでいる七人を目にするなり、

「マフウ！」

と叫んだ。

「来てしもた。みんなに、どうするって訊いたら、行くって」

マントなのか、長すぎるアノラックなのか区別のつかない赤い服を着た少女が、斑《まだら》に染めた髪をかきあげて言った。その服の背の部分には「魔風」という漢字が刺繍してあった。

七人のうちの四人は、西宮市T町に住んでいたが、地震で親を失い、住むところも失くなり、一時期、同じ避難所にいて、叔父さんとか父親の従弟とか、あるいはもっと血のつながりの薄い親戚に引き取られていったのだとイッチャンは言った。

あとの三人は西宮市T町ではなく、もっと神戸に近いところに住んでいて、別の避難所にいたが、親や兄弟を亡くしたのは自分たちとおんなじだという。

救急車の音でやっと目を醒ました母は、いったい何がどうなったのかといった表情で七人を見つめるばかりだった。

毛利カナ江が息を引き取った病院に着くと、希美子はすぐに診察室に呼ばれ、少女が流産したことを告げられた。

「どうしようもなかったですね。三ヵ月目に入ったばかりでした」

当直の医師はそう言って、希美子と少女の関係を訊いた。その質問は、救急隊員からもすでに受けていたが、どう説明していいのかわからず、希美子は阪神大震災の避難所に三姉妹を迎えに行ったいきさつから話さなければならなかった。

十七歳の、大場園子《おおばそのこ》という名の少女は、希美子にはどうしても中学生にしか見えなかった。

一時間ほど病院のベッドで休んでから、もう一度診察を受け、帰宅しても大丈夫であろうと医師に言われてから、希美子はタクシーの営業所に電話をかけたが、営業は朝七時から承りますと吹き込まれたテープの声が繰り返されるばかりだった。

仕方なく、希美子は父に電話をかけた。

「魔風がイッチャンと一緒に迎えに行ったよ。十分ほど前に出たから……」

「あの子、流産しちゃったわ」

「まあ、とにかく今夜は寝よう。もうそろそろ五時だ。少女愚連隊も、なんだか人生に疲れ果てたって顔をしてるよ。いま、お母さんが全員を無理矢理風呂に入れたよ。三日間、風呂に入ってないらしいんだ」

「少女愚連隊？」

「そりゃあ、愚連隊だろう。リーダーの名が、魔風だぜ。一の子分はアラシときてる」

「アラシ？」

希美子は父の言い方がおかしくて笑った。

「そうだよ。他の子たちの名前を訊くのが、俺は恐ろしいよ。魔風とアラシが来たんだから、事は静かにおさまりそうもないな」

魔風とイッチャンがやって来たのは、父との電話を切って二十分ほどたってからだった。途中で道を間違えて、凍っている細道に入ってしまい、そこから脱け出すのに苦心したのだとイッチャンは言った。

「積もる話もあるんでしょうけど、今夜は寝るのよ。蒲団、足りないけど、暖炉の近くで寝たらいいわ。とにかく寝ること。とくに園子さんは、あしたも安静にしてなきゃあ」

希美子の言葉に、三人は無言だった。希美子は少し腹が立ち、

「魔風だかアラシだか知らないけど、人にお世話になるときは、それなりのちゃんとした挨拶をするものよ。そんなお行儀も知らないの？」

と言った。

「すみません。しばらく、よろしくお願いします。きょうは話をせずに、さっさと寝ます」

イッチャンが頭を下げて言ったので、

「私は、魔風に言ってるの」

希美子はダッシュ・ボードを叩いて魔風を見た。魔風は知らんふりをしたままだった。

翌日の昼、イッチャンとニチャンが、七人について説明した。サンチャンも、七人とは初

対面ではなかったが、七人の境遇については詳しく知ってはいなかった。

両親を亡くしたのは三人で、あとの四人は幼いころ、両親が離婚していた。離婚したとはいえ、あの大地震で片方の親を亡くしたのだから、血のつながるもう片方の親が引き取るのが筋というものだが、それぞれの親はみな受け入れることを拒否した。

ある者は九州の叔父のもとに、ある者は四国の祖母のもとに、ある者は岡山に住む母親の従姉のもとへと引き取られたが、みんな歓んで迎えてくれたのではない。

引き取られた当初は、不幸に同情して気遣ってくれたが、時がたつにつれて、疎《うと》んじられ始め、高校に通うことに遠慮するようになり、散り散りになった仲良しは住所を捜して手紙を交わしたり、電話で話をする機会が増えた。

そうしているうちに、イッチャンから手紙が届いた。奥飛驒で姉妹揃って暮らしている。北アルプスの峰が見えて、山奥と言ってもいいくらいのところだから、敷地も広く、まるで森のなかのようだ。

何かいやなことがあったり、寂しくなったら、遊びに来てくれ、と。

それを読んだアラシが、引き取り先から家出をして、大阪市内のお好み焼き屋でアルバイトしながら、友だちの住まいに身を寄せていた魔風に逢いに行った。

やがて、いつしか、みんなで働きながら、力を合わせて一緒に暮らそうということになり、日時を決めて、それぞれが家出をし、大阪で待ち合わせ、魔風の友だちのアパートに転がり込んだ。

六畳一間のアパートに八人が暮らし、できるだけ夜中のアルバイトを選んで、部屋を提供してくれた友人に迷惑をかけないようにした。

イッチャンからの手紙を思い出したアラシは、そんなに広い敷地ならば、自分たち七人が行っても迷惑ではないかもしれないと言い、他の何人かも、森へ行きたいと同調した。

魔風は、もう廃車寸前だった五人乗りの四輪駆動車を、アルバイトで貯めた二十万円で買い、あとさきも考えずに奥飛驒に向かったのだった。

「五人乗りの車に七人が乗って、よくパトカーに停められなかったわねェ」

と希美子が言うと、

「この子とこの子はチビやから、おまわりが立ってたり、パトカーが近くに来たら、座席の下に隠れるようにしたんや」

と魔風がふてくされた言い方をして笑った。魔風が喋ったのはそれが初めてだった。

「みんなが、引き取ってくれた家を出たのは、いつなの？」

その希美子の問いに、ある者は半年前と答え、ある者は三ヵ月前と答えた。

「心配してらっしゃるわよ」

と母が言ってから、

「それにしても、あなた、女子プロレスラーみたいね」

そう魔風に話しかけると、魔風は、一時期、本気で女子プロレスラーを目指してトレーニングしたことがあるのだと答えた。

「どうしてやめちゃったの？」

と希美子は訊いた。

「うち、気が弱すぎるねん。それに、あのトレーニングのすごさって、うちには到底耐えられへん」

そう魔風は言って、正座して居ずまいを正し、しばらくお世話になりたいのでよろしくお願いしますと頭を下げた。それに倣《なら》って、他の六人も、ぎごちなくお辞儀をした。

あらためて、六人は自己紹介をしたが、魔風だけは本名を教えたがらなかった。

イッチャンが笑って、

「本名は、星村鈴音《ほしむらすずね》や」

と言うと、魔風は恥じらいの表情で顔を伏せ、

「親を恨むわ。産みっぱなしにしたくせに」

とつぶやき、希美子を盗み見た。

「スズネさんか……。鈴の音。いいお名前だねェ」

父が真顔で言うと、ニチャンが、怒鳴ると魔風の声は銅鑼《どら》の音みたいなのだとひやかした。

それまで、どこか身構えていたところがなくなり、七人がやはり十七、八歳にしか見えな

い素顔をあらわすと、稚気や、はにかみや、おとなになる前のはなやぎが山荘のなかに満ちていくのを感じて、希美子は立ちあがった。そして父に目配せをして、ログ・ハウスに行った。

あとからついて来た父に、さてどうしたものかと意見を求めた。

「全員、学校は辞めちまって、もう行く気は、まったくないんだ。あの大地震で、あんなふうになった子供たちは、俺たちの想像を超える数なんだろうな。当たり前だよな。おとなでも、社会復帰できない人が、百人や二百人なんて単位じゃないっていうんだから」

「それはそうなんだけど、うちには住める場所がないから、年が明けたら、それぞれの場所に帰って行ってもらわないと……。静かなお正月を迎えられるはずだったのに……」

父は、そうだなと言ったきり、薪ストーブに手をかざして、炎に見入ったままだった。

「零下十四度だったのよ。あの子の流産は、そのせいかもしれない。三時間近く、そんなに寒いところにいたんだもの」

「あの園子って子は、幾つだっけ」

「十七……」

「相手の男は、やっぱり似たような歳なんだろうなァ」

「たぶんね。あの子が妊娠してたってことも知らないんじゃないかしら」

父は考え込んでから、

「それぞれの場所か……。あの子たちに、それぞれの場所はないよ。引き取った人たちも、あの子たちがいなくなって、ほっとしてるよ」

と言い、何度も、それぞれの場所、それぞれの場所とつぶやいた。

「あの大地震で、親を亡くした子供たちは、それこそ百人や二百人なんて数じゃないだろう。その子たちに、この国の行政はどう対処してるんだろう。そのための施設を作ってあげたのかねェ。もし、国が積極的な手を打ってないとしたら、もうこの国はおしまいだよ」

その父のつぶやきを聞きながら、あの子たちも少し時間がたてば、気持も変わって、それぞれの場所に帰って行くだろうと思った。

言葉少なく考え込んでいる父を残して、山荘に戻って行きながら、希美子は、父の「あの子たちに、それぞれの場所はないよ」という言葉に不安を感じた。

大晦日の昼、希美子は七人の女の子たちに、震災後に自分たちを引き取ってくれたそれぞれの親戚にあてて手紙を書くように勧めた。

自分たちの心境をこまかく書く必要はないが、とにかく岐阜県の進藤希美子という女の家にいることをしらせておいたほうがいいと希美子は言ったが、七人は気がすすまないのか、返事をする者はなかった。

希美子は、七人の女の子たちの、とにかく何もかもが気にいらなかった。

箸のあげおろし、立ち居振る舞い、喋り方、表情、服の着こなし、口紅の塗り方……。

それらは希美子には自堕落で無気力で下品で反抗的に見えた。

だが、ひとつひとつを口やかましく批判する権利もなければ気力もないと思い、希美子は、イッチャンとニチャンに自分の不満を述べた。それとなく注意しておくと二人は言ったが、彼女たちとて、どう注意すればいいのかわからないようだった。

母も、七人を見ていると苛々がつのって気分が悪くなると言い、父のログ・ハウスへと移った。七人がいる場所は居間しかなくて、母が坐るところがなくて立っていても、自分たちのほうから席をゆずろうとはしないのだった。

この子たちは、何から何まで口で教えてやらなければわからないのだと思い、希美子は思い切って七人を集め、自分の考えを言い、それを箇条書きにした紙を壁に貼った。

一、自分たちで生活のためのルールを作って実行すること。
一、家のなかで、ふてくされた表情や態度はしないこと。
一、自分の使った食器は自分で洗って片づけること。
一、洗面所とお風呂は自分ひとりのものではないので、てきぱきと使用すること。
一、返事は言葉ですること。

自分で書いて壁に貼ったくせに、希美子はその箇条書きを見て、学校の規則のようだと思い、すぐにはがした。

イッチャンが希美子の部屋に来て、彼女たちは意識的にあのように振る舞っているのではないと言った。

「あれが、あの子らにとって普通やねん。そやから、希美子さんに注意されても、なんで注意されてるのかがわからへんねん」

「でも、イッチャンたちは、彼女たちみたいなことはないわ。あの年頃の女の子たちが、みんなそうだってわけじゃないでしょう？」

「私らは、お母ちゃんに口やかましいに、しょっちゅう叱られたから」

「じゃあ、私にいちいち彼女たちを叱れって言うの？ 叱り方って難しいのよ。自分の母親に叱られても、子供は反発するのに、他人ならなおさらでしょう？ それに、あの子たちは小学生じゃないのよ。おとなに指図《さしず》されることがいやでたまらない年代なのよ」

イッチャンは考え込み、

「そやけど、希美子さんしか言うてあげられる人はいてへんやろ？」

と言った。

「あの子たち、これからどうするつもりなの？ 自分たちの気持をイッチャンやニチャンには言わないの？」

　希美子の問いに、イッチャンは首を横に振り、

「そのことも、あの子らにはまだわからへんのやと思うねん。とりあえず、全員に私らの部屋に移るように言うといた。親しくもない七人もの女の子が居間でごろごろしとったら、この家の人たちがくつろがれへんて言うて」

「えっ？　そんなこと言ったの？」

「うん。いま、七人は私らの部屋にいてる」

「そんなことしたら、イッチャンの勉強ができないじゃないの」

「お正月の五日まで、私も勉強はお休みや」

　ここでもまた厄介者扱いをされて、七人は二階の部屋でどうしているのであろう。希美子は可哀相な気がしたが、たしかに七人が厄介な存在であることは間違いなかった。

　部屋のドアを父がノックし、希美子が壁からはがした紙を手にドアをあけた。

「俺と母さんはこっちへ移るよ。あの子たちはログ・ハウスを使ったらいい」

　と父は言ってから、顔をほころばせた。

「七人には狭すぎるけど、床に寝れば、なんとかなるだろう」

「だって、あそこは」

　その希美子の言葉を制して、

「俺だけの宝島じゃあるまいし。それに、あの子たちが無愛想なのは、慣れない相手や場所

にどう対処したらいいのかわからないからさ。そういうときにはどうするのか、これまで教えてくれる人がいなかったんだろう。教えてもらったら、わかるだろうし、わからない子は出て行くだろう」

と父は言った。

その言い方は、しばらくのあいだ七人がここで暮らすことを前提にしているようで、

「そりゃあ、いつかは出て行ってもらわないと」

と希美子は小声で言った。

「あのねェ、きみの箸の持ち方は邪道だよ。それは不幸になる箸の持ち方なんだ。箸はこうやって持つ」

夕食のとき、父は、目がきつくて唇の厚いナンバに言った。

「不幸になる箸の持ち方やて……」

とナンバは魔風にささやき、父に教えられた持ち方に変えようとはしなかった。

「まあ、それは嘘だけどね。箸の持ち方で、どんな人間かがわかるんだ。こんなじじいに言われて腹が立つだろうけど、きみ、美人なのにいい男の子にあんまりもてないだろう。それはね、目がきついからだよ。じじいの言ってることはほんとかもって考えるようになったら、優しい目になっていくんだ。あっ、それから、きみ、きみは何て名前だった？」

と父は長い髪の半分を金髪に染めた、七人のなかで最も口数の少ない少女に訊いた。

「ウブ。生方理香《うぶかたりか》、ウブ……」

「うん、ウブちゃん、きみは単語しか喋らないのがよくないな。ウブです。生方理香だからウブって呼ばれてます、ってのが正しい。これから、そういう喋り方をしたらいいと思うな。えーと、きみはマフウの一の子分のアラシだね。アラシは、どうしてアラシって呼ばれてるんだ？」

アラシは首をかしげ、いつのまにかそう呼ばれるようになったのだが、理由はわからないと答えた。

「怒ったら嵐と化すのかな」

その父の言葉に、他の六人は、まったくそのとおりなのだというふうに笑った。

「名前が蘭子《らんこ》やから、蘭《らん》が嵐になって、アラシになったんやと思う……」

とアラシは言った。

そうやって、父は七人全員に話しかけてから、

「ややこしいから、ひとりひとり、紙に自分の本名とあだ名を書いてくれないか」

とボールペンと紙を出した。

〈星村鈴音、マフウ〉

〈松木《まつき》蘭子、アラシ〉

〈難波《なんば》恵美《えみ》、ナンバ〉

〈木田《きだ》元子《もとこ》、モトコ〉

〈大場園子、ソノ〉

〈生方理香、ウブ〉

〈佐治《さじ》由紀《ゆき》、スプーン〉


父はその紙を見つめ、それから希美子に少し目をやってから、

「マフウは、この家の運転手兼六人の責任者。アラシとナンバは炊事、モトコとソノは洗濯。ウブとスプーンは掃除。その役割をきちんと遂行するなら、ぼくのログ・ハウスで暮らしていいよ。ああ、それから、さっき、このじじいがひとりずつに言った注意点は、素直に実行してもらう。もしそれがいやなら、あした、ここから出て行く。出て行くための旅費は、このじじいが差し上げる。それでどうかな」

と言った。

そんなこと、私に相談もなく勝手に決めないでと驚き顔で希美子は父を見つめた。

「あのねェ、箸の持ち方が直ったら、次は少し喋り方も直しましょうね」

母は、ナンバの指を持って正しい箸の握り方にさせながら、平然と言った。

イッチャンもニチャンもサンチャンも、やはり驚き顔で父と七人を見やった。

「暮らしていいって、私ら、ここにずっといさせてもらえるってことですか？」

マフウが訊いた。

「そう。だけど、みんなで仲良く助け合ってってことも勿論大切な条件だよ。この家の主人は希美子だから、希美子を自分のお母さんかお姉さんのように扱ってもらわないと困る。希美子にも大きな不幸があった。希美子を助けて守って、そして、きみたちが世の中に出て行けるときが来たら、自由に出て行けばいい。どうだい、このじじいの提案は」

「私らの生活費は入れなくてええんですか？」

まだ顔色のよくないソノが訊いた。

「まあ、出世払いってことにしとこう」

「なんで、私らにそんなことをしてくれるんですか？」

とアラシが訊いた。

「じゃあ、どうしてきみたちはここへ来たんだ？　なけなしの貯金をはたいて車を買って、どうしてこんな山奥みたいなところへ来たんだ？　イッチャンたちに逢いたかっただけなのかい？　みんなで、ふらっとどこかへ行ってみたかっただけなのかい？　イッチャンからの手紙を読んで、ひょっとしたら、ここに自分たちの場所があるかもしれないって思ったんだろう？　このじじいは、それくらいのことはわかるさ」

父はそう言ってから、ログ・ハウスに忘れ物をしたとつぶやき、ゴム長を履いて出て行った。

希美子は父のあとを追い、きのう雪かきをしたのに、もう十センチも新しい雪が積もっている道で滑って転んだ。起きあがるのに時間がかかり、父に手をつかまれて、やっと立った。

「どうしてお父さんが私に相談もなく勝手に物事を動かすの？　ここは私の家なのよ」

希美子が父をそんな烈しい口調でなじったのは初めてだった。

父は希美子の手をつかんだまま、雪にまぶされた樹木を見あげ、

「じゃあ、希美子はこの山奥で埋もれていく気か？」

と言った。

父の言葉の意味がわからなくて、希美子も、晴れた冬空と足元の雪を交互に見た。

「ここに、希美子の社会ができたら、希美子も変わる。希美子は新しい伴侶を求める気なんて、かけらもない。それは私が女だからわかるって、お母さんが言ったんだよ。つまり、これはお母さんが決めたんだ。決めたというより、お母さんの提案なんだ」

「社会？　なんのことなのか、私にはわからない」

希美子は、自分の白い息が上昇も下降もせず、自分と父のあいだにとどまって消えていくのを見ながら訊いた。

「俺もお母さんも、あの日、ミュンヘンでテレビのニュースを観ながら、一度は完全にあき

らめたんだ。この地震は只事じゃないってね。希美子たちの住んでる家から三、四分ほどのところにある神社がぺちゃんこにつぶれてたからね。それなのに、お前も猛司さんも生きてた。そして、そのあとの離婚騒動だ。俺は、希美子が鉄人じゃないってことを知ってるよ。父親だからね」

「そのことと、社会ってことと、どんなつながりがあるの？　私は、あの七人の子と暮らさなくても、二人の息子とイッチャンたちとで、ここに私の社会を作れるわ。私には、イッチャンたちだけでも大変なのよ。プラス七人なんて、私には無理よ」

父は空を見あげ、何かを捜しているように視線をあちこちに向けてから、

「若者は鳥だよ」

と言った。

「元気一杯の翼を持て余してる宝物だよ。その宝物が、天災で放り出されて路頭に迷ってる。これが戦争なら、まだ話はわかる。でも、この日本は、天災で親を亡くした子供たちに、なんと無慈悲なんだ。こんな国は、もうおしまいだ」

父はそう言って、雪を蹴ると、二本の栗の木を指差した。

「山の栗の実は小さいんだ。だけど、食用の栗の実は大きいだろう？　山の栗の三倍はある。あれは、接ぎ木をするからなんだ。大きな栗の実を得るためには、自然のまま放っといてはいけないんだ。接ぎ木をしないとね。毛利さんは、こんなにたくさんの栗の木のなかから、

十七本の接ぎ木の栗を植えてる。あのマロン・グラッセは、みんな接ぎ木の栗の木に実ったやつだよ」

それから、父は妙に照れ臭そうに笑い、

「あの子たちに、希美子が接ぎ木をしてあげなさい」

と言った。

「鳥だから、いつ、どこへ飛んで行ってしまうかわからんがね」

「私も、まだ鳥かしら」

希美子の問いに、

「子連れの鳥だな」

と父は言った。

希美子からの連絡を受けて、知沙は元日の夜に電車とタクシーを使ってやって来た。

知沙は珍しそうに七人を観察し、大きなノートに〈マフウの場合〉と書いたあと、同じように他の六人の名を冠したタイトルをつけ、阪神大震災から今日までのことを話して聞かせてくれと頼んだ。

「何なの？　仕事をしに来たの？」

希美子は腹が立って、知沙のノートを取りあげた。

「だって、震災から今日までのことがなきゃあ、これからの記録は背骨を失くすでしょう」

「知沙ったら、あの子たちを使って一冊本を出そうと思ってるんでしょう」

「私も物書きのはしくれだもの。ちょっと閃《ひらめ》くところがあったのよ」

「知沙に仕事のネタを提供するために電話したんじゃないわ」

「でも、アラシの話はおもしろかったわ。アラシが住んでたところはラブ・ホテル街の近くだったのよ。ラブ・ホテルも何軒かぺっちゃんこにつぶれて、そのなかで死んだカップルもたくさんいたんだって。片方が死んで、片方が生き残って、レスキュー隊に助け出されるのを、アラシは道ばたに坐って見てたそうよ。人間て恥ずかしいなァって、初めて思ったって、アラシは言ったわ。衆人環視のなかでラブ・ホテルから助け出された人、死にたいくらい恥ずかしかっただろうなァって、私も思っちゃった。救急車の横で、奥さんか旦那さんが待ってたりしたら、もうどうしようもないわよね。私だったら、どうするかな。笑って手を振るしかないかもね」

希美子も、その現場を想像して、くすっと笑った。

「いいお天気。新宿からの電車、スキー客で満員で、松本までずっと立ちづめ。疲れちゃった」

知沙は、暖炉の前に新聞紙を拡げ、そこでマンボちゃんから貰ったナイフを使って木を削っている父に日本酒を運んだ。

母が、知沙を睨み、

「刃物を使ってるときにお酒を飲んだりしちゃあいけないのよ」

と言った。

「七人組はどうしてんだ？」

父はナイフと木を膝の上に置いて訊いた。

「雪合戦やってるわ。幸司と靖司も一緒に遊んでる」

と希美子は言い、母のためにミルク・ティーを作った。

知沙は、手酌で酒を飲みながら、松本から乗ったタクシーの運転手の話を口にした。

「温泉町のバス停の横に『たじま』って蕎麦屋さんがあって、そこは運転手さんの従兄の店なんだって。もう十八年も、そこで蕎麦屋をしてたんだけど、ちょっと厄介な病気にかかって、店を閉めるしかなくなったらしいわ」

「たじまって、東京で修業した蕎麦職人だよ」

と父は言い、口に運びかけた酒を置くと、ベランダに出てマフウを呼んだ。

「ちょっとそこまで車に乗せてってくれよ」

父は、二階にいるニチャンも呼び、その店を見に行こうと言って、希美子にもついて来るよう促した。

「店を閉めるんだったら、貸してもらおうよ。貸す気があるかないか……」

「あなた、きょうは元日ですよ」

母の言葉に、父は、ああ、そうかと坐り直したが、また立ちあがり、

「どっちにしても、その店を見に行こう」

と言って、全身雪だらけになって走って来たマフウに大きなバスタオルを渡した。

「まさか……。ねェ、私、そんなつもりで言ったんじゃないのよ」

知沙は徳利の首をつまんだまま、ゴム長を履いている父のところに来た。

「炊き込みご飯屋さんを、そこでやろうって思ってるの？」

「うん。もし貸してくれるんだったらね。降って湧いたような、願ったり叶ったりの話じゃないか。食べ物商売は場所が決め手だってのは知沙の言葉だろう？」

「お父さん、ちょっと、どうかしてるんじゃないの？」

「うん。俺はどうかしてるんだ」

父は真顔で言って、ニチャンと手をつないだ。

「親分、どこへ行くのん？　うち、車の運転、まだあんまり慣れてないねんけど」

とマフウは、まったく化粧気のない顔をのびやかにさせて言った。

「温泉町の中心だ。本道に出るまでの道は凍ってるかもしれんよ。時速十キロを厳守」

「まかしといてんか。親分、お足元に気をつけて。歳でっさかい。姐《あね》さん、助手席に坐って下さい」

マフウの言葉に、知沙は笑い、自分も行くと言って、徳利を持ったまま、雪道を先に歩きだした。

乗鞍へとつながる道に向かい、橋を渡ると、スキー場へ行く車の通行が多くなり、道は凍って危険な地域を終えたが、マフウは時速十キロを守りつづけたので、うしろから来た車がクラクションを鳴らした。

「ちぇっ、うるさいおっさんや」

マフウは言った。

「もうちょっとスピードをあげるか、車を左に寄せて追い越させてあげよう。俺でも苛々するよ」

父の言葉に、

「十キロ厳守って言うたのは、親分のほうやんか」

と言い、徳利に口をつけて酒を飲んでいる知沙に、

「ナンバの箸の持ち方よりも、こっちのほうが下品とちゃうのん？　親の躾《しつけ》を疑うわ」

とひやかした。

「お酒は酔い方が問題なの。飲み方はどうでもいいの」

その知沙の言葉に、

「駄目よ、そんな飲み方をしちゃあ。マフウたちにお行儀を教えてる最中なのに」

と希美子は抗議した。

「私ら、そんなに行儀悪いかなァ。たしかにウブのお風呂は長すぎるけど、あれはあかん。あの長風呂は、しばきたおして、直させんと」

そのマフウの言葉に、父は声をあげて笑った。

「暴力はいかんよ。マフウが『しばきたおす』って言うと、凄味があるねェ。しばきたおされて、すっとんで行くウブちゃんの姿が目に浮かぶよ」

「要するに、体の動かし方と喋り方を、しゃきっとさせればいいのよ。あなたたちって、何て言ったらいいのかしら、濡れ雑巾が立って動いてるって感じなの」

希美子が言うと、

「えげつなあ。私ら、濡れ雑巾が立って動いてるのん？」

マフウはあきれたように希美子を見つめ、それから笑いだした。その笑顔はあどけなくて、マフウを体の大きな小学生に見せた。

「ちょっと、お姉さん、いまのは失礼よ。マフウにしばきたおされるわよ」

知沙は言って、また徳利から酒をラッパ飲みした。

バス停の近くの店はほとんど営業していた。暮れから正月の五日あたりまでは、温泉客とスキー客で稼ぎ時だったのだ。

蕎麦屋の「たじま」は格子戸のところに「事情により当分の間、休業いたします」という紙が貼ってあったが、住居になっている二階からは何人かの話し声が聞こえた。

父は車から降りると、「たじま」の前に立ち、松本のほうへとつづく道を五百メートルほど歩いて、希美子たちのいるところへ戻って来て、

「ちょっと様子が変だな」

と言った。「たじま」の裏口から出入りする人が多く、どの顔も神妙で沈んでいるという。裏口と表通りのあいだの窮屈な路地から男が出て来たので、

「蕎麦を食べに来たんですが、お休みですか？」

と父は訊いた。

男は、この店の主人が亡くなったのだと答えた。

「亡くなられた？」

息を引き取ったのは小一時間ほど前だという。

「そうですか……。おいしい蕎麦を打つ方でしたのに」

父は車に戻り、希美子たちに帰ろうと促した。

「店舗を貸してくれなんて交渉ができる状況じゃないな。遺族の悲しみも多少薄らいだころじゃないと。奥さんと、娘さんがいたと思うけど」

父の言葉に、希美子は、たしか中学生と小学生の娘さんがいたと教えた。

「忙しい時期には、アルバイトの若い子がいたわ」

「あの子は、親戚の娘さんだよ」

「よく知ってるわねェ。お父さんがどうしてそんなことを知ってるの？」

知沙に問われて、

「ここで蕎麦を食べたとき、ご主人と少し話をしたんだよ。修業したっていう東京の店は、俺の好きな蕎麦屋のうちの一軒で、そこのご主人とも親しかったから」

と父は言った。

家に戻ると、見たことのない四輪駆動車が停まっていた。鎌田元気が、新年の挨拶のために訪れたのだった。

ゲンキも、七人の女の子たちに驚いたらしく、母のいれたコーヒーを飲みながら、女の子たちと話をしていた。

マフウに目配せされて、女の子たちがログ・ハウスに行ってしまうと、

「この家に何事が起こったのかと思っちゃった」

とゲンキは微笑んだ。

「私も、どうしてこうなったのか、よくわからないの。こうなったいきさつの張本人は……」

希美子も父を見やって微笑んだ。

「一番背の低い子は、ちょっと問題がありそうだな」

とゲンキは言った。元警察官としての勘なのであろうと希美子は思い、

「ウブちゃんね。あの子の目は少し怖いところがある……」

と言った。

ゲンキは、五日前に、友人と共同で登山用品やスキー用品を扱う店を松本市内に開店したのだと言った。

「年が明けてから動きだす予定だったんだけど、お客さんからの引き合いが多かったし、資金に合う貸し店舗がみつかって……。これ、開店の案内状。郵送するよりも、報告と年始のご挨拶がてら持って来たんだ」

共同経営者は、同じ高校から同じ大学に進み、山岳部でも四年間をともにした友人で、その兄はすでに東京で登山とスキー用品の店を営んで十年になる。

登山仲間もあと押ししてくれるというし、父が土地の半分を売って資金を作ってやるというので、決心したのだ。

ゲンキはそう説明した。

「もっと早くしらせてくれたら、開店の日にお祝いを届けたのに」

と希美子は言い、新しい出発へのお祝いを述べた。

「そんな話があって、やってみることにしたって電話をかけようと思ってたころ、とんでも

ない目に遭っちゃって」

とゲンキは言った。

去年の秋は、とりわけ年配の女性たちの山歩きが多かった。日本百名山をトレッキングしようというブームが起こり、ゲンキはほとんど連日、山歩きなどやったこともない婦人を案内して動き廻った。

男性は、案内人の注意を守ってくれるのだが、女性は、なぜか山に入ると、はしゃぎすぎて傍若無人になる。

山の状況がどんなに変化しても、自分たちの予定をこなそうとして、案内人の忠告を無視して勝手に行動する。

「夕刻に下山する予定だったんだけど、霧が出そうで、目的地までの縦走はあきらめて引き返すって、ぼくは言ったんだ。霧に巻かれると気温は急激に下がるし、山のなかだと一メートル先も見えなくなるからね。それなのに、三人づれのおばさんは、まだ霧なんか出てないじゃないのって言って、もうちょっと先の有名な沼のところまでって、勝手に行っちゃったんだ。ぼくは、他の人たちに、ここから決して動かないようにって言ってから、あとを追いかけた。すぐに霧が濃くなって、三人に追いついたときには、気温が二度まで下がってたよ。ひとりのおばさんが石と木の根っこのあいだに足を突っ込んで動けなくなってた。アキレス腱が切れたんだ。木でタンカを作って、なんとか、みんなで協力して、下山したんだけど、そのおばさん、十日後にぼくを訴えたんだ。自分の怪我は案内人であるぼくの過失だって」

ゲンキの話を聞いていた母が、

「どうしてゲンキさんの過失なの？」

とあきれ顔で訊いた。

「S沢から沼までは平坦な道だって案内人は言ったって。だから、私は沼への道を少しだけ歩いた。霧が出てきたので引き返しかけたとき、大きな石と木の根っことの穴に足を突っ込んでしまった。平坦な道だと案内人が言わなければ、私はあそこから先へは行かなかった、って」

けれども、他の人の証言で、裁判という事態にはならず、警察も、事件性はまったくなく、鎌田元気に責任はないという判断を下したが、事情聴取を受けたり、相手の弁護士と何度も会ったりという作業で時間を取られて、新しい仕事のための準備期間を犠牲にせざるを得なかったのだ。

そうゲンキは説明して、

「蕎麦屋の『たじま』はどうでした？」

と父に訊いた。母から、炊き込みご飯屋の計画について聞いたらしかった。

「ご主人、ほんの一時間ほど前に亡くなったんだよ。それで、そんな話なんかできなくて、帰って来たんだ」

と父は言った。

「あそこは、このあたりでは一番味も良かったけど、場所もいいのか、よくはやってましたよ」

自分も三、四回、あの店で蕎麦を食べたことがあると言い、ゲンキは、炊き込みご飯屋をやろうというのは本気なのかと訊いた。

「『たじま』を貸してもらえるなら、やってもいいと思ってね。なんだか、うまくいきそうな気がして仕方がなくて。人手はたくさんあるし」

父はログ・ハウスのほうを指差して笑った。

「毛利さんが遺したお金を、なし崩し的に使ってしまうよりも、それで希美子に仕事ができて、ニチャンの料理好きと炊き込みご飯の腕が生かせるのなら、一石二鳥でしょう。やってみないと、どうなるかわからないからね」

「事業をなさってきた人の勘ですからね。ぼくも無謀な挑戦とは思わないな」

味方ができて、父と希美子とニチャンは顔を見合わせてうなずいた。

月が出てきて、居間にはおぼろな雪の反射光が満ちた。ログ・ハウスのほうから賑やかな声があがり、幸司と靖司の笑い声も聞こえた。木で作ったソリで遊んでいるらしかった。

「ぼくの先輩で、女子少年院の教官をしてる人がいて、ことしの夏、久しぶりに一緒に飲んだんだ。そのとき、こんなことを言ってたな。非行に走る女の子は、盗み、傷害、強盗、麻薬、売春……、まあ、さまざまなんだけど、みんなとても感受性が強くて、複雑な家庭問題とか学校での問題から背を向けていく。つまり彼女たちは、自分が親や教師や他の人間たちに受け止められていないって思ってる。そんな疎外感が自分という人間を閉ざしてしまわせるんだって」

とゲンキは言った。

「自分は誰からも愛されていないって思うのは、若者にとっては、絶望的なことだろうからね」

父の言葉に、ゲンキはうなずき返した。

「その教官は、ひとりの人間として、その子たちを受け止めてあげて、尊重してあげて、いいところを賞めることが、自分の仕事だって言ってた」

専門の教官でも困難なことを希美子にできるかな？　ゲンキの言葉つきには、そんなところがあったが、

「あの子たちが非行少女だってわけじゃないよ。ただ、そういう場所に近い地点に立ってることは知っとかないとね」

と言って、励ますように笑みを向けた。

次の日の夕刻、ウブの姿が消えた。他の六人にも何も言わず出て行ったのだった。ウブの

小さなリュックサックもなかった。

「ウブは、お金は幾らくらい持ってたの？」

希美子の問いに、スプーンが、二千円くらいだと思うと答えた。

ウブは、ここは自分には合わないと考え、自分で決めて出て行ったのだから仕方がないと希美子は思った。父も母も知沙も同じ意見だったし、他の六人も、希美子に遠慮したのか、ウブを捜しに行こうとはしなかった。

「二千円ぽっち持って、どこへ行くつもりなのかしら」

希美子のつぶやきに、ウブと仲の良かったソノは、

「あの子、家出病やねん。中学生のときから家出ばっかりしててん。そのうち帰ってくるんやけど、家出するたんびに、やることが凶暴になっていって……」

と言った。

「凶暴って？」

希美子の問いに、ソノは答えにくそうに目を伏せながら、

「盗みとか、ケンカとか」

と小声で言った。

ああ、さっそく、こんな問題が起こってしまったと思いながらも、去る者を追って何になるだろうと自分に言い聞かせ、夕飯の支度を始めた希美子は、空が黒ずんでいくのを見て、

ひょっとしたら、ウブはあとを追って来てほしいのではなかろうかと考えた。

自分のことを心配してくれる人が欲しいのではないか、と。ウブの親は、そのようにはしてくれなかったのだ、と。

「私、行ってくるわ」

エプロンを取り、車のキーを持つと、希美子は、元気なくテレビの前に坐っている六人に言った。

「たぶん、松本のほうへの道を行ったはずよ。途中でヒッチハイクして、誰かの車とかに乗ったって気がしないの。バスにも乗ってない。歩いてるって気がする……」

マフウは自分も行くと言い、ソノも立ちあがった。

けれども、希美子は自分ひとりのほうがいいような気がした。いや、母も一緒のほうがいいかもしれない……。

「お母さん、一緒に行って」

そう頼み、希美子は母の手を引っ張った。

ウブの姿が見えなくなったのは四時を過ぎたくらいからだったので、まだ一時間もたっていなかった。

車を走らせながら、希美子は、台所で閃いた思いを母に言った。

「ウブは、きっと自分の親に、自分を心配して捜してほしかったのよ。そうやって、親が自分のことを愛してくれているってことをたしかめたかったのよ」

「ウブちゃんはねェ、三つのときにお父さんが家出したのよ。他に女の人ができて。お母さんは、どこかのスナックに勤めながら、ウブちゃんを育ててたんだって。だけど、ウブちゃんが小学校の五年生くらいのときに、男の人と一緒に暮らすようになってね」

と母は、もう暗くてヘッドライトが照らすところ以外は漆黒《しっこく》の闇と化した曲がりくねった道に目を凝らしながら言った。

歩いている人間などひとりもいなかった。

「お母さん、誰から聞いたの？　よく知ってるわね」

希美子の問いに、イッチャンがマフウから聞いた話なのだと母は答えた。

つづら折りの道に車を停め、希美子は、大声で何回もウブの名を呼んだ。あまりに大きな声を張りあげたので喉が痛くなった。
二、三キロ進むたびに、希美子は車を停めて、ウブを呼びつづけた。母もそうした。
その二人の声は、山のあちこちで谺《こだま》となって何度も響いた。

「こんなに静かで、他の音なんてないんだもの。ウブちゃんがこの道を歩いて行ってたら、私たちの声は耳に届いてますよ」

母がそう言ったとたん、黄色いリュックサックを背負ったウブの背がヘッドライトのなかにあらわれた。

ウブは振り返ろうとしなかった。希美子の車が自分の横に来ると、少し歩調をゆるめたが、顔を合わそうとはせず、きつい横顔を足元に向けて歩きつづけた。

「私たちの家から出て行くの？」

車を停め、希美子はウブと並んで歩きながら訊いた。ウブは無言でうなずいた。

「だって、どこにも行くところはないんでしょう？　神戸に帰って、何をして生きて行くの？　神戸に帰るお金もないじゃないの。私の家にいたらいいのよ。みんな、心配して待ってるのよ」

「うち、単語しか喋られへんから」

とウブはやっと口を開いた。

希美子は、アノラックの袖で、ウブの頭にかぶっている雪を払い、

「じゃあ、単語だけ喋ってらっしゃい。お父さんは悪気があって言ったんじゃないのよ。そんなことくらい、ウブちゃんにもわかるでしょう」

と言った。

母が車のなかから、

「ウブちゃん、戻ってらっしゃい。風邪ひくわよ」

と声を張りあげた。

車のなかからの母の声で、ウブは歩を停めた。それから、声を絞って泣いた。凍りかけた

道に屈《かが》み込んで泣きつづけた。希美子はひとりで車のところに戻り、再び車に乗ってウブがいるところまで動かし、ドアをあけた。

「よかった。みつかって。遠くからの私の声、聞こえた？　私、若いころ、詩吟《しぎん》を習ったから、希美子の声よりもよく響くはずなのよ」

母の言葉にうなずき返し、

「おばあちゃんの声のほうが、よう聞こえた」

とウブは言った。

ウブは車のなかではひとことも喋らず、家に帰ってからも、ひとりだけログ・ハウスに閉じ籠っていたが、夕飯が始まって、父が呼びに行くと一緒に居間に戻って来た。

「あほやなァ。心配するやんか。熊が出たらどうすんのん」

マフウは言って、ウブのご飯をよそってやった。

「えっ、熊が出るのん？」

ウブは泣いた跡の残る顔を伏せたまま訊き返した。

「さあ、このあたりに熊はいるのかしら」

希美子はそう言って、父と酒を酌み交わしている知沙の手から徳利を取ると、それをラッパ飲みして、

「私はニチャンと一緒に炊き込みご飯屋さんをやるぞ。誰が何と言ってもやってやる」

と叫んだ。道にうずくまって泣いていたウブの姿を思い出すと、自分まで泣きだしそうな気がしたので、わざと剽軽ぶってみせたのだった。

第六章

三月に入って、イッチャンの東京行きが近づいてきたころには、奥飛騨の希美子の家のなかには、一定の秩序が生まれて、それはごく自然に定着しつつあった。

休日以外は、朝は七時に起きる。八時に全員が揃って朝食をとる。昼までに、洗濯と掃除を済ませ、十二時に昼食。二時から六時まで勉強。それから夕食の用意をして、七時か七時半に夕食。

あと片づけを済ませたら自由時間で、十時に就寝。

午後の勉強は、イッチャンの発案で、マフウたちはすべて学校に行く気はなかったので、とにかく〈読み書き算盤〉という基本的なことだけは身につけなければ、これから先、世の中で生きていくことはできないという希美子の意見を、イッチャン流に実行に移したのだった。

七人の女の子たちは、驚くほど、ものを知らなかった。少し難しい漢字は読めないし、数学も、一次方程式を理解する前の、小学校の五年生あたりで学ぶことを知ってはいなかったし、基本的な社会常識一般にも、あまりにも無知だった。

そのために、希美子は百科事典を揃え、これまで一紙しか購読していなかった新聞を四紙に増やし、外来語辞書や漢和辞典を買い、小学校の高学年用の参考書も取り寄せた。

なによりも、希美子自身が勉強しなければならなかったのだった。

算数と国語はイッチャンにまかせ、希美子は、日々の新聞記事の、政治や経済面を隈《くま》なく読んだ。

読み始めて五日もたたないうちに、各紙とも、大見出しのついた記事よりも、見落としやすい小さな囲み記事やコラムに、重要なニュースや論評を載せていることに気づいた。

希美子は、新聞を読むことを女の子たちに提案し、それに関する感想文を書くよう促した。記事の内容が、ちんぷんかんぷんで、さっぱりわからなくてもかまわない。とにかく、なんでもいい、感じたことを、自分の言葉で表現することを課したのだった。

無論、七人の女の子たちが、最初から希美子やイッチャンの提案に従ったわけではない。世話になっているので仕方なく山荘の居間に集まってくるといった様子を見せたのは、三人で、あとの四人は、雪かきをしたあとの寒い敷地内で、サッカー・ボールを蹴ったり、漫画を描いたり、希美子に隠れて煙草を吸ったり、何をするでもなく、愚にもつかない話に興じたりした。

けれども、いつのまにか、居間での勉強をのぞきに来て、ひとり、ふたりと参加するようになった。

もっとも理解力の劣っていたソノこと大場園子が、一次方程式の解き方のこつといったものを覚えて、有名進学校の問題をひとりで解けたことが、流れを変えたのだった。

イッチャンの教え方が上手だったこともあるが、少女たちのすべては、学校の画一的な授業について行けず、ある者は分数のところでつまずき、ある者は方程式のところで、なにがなにやらわからなくなり、そこから先へと進めないまま、やがてすべての科目に興味を失い、クラスのなかの厄介者となっていったのだった。

希美子は、それが彼女たちのせいではないのだという前提に立って、勉強の時間をあえて作ったので、わかるまで何度も何度も根気よく教えるイッチャンのやり方こそが、いまの学校というところから欠如してしまった大切な部分だと知った。

彼女たちすべてが、精神的な病理を内蔵していた。その元凶は、彼女たちの父、あるいは母、もしくは両方に対する不信と嫌悪であった。

彼女たちのなかには、なべて、夢のような家族の姿があった。争い事がなく、父は働き、母は家事をこなし、命令せず、枠にはめようとせず、優しく包み込んでくれる家庭への憧れだった。

そして、それらは、ある者は幼児のときに、ある者は思春期の初めの時期に、無惨に壊れて、望むべくもない架空の世界に変貌し、現実の、つねにののしり合う両親や、酒びたりの父や、〈女〉であることのほうを大切にしようとする母への不信、嫌悪、侮蔑は、それぞれの自我の発露とともに、彼女たちをすさませ、自暴自棄にさせ、社会の規範に背を向かせ、未来までも奪い、そのようななかで神経を病みつづけていたのだった。

ソノが、一次方程式の、それもとりわけ難解な問題を解いたことは、他の者たちにとっては驚嘆すべき事実だった。ソノは、中学校に十日行っただけだったのだ。

スプーンこと、佐治由紀は、漫画を描くのが好きだった。新聞を読んだ感想を、漫画で描くのだが、独特の思考の回路を、稚拙《ちせつ》な漫画に転換する。その転換の仕方は、希美子が思わず唸るほどだった。

それで、希美子は、スプーンにだけ特例として漫画を買ってやり、自分が一番好きな漫画家の絵を模写する時間を持たせた。

どれほどの効果があるのか、希美子にはわからなかったが、「すべては模倣から始まる」という誰かの言葉を父から聞いていたからだった。

小さな線一本も逃さず、徹底的に模写しつづけることという条件を出し、スプーンは、それに就寝の時間まで、憑《つ》かれたように取り組んで、飽きる気配を見せなかった。

ウブこと生方理香は、二日の夜以来、世をすねたような表情や言葉遣いを、あからさまにはしなくなったが、なにかにつけて反抗的であることに変わりはなかった。

あれをしろ、これをしろ、と言われると、目をきつくして黙り込み、いちおうは指示されたことに取りかかるのだが、わざと緩慢に行動する。逆に何も指図されないと、自分からは動こうとしない。

けれども、野兎の死骸をみつけたとき、それを布で包んで、ターハイの根元に埋葬したのはウブだったし、幸司が工作用のナイフで指を切ったとき、丁寧に消毒して、包帯を巻き、刃物の扱い方を教えたのもウブだった。

ウブは度胸がよくて、庭に侵入してきた蛇を平気でつかんで、沢の向こう側へ投げ捨てに行くし、人数が増えて、洗濯物を干す場所が狭くなり、新しい場所にロープをかける作業をした際、木の高い場所に躊躇《ちゅうちょ》なくのぼり、さらに枝を伝って別の木に飛び移ったりもした。

いまのところ、その思い切りのよさと、自分よりも弱いものや動物への情愛の深さ以外には、ウブの美点は見出せなかったが、希美子は焦ってはいなかった。

そして、その何事にも焦らないという点が、ほかならぬ希美子の特質であることを、希美子自身、気づいていなかった。

モトコこと木田元子は、ニチャンと仲がよくて、炊き込みご飯の作り方を習うことに没頭していたが、いつのまにか、味噌汁の味に開眼して、店を出したら味噌汁は自分の担当だと決めてしまっていた。開眼したというのはモトコの言葉であったが、ニチャンもそれを否定しなかった。

モトコは、絶えず他人に甘えたがり、誰かと体を触れ合っていることが好きなので、しょっちゅう叱られている。

「なんで、そんなにひっつきたがるのん。うっとうしいわ。ちょっと離れてよ」

と言われても、いつのまにか体を近づけてくる。

モトコは、生まれる前に父が行方をくらまし、二歳のときに母が死んで、祖母の手で育ったのだった。祖母は、勝ち気な、やり手の保険外交員で、仕事を終えて帰宅すると晩酌をするのを楽しみとしていたが、酒癖が悪く、仕事上の鬱憤《うっぷん》をモトコにぶつけ、妻と子を捨てたモトコの父親をなじりつづけた。孫のために、父と母の両方の役廻りを果たそうとする思いが、モトコへの体罰という形であらわれて、モトコは幼いころから怯えて育ったのだった。

ナンバこと難波恵美は、指輪状の刺青《いれずみ》を左の薬指に彫っていて、それを幅の広い銀製の指輪で隠していた。五本の針を束ね、それに墨汁をつけて、自分で自分の指に刺青を入れたのは中学三年生のときだった。

その前年に、両親は離婚し、父親は覚醒剤の常用と密売で逮捕され、母親はナンバを姉にあずけて働きに出たが、勤め先で男と知り合い、一緒に暮らし始めた。母親は当時まだ三十三歳で、新しい男とのあいだに子供が生まれた。

ナンバが指に刺青を彫ったのは、異父弟が生まれた数日後だった。そして、その日を最後に学校に行かなくなり、盛り場で知り合った連中と行動をともにするようになった。

ナンバは、希美子の父が言った言葉が好きで、自分のノートに書きつけていた。

――若者は鳥だ。わたしも鳥だ――

その言葉を、ナンバは直接耳にしたのではない。希美子が、父の言葉として伝えたのだが、それ以来、目の淀みが少しずつ消え始め、一日のスケジュールを遂行するリーダー役となった。

ナンバに声をかけなかった男はいないとアラシが言ったことがある。

希美子も、同性でありながら、ナンバの美貌に見惚《みと》れることが、しばしばあった。険がありすぎて、髪を男のように刈り上げているので、宝塚歌劇の男役スターに似た雰囲気を持っている。

物事をいつも皮肉っぽく受け取る癖があるが、希美子が七人に勧めた本を、まっさきに読み始めたのはナンバだった。

最初の本は、サン＝テグジュペリの『星の王子さま』と『夜間飛行』で、次は『赤毛のアン』と『若草物語』で、その次はO・ヘンリーの短篇集だった。

いまナンバは、H・D・ソローの『森の生活』を読んでいる。

アラシこと松木蘭子は、大阪のミナミの盛り場でナンバと知り合い、しばらく一緒に暮らした時期があったが、つき合っていた男の子のことでいさかいとなり、大震災の三ヵ月後まで絶交状態だった。

アラシは、中学生のときも、高校の一年間もバスケットボールの選手だったが、父親の商売の失敗で、アルバイトをしなければならなくなって断念した。

両親はアラシが小学生のときに離婚していた。以来、アラシは父親の手で育てられた。母親は離婚して一年たつかたたないころに再婚し、北海道で生活をするようになったが、その三年後に病死した。

父親は大震災で死んだ。倒壊した家に生き埋めになったまま、迫って来る火を見ていた。何十人もの人が必死で助け出そうとしたが、どうすることもできなかった。アラシは、火に包まれていく父を見ていた。

非行歴ということにおいては、アラシにはさして問題はなかった。

だが、ほんの数日前、希美子はアラシが大震災のわずか十日前にアルバイト先で、三人の男たちに犯されたことを知った。

アラシの父は、神戸でワイン・バーを経営していたが、競輪と麻雀が好きで、多額の借金をかかえていて、店を他人にまかせ、ほとんど家に帰って来なかった。

二週間ぶりに帰って来た日の翌朝、地震に遭った。その二週間、父は借金取りから逃げて、和歌山の知人のところに隠れていたのだった。

アラシは無口で、自分の考えていることを口にしなかったが、一日のスケジュールと、自分の担当分野である炊事は規則正しく、不平も言わず、毎日つづけていた。

マフウこと星村鈴音は、他の六人とは違って、両親は離婚していなかったが、夫婦仲は悪く、父親はマフウがものごころついたころから家庭をかえりみることがなく、しょっちゅう替わる愛人のところで暮らしつづけたが、商売には才覚があった。

母親はすっかりあきらめてしまって、自分と娘の生活が安泰ならば、それでよしとして、自分は社交ダンスを習ったり、旅行を楽しんだり、陶芸に凝ったりして、気ままに暮らした。マフウは世話好きなお手伝いさんに育てられたようなものだった。

だが、五年前に父親が病死すると、その遺産争いは、愛人たちが絡んで泥沼のようなありさまとなった。父親は、三人の愛人たちとのあいだにそれぞれひとりずつ子をもうけていて、法的な認知をしていたのだった。

その遺産争いにいちおう結着がついたとき、母親は神戸でステーキ・ハウスを開店したが、助言してくれた人間にのせられて株に手を出し、ほとんど無一文になってしまったころ、地震で死んだ。

マフウは子供のころから、女の子が興味を持つ事柄には無関心で、野球とサッカーと柔道が好きで、スカートははきたがらず、男の子と同じ服装を好んだが、恋愛の対象は女の子ではなく、どこか頼りなさそうな少年にばかり憧れた。

中学生のとき、柔道の選手として全国大会で二位になり、そのころから女子プロレスの試合観戦にのめり込み、中学を卒業するとその世界に入門したが、練習中に怪我をして、プロになることを断念せざるを得なくなったのだった。

顔つきはふてぶてしく、口調も乱暴だったが、テレビに好きな男のアイドル・タレントが登場すると、周りにひやかされるほどに、つつましやかに見惚れ、一度も投函したことのないファンレターを書きつづけている。

七人が七人とも平凡ではない家庭で育ったことを思うと、希美子は自分もまた離婚したという事実に不安を抱いた。

幸司と靖司の二人の息子は、希美子の心を察してなのか、半年ほど前から父親のことを口にしなくなっていた。

二人が難しい年頃に入るのは、遠い先ではないのだった。

希美子は、イッチャン、ニチャン、サンチャン、そして突然やって来た七人の女の子との共同生活に心を費やし、自分の息子をいささかなおざりにしていると気づき、夜、必ず親子だけの時間をとるようになった。

希美子の父は、週に一度、七人の女の子たちに手紙を書いて送ってきた。

ひとりに一通ずつではなく、便箋に〈マフウへ〉と書き、励ましたり、自分が心に残った言葉を添えたりする。次に〈アラシへ〉、その次に〈ナンバへ〉というふうにしたためるのだが、わずかな期間で、どうしてこんなに七人の長所や短所を見抜いたのかと感心するほどに、それぞれへの文章は、それぞれの個性に即していたのである。

希美子が、屋根からしたたる雪解けの水を見つめていると、ニチャンとマフウが買い物から帰って来て、主人を亡くした蕎麦屋の「たじま」の奥さんが逢って話をしたがっていたと伝えた。

「車に乗せてつれてこうかと思てんけど、ママちゃんが行くほうがええやろと思てん」

とマフウは言った。

「お店を貸してくれる気になりはったんや」

ニチャンの言葉に、希美子は、どうしてそう断言できるのかと訊いた。

「この店を借りたいていう気持は変わらないかって、私らに訊きはったから」

とニチャンは言った。

「ママちゃん、いまから行こ」

いつのまにか、みんなは希美子のことをママちゃんと呼ぶようになっていた。

「そうね。マフウ、車に乗せてって」

希美子は慌てて用意をして、毛糸の帽子をかぶった。

「たじま」の女房は、いつの日か自分の息子が跡を継いでくれるまで、蕎麦職人を雇ってでも店をつづけたいという意向もあったが、希美子に貸すことで生じる家賃収入で当分は暮らしたいという思いもあって、決断を下しかねていたのだった。

店を閉めて三ヵ月以上もたつ店内は寒いのに湿気臭かった。

「たじま」の女房は、希美子に店内の椅子に坐るよう勧め、石油ストーブに火をつけてから、お茶を出してくれた。

「親戚と相談してねェ、進藤さんにこの店を貸してもいいなって。だけど、条件をつけさせてもらいたいのよ。三年間だけって」

と女房は言った。

「三年間ですか……」

「だけど、うちがまだ貸しときたいって思ったら、もう二年。その二年が過ぎたら、また、うちの状態によって、また二年ていうふうにねェ。ただ、そのあいだに、この店の土地を買おうって人があらわれたら、すぐ明け渡してもらいたいのよ」

「すぐって、たとえば、お店をお借りして二ヵ月しかたってなくてもってことでしょうか」

女房はかぶりを振り、

「それじゃあ、進藤さんとこが困るだろうし、最初の三年間だけは売らんわよ」

と言った。

希美子は、ゲンキからの情報で、「たじま」が売りに出ていることは知っていた。二つの不動産会社の物件案内に「たじま」のことが載っていたが、引き合いは一件もないのだった。

「それとねェ。家賃のことだけど、もう一万円上げたいんよ」

「そうすれば、三年間は絶対に貸して下さるんですね」

「ちゃんとした契約書を交わしといたらええがね」

希美子は、条件に応じることを了承し、さっそく、あしたにでも契約を交わしたいと言った。

「うちの家族は、このまま二階で暮らすんだけど、電気、水道、光熱費は、うちらの使う分も払《はろ》てほしいわ。二つに分けるのは面倒だから」

主人を亡くした一家の人数は、中学生と小学生の子供、それに姑を入れて四人。さほどの消費量ではあるまい。

そう思って、希美子はその条件ものんだ。

「さあ、とうとう動きだしちゃった」

車に戻ると、希美子はニチャンとマフウの肩を抱いて、そう言った。

「あのオバハン、自分に都合のええ条件ばっかり並べて……。土地を買おうって人があらわれたら、すぐ明け渡してもらいたい、とか、自分らの使う電気、水道、光熱費も払てくれ、とか……。あつかましいオバハンや。ママちゃん、あんな条件を全部のんでたら、ごっつう困れへんか？」

マフウは、山荘への帰り道、憮然とした表情で言った。

「オバハン、オバハンって、そんな失礼な言い方は駄目よ。マフウだって、あっというまにオバハンになっちゃうんだから。若さなんて、一瞬なのよ。風の前の塵のごとし、なんだから」

と希美子は笑いながら言って、「たじま」を出るとき、庇《ひさし》から垂れる雪解け水で濡れた髪と肩をハンカチで拭いた。

「三年間は、絶対に貸してくれるんやから、その三年間で儲けて、自分の店を持てるようにせんと」

とニチャンが言ったので、

「あなたは高校を卒業するまでは、商売のことなんか考えちゃいけないの。朝四時に起きて、炊き込みご飯を炊いたら、学校へ行くの」

希美子は、これまで何度も言い聞かせた言葉を繰り返した。

「ほんまに、朝の四時に起きるのん？　そしたら、私、何時に寝なあかんのん？」

「八時や。それでも睡眠時間は八時間しかあらへん。育ち盛りにはつらいなァ。ニチャンだけ、七時就寝厳守やな」

マフウの言葉にニチャンは悲鳴をあげ、

「私、炊き込みご飯屋さん一筋に生きるから、高校に行かんでもええと思うねんけど」

と言った。

「それは駄目。どうしても高校に行かないって言うんだったら、この計画は取りやめよ。うまくいくかどうかわからない商売のために、ニチャンが高校に行くのをやめるなんて、私は許しません」

契約書のことは、米田弁護士に相談しようと希美子は思った。

「ママちゃん、あしたのイッチャンの送別会はカレーにせえへん？　俺、炊き込みご飯は、しばらく見るのもいややわ」

マフウがそう言ったので、ニチャンは拳でマフウの腕を殴った。片方の手でハンドルを操作しながら、もう片方の手で簡単にニチャンの腕をねじ上げ、

「こら、またあの恐怖の背骨折りをくらいたいんか？」

とマフウは言った。

「あんな、ちょろこい技に音《ね》をあげるような塩谷愛香やと思とんのか」

「やめなさい。ほんとに背中を痛めたらどうするの。それに、マフウ、俺って言うのはやめるって約束でしょう」

運転席と助手席で笑いながら取っ組み合いを始めた二人に、希美子は後部座席から割って入った。

イッチャンが希美子の両親と暮らし始める日が予定より早まったのは、通学のための交通機関に慣れておかなければならないという母の郁江の意見からであった。小学生ではあるまいし、三日もあれば通学に慣れるであろうと、希美子も父も取り合わなかったが、郁江がしつこく促すので、イッチャンが予定を繰り上げたのだった。

カツカレーで送別会をした翌日の昼、イッチャンは、妹二人と希美子とともに、マフウの運転する車で松本へ向かった。

「私の両親に遠慮は無用よ。二人とも、遠慮されることが嫌いなの」

きのうの晩、何回も言ったことを、希美子は車のなかでまた繰り返した。

「三ヵ月でメドが立てへんかったら、炊き込みご飯屋さんからは手を引きや」

これもまた、昨夜何度も繰り返した言葉を、イッチャンは松本駅の改札口で言った。

炊き込みご飯屋の開業日は、五月の連休に合わせるために、四月二十五日と決まったのだった。それまでに、役所関係の手続きと、開店準備を進めなければならなかった。うまくいけば儲けもの。うまくいかなかったら素早く見切りをつける。開業の準備は、それを全員が肝に銘じておくことから始まったのだった。

「天才、東京に行ったからっちゅうて、関西弁を使えへんようになったりしたら、このマフウの『腕十字ひしぎ』が待ってるで」

とマフウは言ってから、売店の近くでたむろして、自分に視線を注いでくる高校生らしき

男の五人組のところに行き、

「なんやねん。俺の顔に何かついとんかい。言いたいことがあったら口で言わんかい。目で喋らんといてくれや」

とすごんだ。

眉を細く剃り、ピアスをしたリーダー格の男は、嚙んでいたチューイング・ガムを吐き捨て、気色ばんでマフウに向かい合ったが、

「またこんどな」

と言い残して駅の構内から出て行った。

「ローカル・ボーイが、このマフウさまにメンチ切りやがって」

希美子たちの立っているところに戻って来ると、マフウは笑みを浮かべて言った。

「相手は男の子が五人よ。マフウよりも背の高い子が三人もいたわ。いくら腕に覚えがあると言っても、マフウは女の子なんだから。相手が本気になったら、どうするのよ」

希美子は心臓の動悸を掌でたしかめながら、マフウを呆れ顔で見やった。

「タマをひねりつぶしたるわ。ひとり、三秒もかかれへん。あんな連中、ちょろこいもんや」

「いちばん右にいてた子、ちょっとマフウの好みなんちゃう？」

イッチャンにそう言われて、

「俺は、あのての、目の腫れぼったい男は、好みやないねん」

とマフウは言った。

希美子は溜息をつき、

「メンチ切るって、なんのこと？」

と訊いた。

「ケンカ売るみたいに睨んできよることや」

「あの子たち、そんなつもりはなかったんじゃないの？　迫力のある女の子だなァって、マフウを見て、びっくりしてただけじゃないの？」

希美子は、さっきの五人組が戻って来るのではないかと、気が気ではなかった。

「しばらくのお別れやな。ママちゃんを守ってあげてや」

イッチャンはそう言って、もう帰るようにと希美子たちを促した。

「何かあったら電話してくるのよ。ああ、何かなくっても電話してくること」

手を振って、改札口を通って行ったイッチャンは、二人の妹の本名を呼び、

「お父ちゃんもお母ちゃんもお兄ちゃんも、歓んではるわ」

と大声で言った。

「別れの間際に、泣かせよんなァ」

と笑いながら言ってから、ニチャンもサンチャンも泣いた。

帰路、車のなかで、店名をどうしようかと希美子は三人に相談した。

「魔風って、どうやろ」

とマフウが言った。

「そんな、お化け屋敷みたいなん、あかん」

ニチャンは即座に却下し、

「鳥って、どう？　毛利さんがお墓に彫ってはったんやろ？」

と提案した。

「焼き鳥屋みたいや」

とマフウは言った。

「ほな、バードは？」

「炊き込みご飯屋らしいないがな」

「ほな、鳥の歌は？」

サンチャンは、希美子の父が好きなパブロ・カザルスの曲名を言った。

「それも却下」

とニチャンは首を振ってから、

「ターハイは、どうかな」

と言った。

「中華料理屋やないねんで」

「ライス亭」

「お米屋さんみたいや」

「アラシ、ナンバ、モトコ、ソノ、スプーン、ウブ」

「全部、却下」

「活断層」

「レスキュー隊」

「避難所」

「いいかげんになさい。真面目に考えてよ」

希美子は三人の頭を軽く叩き、まだ厚い雪に覆われている山々を見つめた。

「ひらがなで、たきこみ屋」

マフウの言葉に、

「あっ、それ、いいかも」

と希美子は後部座席から身を乗り出した。

「それって、パンを売る店が、パン屋って名前をつけるようなもんとちゃうのん」

ニチャンは不満そうだった。

「でも、覚えやすいし、『炊き込みご飯のたきこみ屋』って、ちょっといい感じよ」

マフウもサンチャンも、

「炊き込みご飯のたきこみ屋」

と声を揃えて何度も繰り返した。

「なんべんも聞いてるうちに、よさそうな気がしてきたなァ。そやけど、私は、もうちょっと重厚な名前がええねんけど。ジージに相談したほうがええと思う」

ニチャンはそう言って、考え込んだ。希美子の父も、いつのまにか「ジージ」と呼ばれるようになり、幸司も靖司も、いまではそう呼んでいるのだった。

山荘に帰り着くと、車が私道の脇に停めてあった。

五時の約束だったが、米田弁護士は一時間も早く着き、アラシやナンバたちにコーヒーとケーキをふるまわれて、暖炉の前の揺り椅子に坐っていた。

「いやァ、女の園と言ったらいいのか、百花繚乱《りょうらん》と言うべきか。若い女性に、至れり尽くせりのもてなしを受けて、私はひとときの幸福を味わってました」

米田弁護士は機嫌の良さそうな表情で言った。

「鎌田さんから噂には聞いてましたが、ほんとにまあ、女性ばっかりで、この山荘も、以前とはあまりの変わりようですなァ」

「私の息子二人は、もう小さくなってますわ」

「そりゃそうでしょう。私だったら、もう居場所がなくて、途方に暮れますよ。元気のいい修道院てとこですね。まあ、修道院なんて、入ったことがないんだけど、昔のフランス映画にありますでしょう。修道女ばかりの、山村の教会を舞台にしたのが」

修道女が、駅で男五人組にケンカを売って、タマをひねりつぶすなんて言うかしら、と希美子は思い、声をあげて笑った。

「修道女だなんて、そんな物静かな子たちじゃありませんのよ」

おとといの夜、電話で相談してあったので米田弁護士は契約書を交わすための書類をすべて揃えて持参していた。

相手の都合ばかりでなく、こちらの都合ということも、幾つかの考えられる事態を想定して契約書を交わさなければならないと、米田弁護士は言った。

希美子は、米田弁護士から法的な忠告を聞き、それをノートに書き記した。

用向きが済むと、米田弁護士は、マフウとニチャンに席を外させていただけないかと、それとなく希美子に耳打ちした。

二人がログ・ハウスに行ってしまうのを見届けてから、

「世間は狭いって、よく言われますが、まさにそう言う以外にないことが起こりましてね」

と米田弁護士は言った。

「進藤さんにお話しすることじゃないと思って、私の胸におさめとくつもりだったんですが、毛利さんが、その人生の最後に、最も縁が深かった方だし、彼女の遺骨をわざわざ下関のお墓まで行って埋葬した方でもあるし、それに、これはまごうかたなき刑事事件でしてね。と言っても、もう時効ですが」

「刑事事件？」

希美子の言葉にうなずき返し、

「毛利カナ江さんは、ここに山荘を建てて暮らし始めて半年後に、この山荘のなかで子供を産んだんですよ。生まれたのは、男の子だったそうです。ところが、出生届は出されていないし、その子はこの世から消えてしまってるんです」

と米田弁護士は言った。

ことしの初めに、自分はある依頼人の土地と建物にかかわる訴訟問題で中津川《なかつがわ》の町外れに住む八十五歳の婦人と逢った。

その婦人の証言が、自分の依頼人にとって有利になるかもしれないと思ったからだ。

どういう話の流れで、そこに行き着いたのか、よく思い出せないが、八十五歳の、幾分、記憶力の希薄になっている老婦人が、自分は若いころ、奥飛騨で、さる名家出身の女に女中として雇われていたことがあると語った。

女は、自分よりも二つ歳上だった。明治からつづく男爵家で、かつて山林王と呼ばれた毛利厚満《あつみつ》の末娘だった。

女中として働いたのは、自分が十七のときだったから、毛利カナ江は十九歳だったはずだ。

毛利カナ江は、体が弱く、いろんな事情があって、奥飛騨の山荘で出産するために、東京から特別に雇った産婆とともにやって来たのだという。

「ちょっと待って下さい」

希美子は、米田弁護士の言葉をさえぎり、

「毛利さんが、この山荘に移り住んだのは、三十一、二年ほど前なんですよ。亡くなったのは八十六歳ですから、ここに住むようになったのは五十五、六歳のときですわ」

と言った。

「ええ、権利証ではそうなってます。この土地は、七十年前にはすでに毛利家の持ち物だったんです。この山荘は、たぶん、三十一、二年前に建て替えたんでしょう。その中津川の老婦人の言葉が嘘じゃなければね。詳しく調べれば、ちゃんとわかるかもしれませんが、あいだに戦争があっても、七十年以上も前の、山奥の土地であっても正確な記録はちゃんと残っているんです」

希美子は、ある植林業者からこの土地を買って山荘を建てたのだというのは毛利カナ江の嘘だったのかと思った。

米田弁護士は、訳あって、あの土地は血のつながりのない女性に譲渡されたと老婦人に説明した。たったひとりの娘も、どんな事情かはわからないが、母親との絶縁を理由に、臨終にも立ち会わなかったし、土地と建物の譲渡を拒否したからだ、と。

すると、老婦人は、

「あの男の子は、お母さんと絶縁したのかいなァ」

とつぶやいた。

何かの勘違い、もしくは老婦人がぼけてしまって、毛利カナ江が女の子を出産したのに、男の子だったと思い込んでいるのであろうと米田弁護士は推測したが、どうにも心にひっかかるものがあった。

母親とは絶縁したので、もう自分たちとは何の関係もないと言い放った娘は、毛利カナ江が二十三歳のときに産んだ子なのだ。

「十九歳で男の子を産んだってことと、二十三歳で女の子を産んだってこととは、錯覚や記憶違いにしては、いささかずれがありすぎるんです。それで私は、そのお婆さんに、毛利さんには、ひとりしか子供がいなくて、それは娘で、毛利さんが二十三歳のときの子ですよって言ったんです」

老婦人は、しばらく考え込み、

「そんな馬鹿なことがあらすかァ」

と怒ったのだった。

「わしゃア、まだぼけとらん。産婆さんの名前は、井戸木《いどき》むめさんで、東京の向島《むこうじま》で代々つづいた産婆さんなんじゃ。男の子が生まれて五日目に、わしゃあ、暇を出された。それで、その翌年に、この中津川に嫁に来たんじゃ。嫁入りしたのは十八じゃった。自分の嫁入りの歳を忘れたりするかァ」

米田弁護士は、どうして暇を出されたのかと老婆に訊いてみた。

「わからん。もう要らんようになったっちゅうて、三ヵ月分の給金をくれた。東京から、慣れ親しんどる女中さんが来るっちゅうことやった」

なんだか納得がいかないまま、米田弁護士は自分の事務所に戻った。

「でも、やっぱり、あの婆さん、ぼけてるんだって思うしかないじゃないですか」

と米田弁護士は言って、一息つくように、マロン・グラッセを口に入れた。

「私も仕事に追いまくられて、もうそのことは忘れておったんですが、一月の末に、そのお婆さんの孫が、事務所に来ましてね。お婆さんが十七歳のときに自分の両親に送った手紙を持って来たんです」

米田弁護士は、黄ばんだ和紙の封筒を鞄から出した。

宛名と差し出し人の名前だけ漢字で、住所はひらがなで書かれた封筒のスタンプは判読不能だった。

「なかの手紙を見て下さい」

希美子は、それもまた黄ばんだ、ひらがなだけで書かれた短い文面を読んだ。

――みんなげんきでせうか。ここわとりがおおく、あさわきもちがいいです。わたしわげんきでおくつています。

おくさまわ、きのう、だんしをうみました。なんざんで八じかんもかかりました。八がつにやすみがもらえるのでかえります。

しようわ三ねん七がつ十五にち

「まさか、その手紙が作り物とは思えんでしょう。昭和三年です。毛利カナ江さんは、間違いなく、十九歳ですよ。ぼけよばわりされたと思って、それが腹にすえかねたんでしょうね。毛利カナ江が男の子を産んだ翌日に両親に出した手紙を捜し出して、私に届けさせたんです」

「毛利カナ江さんの戸籍には、十九歳で産んだ男の子のことは記載されてないんですか?」

と希美子は訊いた。

「何の記載もありません。昭和七年十月三日に、長女の出生届が出されてます」

「どうして、このことが、刑事事件なんですか?」

希美子は、そう訊いた瞬間、なぜか、鳥という一字だけが刻まれた小さな墓が脳裏に浮かびあがってきた。

「毛利カナ江って女性は、まあとにかく、なにかにつけて謎めいた人だったですな」

七十年近い昔のことを探ってても仕方がないと言ってから、米田弁護士は、それでもなお不審をひきずって、どうにも気分が晴れないのだとつけくわえた。

「だいたいですよ、何のために、東京からわざわざこんな山奥に出産しに来るんです？　いくら専門の産婆が同行したといっても、七十年も前のここは、いまとはまるで交通機関も違ってて、温泉が出るったって、せいぜい近郊の人たちの湯治場程度のものだったでしょう。大富豪の毛利家の大事な娘が、どうしてこんなところで子供を産まなきゃあいけないんです？　人目を避けて、内緒で出産しなけりゃあいけない子だったとしか思えませんよ。いまみたいに自動車が走れる道なんか開通してませんからね。たぶん、松本から山道を人力車で来たんでしょうな。それも、車夫ひとりじゃ無理ですよ。そうまでして、十九歳の毛利カナ江は、ここで子供を産んで、その子は消えちゃった。どこに消えたんでしょうね」

米田弁護士は、ベランダの大窓のところに行き、裸木《はだかぎ》の森を見つめた。

近づかなければ目には映らなかったが、夥しい裸木には、一ミリか二ミリの固い新芽が顔を出しているのだった。

この敷地内の裸木の群れのなかで萌えているものの数を思うと、希美子はときおり自分の体内に同じものの存在を感じたりする。

「毛利さんは、十九歳で未婚の母になったんですのね。いまから六十八年前に。昭和三年て、

「そんなことは到底許される時代じゃなかったでしょうね」

希美子が言うと、

「そうでしょうな」

と米田弁護士は、どこか上の空で返事をして、裸木の群れから視線を外さなかった。

「変なことを考えてらっしゃるんじゃありません？」

希美子は、自分の問いに米田弁護士が答えてくれないことを願いながら、そう訊いた。

「何時間見てても飽きないくらい、きれいな人だったって、中津川のお婆さんが言ってましたよ」

と米田弁護士は言った。

「十九歳のときの毛利カナ江さんがですか？」

「そうです。それにしても、ここで生まれた男の子は、どこへ行っちゃったんでしょうな。毛利さんが、とりわけたくさんの木の実を埋めたのは、どのあたりですかねェ」

「いやなこと仰言らないで下さい。たぶん、そういうことを仰言りたいんだろうなァって思ってたんです」

それは、ターハイを中心として東に二百メートル、西に百メートルの範囲なのだと思いながら、希美子はそう言った。

「いやぁ、うっかりとつまらんことを言っちゃいました」

「もう手遅れです。口にしてしまったんですから」

「ええ、申し訳ありません。でも、どう考えても、十九歳の毛利カナ江さんが、出産のために、東京から奥飛騨までやって来るなんて不自然ですし、雇っていた女中を突然やめさせたのも変だし」

「毛利さんが、生まれたばかりの自分の子を殺して、この敷地のどこかに埋めたって思ってらっしゃるんでしょう?」

希美子の問いに、米田弁護士は振り返り、

「進藤さんもそう思ってるでしょう?」

と訊き返した。

「一瞬、ちらっとはそう思いましたけど……」

「私もです。一瞬、ちらっとだけ。忘れましょう、この話は」

希美子は、あきれ顔で米田弁護士を見つめ、

「人騒がせですこと。ここに住んでる私はどうなるんです?」

と言った。

「忘れましょう、忘れましょう。いやあ、つまらんことを喋っちゃって……。弁護士が、こんなに口が軽いようではいけませんな」

米田弁護士は、これから契約書を「たじま」の未亡人に見せ、了解を得たら、そのまま事

務所に帰ると言った。

どこかに遊びに行っていた幸司と靖司が帰って来たので、希美子は米田弁護士を送りがてら、玄関から山道へと歩きながら、マロン・グラッセを売ってもらいたくて訪ねて来たオーツカ・ベーカリーの大塚喜雄の話をしてみた。

「常連のお客さんが、昭和十六年にベルリンで食べたマロン・グラッセと同じ味だって言ったんですって。それを作ったのは、西岡カナ江って人で、当時、ベルリン在住だったそうなんです」

米田弁護士は歩を停め、

「西岡カナ江ですか……。それは毛利カナ江さんです。彼女は昭和五年、二十一歳のときに西岡家に嫁いで、ロンドンで五年、ベルリンで七年暮らしてるんですよ。西岡家も代々の名家でしてね。毛利カナ江さんの夫は外交官でした。毛利カナ江と自分たちとは、もういっさい関係ないって言った娘さんは、その人とのあいだに生まれた子供です。勿論、現在は結婚して西岡って姓じゃありませんが」

そう言ってから、

「恋多き、気性の烈しすぎるひとりの女性が、五十代半ばで過去のすべてを捨てて、ここで孤独な隠遁《いんとん》生活に入り、八十六歳で亡くなるまで、世間とも、わずかな係累とも縁を切りつづけて、ひとりぼっちで生きた……。不思議な人ですね。彼女をそのようにしたのは、ここで生まれて、その存在の跡がまったくない、男の赤ん坊みたいな気がして仕方がなくて、それで、ついうっかりと、進藤さんにお話ししちゃった……」

とつづけた。

「このことはゲンキさんには話されたんですか？」

と希美子は訊いた。

「いや、誰にも言ってません。彼は忙しいようですよ。二、三回、店に行ってみたんですが、いつも出かけていて留守でした。いまはまだスキー用品がよく売れるそうですが、五月に入ると登山用品とか、アウトドア用品の時期に入るから、そういうグループに、いまから営業しとかないといけないらしいですよ」

米田弁護士は、「たじま」の未亡人と話がまとまれば電話で知らせると言って帰って行った。

決して楽しくはない、妙に心を乱される話だなと思いながら米田弁護士の姿が視界から消えるのを見届けてから、希美子はターハイのほうに視線を移し、あの阪神淡路大震災から一年と少しがたったのだなと考えた。

ことしの一月十七日の新聞には、六千三百八人の死者をとむらう記事が大きく載っていて、仮設住宅には九万人もの被災者が新しい住居を得られないまま暮らしているし、各避難所にもまだ七百五十九人の人々が不自由な生活を強いられていると報じられていた。

希美子は、とても好きだった夙川沿いの散歩道の桜はどうなったのであろうと思った。一度だけ、夫は私の誘いで夙川に沿った道を山の手のほうへと肩を並べて散歩につき合ってくれたことがあった……。あのときすでに、夫の心は私という妻からは遠いところにあったのだ……。

「見届けてあげるわ。仙田猛司っていう人間の人生を」

と希美子はターハイに向かってつぶやいた。

〈上巻 了〉

二〇〇一年六月 光文社刊

光文社文庫

長編小説
森《もり》のなかの海《うみ》（上）
著 者　宮《みや》本《もと》輝《てる》

2004年9月20日　初版1刷発行
2021年11月10日　11刷発行

発行者　鈴木広和
印 刷　凸版印刷
製 本　ナショナル製本

発行所　株式会社 光文社
〒112-8011 東京都文京区音羽1-16-6
電話 (03)5395-8149 編集部
8116 書籍販売部
8125 業務部
振替 00160-3-115347

落丁本・乱丁本は業務部にご連絡くだされば、お取替えいたします。
ISBN978-4-334-73740-5 Printed in Japan

長い長い殺人 宮部みゆき
鳩笛草 燔祭／朽ちてゆくまで 宮部みゆき
刑事の子 宮部みゆき
贈る物語 Terror 宮部みゆき編
森のなかの海(上・下) 宮本輝
三千枚の金貨(上・下) 宮本輝
ウェンディのあやまち 美輪和音
大絵画展 望月諒子
フェルメールの憂鬱 望月諒子
ミーコの宝箱 森沢明夫
蜜と唾 盛田隆二
美女と竹林 森見登美彦
奇想と微笑 太宰治傑作選 森見登美彦編
美女と竹林のアンソロジー 森見登美彦 リクエスト！
棟居刑事の東京夜会 森村誠一
棟居刑事の黒い祭 森村誠一
棟居刑事の代行人 森村誠一
棟居刑事の砂漠の喫茶店 森村誠一
春や春 森谷明子
南風吹く 森谷明子
遠野物語 森山大道
神の子(上・下) 薬丸岳
ぶたぶた日記 矢崎存美
ぶたぶたの食卓 矢崎存美
ぶたぶたのいる場所 矢崎存美
ぶたぶたと秘密のアップルパイ 矢崎存美
訪問者ぶたぶた 矢崎存美
再びのぶたぶた 矢崎存美
キッチンぶたぶた 矢崎存美
ぶたぶたさん 矢崎存美
ぶたぶたは見た 矢崎存美
ぶたぶたカフェ 矢崎存美
ぶたぶた図書館 矢崎存美
ぶたぶた洋菓子店 矢崎存美